Lilach Mer

Winterkind

WINTERKIND

Roman
von
Lilach Mer

DRYAS

Das für dieses Buch eingesetzte Papier
ist ein Produkt aus nachhaltiger Forstwirtschaft.

1. Auflage 2012
Das vorliegende Buch ist Teil der Reihe
„Die Grüne Fee" des Dryas Verlags.
Herausgeberinnen der Reihe sind Marlene Klaus
und Kathrin Lange.

Herausgeber: Dryas Verlag, Frankfurt a. Main,
gegr. in Mannheim.

Lektorat: Dr. Anja Roß, Kiel
Umschlaggestaltung: Guter Punkt | Agentur für Gestaltung,
München
Covermotive: Rose & Stein: © LynnMarie / Fotolia; Wald: © Alexey
Smirnov / Fotolia; Hintergrund: © Maugli / Shutterstock
Satz: Dryas Verlag, Frankfurt a. Main
Gesetzt aus der Palatino Roman von Linotype
Druck: AALEXX Buchproduktion GmbH, Großburgwedel

ISBN 978-3-940855-36-7
www.dryas.de

Für meine Löwenmutter;
für meine verstorbenen Großmütter und
für meine beiden quicklebendigen Tanten

und

für das neueste Mädchen in der Familie, Lena Gioia,
das dieses Buch erst in vielen Jahren lesen wird,
wenn überhaupt.
Willkommen im Leben, Kleines.
Und lass Dir nie Angst einjagen von Spiegeln.

Eins

Am Nachmittag hörte Blanka die Krähen wieder, selbst durch das geschlossene Fenster. In dem schmalen Ausschnitt zwischen den Samtvorhängen sah sie den Schwarm kaum, nur eine dunklere, seltsam bewegte Wolke in den kahlen Ulmen unten an der Straße. Aber sie hörte das Krächzen. Es fing sich unter dem niedrigen Winterhimmel, dem fleckigen Weiß. Scharf klang es, brüchig, durchdringend. Klingen auf Glas. Aber sie zog die Vorhänge nicht zu. Sie wartete – wartete. Auf der Straße rührte sich nichts.

Schneeflocken taumelten draußen hinter der Scheibe vorbei, auf das Fenstersims, in den leeren Blumenkasten. Nicht viele, man hätte sie zählen können. Aber was bedeutete das schon? Eine einzige Flocke konnte einen Schneesturm ankündigen, der Häuser bis zum Dach unter sich begrub und fahrende Kutschen in Verwehungen riss, aus denen sie nie wieder auftauchten. Bauern erfroren auf dem Weg zwischen Kate und Stall, Kinder liefen zur Dorfschule und kamen nicht an. Kleine Schuhe fand man dann im Frühling, manchmal. Alles andere nahmen die Füchse mit und die Wölfe aus dem Siebengebirge. Noch hatte sie sie nicht heulen gehört. Aber was bedeutete das schon?

Es war einmal, dachte Blanka von Rapp und legte die Hände in weißen Satinhandschuhen auf das Fensterglas. Es war einmal, mitten im Winter …

Schauder liefen ihr den Nacken hinunter. Mochte sein, dass man in der Stadt den Winter für ein großes Vergnügen hielt, eine wunderbare Dekoration für das Schlittschuhlaufen unter Lampions und Drehorgelmusik. Auf dem Land wusste man es besser. Wo Fuchs und Hase sich Gute Nacht sagten – jede Nacht, und immer nur einmal. Zumindest der Hase.

Sie lachte nervös auf, blickte sich sofort um, aber das kleine Damenzimmer hinter ihr war leer. Das Hausmädchen stand schon vorn in der Halle, wartete, wartete wie sie. Sie strich sich mit der Hand den Nacken hinauf, gegen die Schauder; fand eine lose Haarsträhne und nestelte sie in die Kämme zurück, mühsam, wegen der Handschuhe.

Einmal, mitten im Winter …

Wurden die Krähen draußen lauter? Es war so schwer zu sagen. Ihr Krächzen hallte gegen die schweren Wolken an, brach sich, ohne je ganz zu verschwinden. Vielleicht wünschte sie sich nur, dass es lauter geworden war. Oder fürchtete sie sich davor? Sie wusste nicht einmal, ob es überhaupt Krähen waren. Vielleicht dachte sie es nur, weil jener andere Name, jener andere Vogel, den Nachmittag noch mehr verdüstert hätte. Aber passend – passend waren sie beide. An diesem Tag mehr noch als an all den anderen endlosen, bleichen Wintertagen, die sich auf die Sonnenwende zu schleppten. Weit war es nicht mehr bis dahin.

Ja, sie riefen lauter, schriller. Blanka schmiegte die Schulter in einen der Vorhänge, in den rauen Samt. Der Stoff bewegte sich träge. War es, weil sie zitterte? Aber sie stand ja hier drinnen, hinter den dicken Fensterscheiben. Es musste ein Luftzug sein, der sich im großen Haus gefangen hatte, irgendwo, und ruhelos durch alle Räume trieb. Lautlos, wie die Flocken draußen.

Es war einmal mitten im Winter, und die Schneeflocken fielen …

Die dunkle Wolke in den Ulmen wurde unruhiger, Schatten tanzten im trüben Licht über den Schnee. Kamen sie? Kamen sie jetzt? Auf der Straße regte sich immer noch nichts. Aber die Straße bog sich zur Seite, verschwand hinter den Bäumen. Lief versteckt ins Dorf hinein, am Kirchhof vorbei und dann wieder hinaus – zum Wald, dem tiefsten aller Schatten, am verwischten Horizont, wo er langsam anstieg, zu den Bergen hin. Der Wald, dessen Ausläufer das Dorf umschlungen hielten, fast bis zum Herrenhaus hinaufkrochen hinter dem Park. Düsternis zwischen schwarzen Stämmen … Sie sah weg, straffte den Rücken unter dem schweren Kleid. Hinter den Fingern der einen Hand, die immer noch auf der Scheibe lag, stachen die Bäume hervor, harte Konturen selbst im schwachen Winterlicht. Aber rechts davon, gleich neben ihrem Handrücken, senkte der Boden sich weich zum Park hin ab. Verschneite Wege schlängelten sich dort zwischen niedrigen weißen Hecken, verloren sich weiter hinten im Winterdunst. Keine Kanten dort, keine harten Schatten. Eine blanke Leinwand zwischen niedrigen weißen Hecken. Nur zwei einzelne dunklere Flecken darauf, Steine, die der Wind freigeweht hatte, oder –

Blanka blinzelte, und es brauchte eine Weile, bis sie verstand, dass sie in ihre eigenen Augen geblickt hatte. Wie losgelöst ihr Spiegelbild dort draußen, die Gesichtszüge durchscheinend, fast völlig unsichtbar. Nur die Augen waren deutlich, und es lag etwas in ihnen, etwas, das vertraut war und gleichzeitig fremd; etwas, das nicht ihr gehörte … Sie sah zur Seite, rasch, wie verstohlen, als hätte sie durch Zufall etwas entdeckt, was nicht entdeckt werden sollte. Jemand anderen in ihren eigenen Augen. Einen anderen Blick aus ihrem eigenen Spiegelbild. Jahre hatte er nicht mehr auf ihr geruht …

Sie schwebte dort draußen über dem Schnee. *Ihr* Gesicht war es, das sich jetzt auf die Leinwand malte. In verwischten, verblassten Farben, von sehr weit her. *Es war einmal, mitten im Winter.*

Die Schauder kamen wieder, krochen Blankas Kreuz hinunter. Sie wollte ihn nicht sehen, diesen Blick.

„Niemals wieder", flüsterte sie. Die Worte gaben ihr Halt. Sie strich sich die Taille glatt und wandte sich zur Tür, die in die Halle führte. Zarter Nippes auf den vielen Beistelltischchen klingelte leise, als ihr Rock daran vorbeiwischte. Draußen flatterten krächzend die kleinen, scharf umrissenen Schatten in den Zweigen; Blanka nahm sie noch wahr, aber drehte sich nicht wieder um.

Die Kutsche rumpelte über den hart gefrorenen Schnee. Die eisenbeschlagenen Räder knirschten, rutschten, fassten wieder Grund. Der Wagenkasten schlingerte auf der schlechten Federung, an irgendeiner losen Stelle schlug das Verdeck. Die Luft im Innern war so kalt, dass jeder Atemzug wie Rauch unter der Decke hängen blieb.

Unter dem karierten Reiseplaid spürte Sophie ihren Körper kaum noch. Endlose Stunden in dem schaukelnden Gefährt, tausend Knüffe und Stöße, gegen die man sich in der Ecke verkeilte und die doch immer unerwartet kamen und aus einer ganz anderen Richtung, sodass man wieder herumgeschleudert wurde. Zweimal war sie schon vor den Stiefeln des Herrn von Rapp auf dem feuchten Boden gelandet, einmal beinahe auf dem Schoß des Dieners, der neben ihm saß. Sie drückte den Rücken und die Ellenbogen steif gegen die Polsterlehne und stemmte die Füße in den engen Knöpfstiefeln fest gegen den Boden.

Das kleine Mädchen neben ihr hatte es noch schwerer. Die

Beine reichten noch nicht bis nach unten, sie schwangen hin und her bei jedem neuen Stoß, und das Kind rutschte nach vorn, auf die Polsterkante zu. Immer wieder musste Sophie sich zur Seite beugen und ihr „Fräulein Johanna!" zischen, damit das Mädchen sich mühsam aufrappelte und wieder gerade hinsetzte. Das hübsche, blasse Gesicht unter den schwarzen Locken wurde immer müder – und trotziger. Still war das Kind zuerst gewesen, eigenartig still in den ersten Stunden der Fahrt. Als ob ihm etwas auf der kleinen Seele läge, wie eine nicht gebeichtete Missetat. Aber je näher sie dem vertrauten Herrenhaus kamen, desto mehr kehrte seine Lebhaftigkeit zurück. Sophie wusste nicht, ob sie darüber erleichtert sein sollte.

Jetzt murmelte das Mädchen etwas gegen das Fenster, leise, aber nicht leise genug. Sophie versuchte, es zu überhören, sich auf das Rumpeln der Kutsche zu konzentrieren. Aber es war immer etwas in Johannas Stimme, etwas Helles, das Aufmerksamkeit erzwang, wie der Klang einer kleinen, silbernen, ganz sanft geblasenen Trompete. Selbst, wenn sie so erschöpft war, dass sie beinahe vom Sitz fiel.

„Warum können wir nicht durch den Park nach Hause gehen? Mir tut alles so weh …"

Der Diener Anton räusperte sich und deutete warnend mit dem Kinn auf die Gestalt neben sich. Im Gehpelz vergraben, den Hut tief heruntergezogen, sah Johann von Rapp seit Stunden starr und in tiefen Gedanken versunken aus dem Kutschenfenster.

„Fräulein Johanna!", zischte Sophie pflichtschuldig und kam sich vor wie eine Automatenfigur auf dem Jahrmarkt. Eine kaputte, zerschlagene Figur. Nur der winzige Phonograph im Inneren funktionierte noch, spielte immerfort dieselbe Melodie auf seiner Walze: Fräulein Johanna, Fräulein Johanna …

„Wir sind bald da", sagte sie milder. „Sitzen Sie still und stören Sie Ihren Herrn Vater nicht."

Sie ignorierte den bockigen Seufzer, spähte aus dem Fenster, zum hundertsten Mal. Der endlose Schnee … Er machte es so schwer, Entfernungen abzuschätzen. Und er verwandelte alle vertrauten Wegzeichen in fremde und falsche Signale. Sie schienen die letzten Häuser des Dorfs hinter sich gelassen zu haben; waren sie wirklich bald da? Das gleichgültige, nichtssagende Weiß zog vor Sophies Augen vorüber, und fast fühlte es sich an, als würden sie ewig so weiterfahren müssen.

„Ich kann den Park schon sehen." Johanna rutschte höher auf dem Sitz. „Da drüben, da ist die Hecke. Wir wären bestimmt schneller zu Fuß."

Anton schnalzte missbilligend mit der Zunge.

„Hören Sie jetzt auf!" Sophie versuchte, aus dem rechten Fenster zu sehen, ohne dass ihr Blick sich zu sehr in die Ecke verirrte, wo der Herr saß, dem Mädchen gegenüber. In dem schwarzen Pelz, der mit den Schatten verschmolz, vergaß man ihn fast, stumm, wie er dasaß, seit Stunden schon. Worüber grübelte er? Oder schloss er sie nur aus seiner Welt aus, die schimpfende Gouvernante, den schlecht gelaunten Diener und das plappernde Kind?

„Stören Sie ihn nicht", flüsterte sie wieder, aber Herr von Rapp reagierte nicht, und das Mädchen hatte recht: Eine Erhebung im Weiß zog vorbei wie ein verschneiter Lindwurm, und dahinter dunstige Schemen einer hügeligeren Landschaft. Das Herrenhaus am Hang war immer noch nicht zu sehen, die Bäume verbargen es. Aber weiter oben, auf dem Scheitel der Anhöhe, tauchten jetzt die ersten Formen von Gebäuden auf, vage Ahnungen zuerst, dann deutlicher: eine massige Halle mit mehreren klobigen Schornsteinen, geduckte Häuschen um sie herum gruppiert. Rauch stieg von den Schornsteinen auf und vermischte sich mit dem Winterdunst. Und darüber, auf dem höchsten Punkt des Hügels, ragte ein gewaltiger Kegel aus roten Ziegeln auf, ein wuchtiger Turm, der beinahe in die Wolken stieß.

„Die Glashütte“, sagte Sophie überrascht und viel zu laut. „Es ist wirklich nicht mehr weit. Gleich müssten wir auch das Haus sehen können. Also reißen Sie sich jetzt zusammen, Fräulein Johanna.“

„Aber ich will …“

„Eine junge Dame“, sagte Sophie mit ihrer strengsten Gouvernanten-Stimme, bevor Anton wieder schnalzen konnte, „springt nicht im Schnee herum wie ein Welpe. Sie bleibt sittsam und anständig in der Kutsche, bis sie am Ziel ist und man ihr hinaushilft. Und zu *wollen* hat sie schon gar nichts. Sonst endet sie in der Gosse und muss Fische verkaufen, für einen Pfennig das Pfund, bis sie im Dreck umkommt und elend hungers stirbt.“

Anton kicherte durch die Nase. Der schwarze Schopf unter der verrutschten Fellmütze ruckte in die Höhe.

„Niemand kann am Dreck *und* am Hunger sterben!“

„Fräulein Johanna!“

Sophie langte unter das Reiseplaid, packte den dünnen Mädchenarm und riss heftig daran, so heftig, dass sie ihm den Handschuh halb auszog. „Au!“, schrie Johanna auf, „au, au!“

„Na!“ Die tiefe Stimme füllte plötzlich die Kutsche, wie ein schweres, weiches Tuch. Johann von Rapp richtete sich in seiner Ecke auf. „Was ist denn auf einmal los? Ärger, Fräulein Sophie? Johanna?“

Ertappt, alle beide. Sophie ließ das Mädchen los und setzte an zu einer Erklärung. Johanna kam ihr zuvor.

„Gar kein Ärger, Herr Papa“, sagte sie artig und zog schnell die verrutschte Decke zurecht. „Ich will nur" – „möchte!", zischte Sophie – „*möchte* nur – nur so gern noch zum Springbrunnen gehen, bevor es dunkel wird. Aber Fräulein Sophie sagt, es ist zu weit. Bestimmt hat sie recht. Aber es ist so schade."

Sie sah ihn bittend an mit ihren hellen, bachklaren Augen. Ihr Vater blinzelte und schenkte ihr ein schiefes Lächeln.

„Sicher hat sie das, und wir sind doch auch bald oben beim Haus. Ist dir denn gar nicht kalt, Fratz? Der Schnee draußen ist nichts für zarte Mädchenfüße."

„Meine Stiefel sind warm", behauptete Johanna, und Sophie schüttelte innerlich den Kopf. Das Mädchen trug zierliche Besuchsstiefel wie sie selbst auch. Aus hauchdünnem Leder. „Ich könnte gut ein wenig gehen. Und ich muss doch der Prinzessin beim Brunnen sagen, dass ich wieder zurück bin."

„Frau von Rapp wartet oben sicher schon auf uns", wandte Anton steif ein. „Es wäre nicht nett, noch im Park herumzubummeln. Mit der Kutsche sind wir in ein paar Minuten da."

„Na", sagte Herr von Rapp wieder und streckte unauffällig die Beine aus, „wenn die Straße ansteigt, zum Haus hin, wird es schon recht langsam gehen. Alles ist vereist, und wir haben zu viel Gepäck."

Er nickte zum Kutschendach hoch. Quietschende Geräusche kamen von dort, ein Schleifen, ein Rutschen. Erst jetzt erinnerte Sophie sich an die große flache Kiste, die vor der Rückfahrt so mühsam oben festgezurrt worden war. Drei Männer hatte es dafür gebraucht, und der Kutscher hatte immer noch eine bedenkliche Miene gemacht. Die Kiste war so breit, dass sie an beiden Seiten überstand und ihr Schatten vor den Kutschfenstern hing.

Herr von Rapp war ihrem Blick gefolgt. „Wir haben auch unser eigenes Gepäck noch hinten dabei. Vielleicht ist Johannas Einfall eigentlich recht gut. Der Kutscher wird es leichter haben ohne uns."

„Und wir sind schneller", zirpte Johanna dazwischen. „Wir besuchen die Prinzessin und sind danach oben am Haus wie der Wind, und niemand merkt, dass wir gar nicht mit der Kutsche gekommen sind."

Ihr Vater lachte. Es klang belegt. Aber er reckte die Schultern und nickte, und Sophie dachte bei sich, wie so oft: Er lässt ihr zu viel durchgehen. Eine Tochter wird nicht zu einem Sohn, wenn man sie wie einen Wildfang aufwachsen lässt ... Vielleicht war es aber auch nicht nur das Kind, dem die lange Fahrt zu viel geworden war – die Fahrt und alles andere. Alles andere ... Sie schüttelte den Kopf, vertrieb den Geruch von alten feuchten Steinen, die Erinnerung an endlos aufragende graue Mauern. Nicht mehr daran denken. Bald, bald waren sie wieder zu Haus.

Anton verzog das Gesicht. Sophie konnte es sich nicht verkneifen, einen bedeutungsvollen Blick auf seine Stiefel und Hosenbeine zu werfen. Sie hatten auf der Fahrt schon einiges gelitten, und der Diener war eitel.

„Kommen Sie", sagte Herr von Rapp, „der kleine Spaziergang wird uns allen guttun. Das Mädchen kann seine Prinzessin besuchen und ich ..." Er wandte den Blick ab und sah aus dem Fenster. „Und *wir* bekommen einen klaren Kopf in der frischen Luft. Es war alles recht – recht anstrengend, nicht wahr."

Anton und Sophie tauschten einen Blick. Der Diener nickte langsam.

Herr von Rapp drehte sich um und schlug mit der Faust gegen die vordere Kutschenwand.

„Karl", rief er, „halt an! Wir wollen uns ein wenig die Füße vertreten."

Johanna klatschte in die Hände.

Was dauerte es so lang? In der Halle musste Blanka sich zwingen, nicht auf und ab zu gehen, immer um das Hausmädchen herum, das ergeben bei der Garderobe stand. Das Glas in der Vordertür war milchig und ließ das schwache Winterlicht hinein, aber keinen Blick nach draußen. Dahinter war die Welt nur ein verwischtes Hell und Dunkel. Abwesend nahm Blanka die Zartheit der Motive wahr, die ins Glas geschliffen waren und die an Eisblumen erinnerten. Ganz flüchtig fragte sie sich, ob die Türeinsätze in der Glashütte entstanden sein mochten, irgendwann, bevor Johann den Betrieb übernommen und auf die moderne Massenproduktion umgestellt hatte.

Von der Halle aus konnte sie die Glashütte nicht sehen – diese Gebäude, die schräg über Herrenhaus und Park ganz oben auf dem Hügel thronten, die in ihrer Nüchternheit so gar nicht zum Herrenhaus passten und doch mit ihm so eng verbunden waren. Das Herrenhaus wandte ihnen halb den Rücken zu, als schämte es sich für sie. Und doch waren sie da, weithin sichtbar – fühlbar. Konnte sie es nicht jetzt wieder hören, das Schrillen der Schleifmaschinen, das Fauchen und Zischen aus den Öfen dort? Leiser, viel leiser, aber genauso durchdringend wie das Krächzen aus den Ulmen? Es waren vielleicht dreihundert Meter bis zur Glashütte, wie die Krähe flog, auch wenn die Straße sich in Serpentinen nach oben wand. Nicht weit. Aber niemand außer ihr schien im Haus die Geräusche noch wahrzunehmen, die von der Hügelkuppe nach unten wehten. Vielleicht hatte nur sie selbst sich immer noch nicht daran gewöhnt. Denn sie hörte sie – oft. Vor allem in der letzten Zeit.

Sie starrte blicklos gegen die Tür, es fiel ihr erst auf, als das Mädchen unruhig mit den Füßen scharrte. Harscher als nötig fragte sie:

„Ist im Salon alles bereit?"

Das Mädchen knickste und murmelte sein „Sehr wohl, gnä' Frau"; überrascht klang es, und mit Recht. Natürlich war alles bereit, es war seit Stunden alles bereit. Sie hatte es selbst ein Dutzend Mal nachgeprüft.

„Möchten gnä' Frau, dass ich nach dem Leichenwagen ausschauen soll?"

Blankas Rock schwang so heftig herum, dass er fast eine der Handlampen von ihrem Tischchen fegte.

„Es ist *nicht* der Leichenwagen!"

Die winzigen Perlen an ihren Schnüren unter dem Lampenschirm klirrten und klingelten und verwirrten sich ineinander. Blanka drückte die Hand gegen die Brust, spürte das Herz unter dem Korsett flattern im Knochenkäfig.

„Verzeihung ... Verzeihung, gnä' Frau", stammelte das Mädchen, „ich hab Sie doch nicht verschrecken wolln!"

„Du dummes Ding! Glaubst du etwa, sie bringen *Sie* im Sarg mit, wie Gepäck?"

Sie verschluckte sich fast an den Worten, so kalt, so boshaft, so ganz ungewollt und doch – seltsam befriedigend. Sie sah, wie das Mädchen die Hände vors Gesicht schlug und hochrot anlief, hörte den feuchten Schluchzer dahinter. Ein Teil von ihr, ein kleiner, unangenehmer Teil, den sie selten spürte, wollte noch nachsetzen, eine weitere Beleidigung gegen die plumpen Handrücken schleudern. Entsetzt biss sie sich auf die Unterlippe, bis die Reue kam mit dem schwachen Blutgeschmack.

„Schon gut", sagte sie leise. „Es ist schon gut, Lieschen. Geh in den Salon und – und sieh nach, ob alle Weinkelche richtig auf der Tafel stehen."

Das Mädchen knickste wieder, wischte sich ungeschickt die Tränen ab. Seine klobigen Schuhe hallten auf dem Eichenboden, als es hinausging. Ein dumpfes, hohles Geräusch.

Sie …

Einen Moment lang sah sie die groteske Szene vor sich: ein aufrechter Sarg in einer Reisekutsche, steif und stumm, mitten zwischen den Passagieren, die aus dem Fenster sahen und taten, als hörten sie es nicht, das Poltern in manchen Kurven. Als ob *Sie* es je zugelassen hätte, eine solche Lächerlichkeit. Eine kleine graue Kapelle in einer Ecke des Schlosshofs, flache Stufen hinunter in bitterste Kälte – dort lag *Sie* längst und schlief, während die Schneeflocken langsam alle Spuren verdeckten. Blanka wusste das, aber das Wissen beruhigte sie nicht. Nein, sie würden *Sie* nicht mitbringen.

Sie nicht.

Wie lange hatte Blanka nicht mehr an das Schloss gedacht? Es mussten Jahre sein, und doch war die Erinnerung frisch und klar. Mauern wuchsen in die Höhe, schlanke graue Türme, zart wie Nadelspitzen, so ganz anders als der plumpe Kegelturm der Glashütte … Ihre Schultern verkrampften sich. Auf dem zweiten Tischchen, gleich neben der Haustür, stand die Schale für die Visitenkarten, und ein Stapel Briefe lag noch daneben. Sie nahm sie auf, um sich abzulenken, blätterte durch die festen weißen Umschläge. Viele der Absender kannte sie, Lieferanten aus dem Dorf, Putzmacher in der Stadt. Geheimrat Schollkopf, von dem ihr Ehemann den Quarzsand kaufte für die Glashütte, Konsul Melcher, von dem irgendwelche anderen wichtigen Ingredienzen bezogen wurden. Sie verstand nichts von Johanns Geschäften, und er hätte nur still gelacht, wenn er sie so gesehen hätte, mit den Briefen in der Hand. Aber sein Lachen wäre verflogen, sobald sie ihm den Rücken drehte; sie wusste, die Briefe enthielten Rechnungen. Unbezahlte Rechnungen und Mahnungen dazu. Und so viel verstand sie doch: Wenn Lieferanten zu lange auf ihr Geld warten mussten, lieferten sie irgendwann nicht mehr.

Sie legte den Stapel vorsichtig wieder beiseite. Unter den Umschlägen rutschte ein offenes Blatt hervor; sie schob es hastig zurück, brauchte es nicht zu lesen, um zu wissen, was es war. Die Nachricht vom Telegraphenamt, harte, unordentliche Druckbuchstaben. Ganz unscheinbar sahen sie aus. Und hatten so vieles verändert …

Blanka gab sich einen Ruck, legte behutsam eine Hand auf die Haustürklinke. Drückte, zu schwach erst, dann etwas fester. Das schwere Türblatt schwang langsam nach außen, nur eine Handbreit; dunstig kalte Luft zog in die Halle und mit ihr, viel lauter, das Rufen der Krähen. Blanka stand ganz still und sah durch den Spalt nach draußen. Hundert Meter vom Haus entfernt verschwand die Straße hinter den Bäumen. Nur hundert Meter … Wenn sie sich den Mantel überwarf und hinausging, bis zu der Biegung – sie fühlte deutlich, dass sie die Kutsche dann würde sehen können. Nur hundert Meter, und der Schnee war vor dem Haus glatt und hart geschliffen von Kutschenrädern und der Schaufel des Gärtners. Kein mühsames Gehen, nur ein paar schnelle Schritte. Ein paar Schritte, ein kurzer Blick, und dann wieder zurück ins Haus. Nur hundert Meter.

Aber es war, wie es immer war. Ihre Füße zuckten auf der Stelle, als sie versuchte, sie über die Türschwelle zu schieben. Ihr Herz fing an zu hämmern, Blut rauschte in ihren Ohren. Das Draußen dehnte sich auf sie zu, bereit, sie zu verschlucken. Der Schatten des Waldes schien heranzuschleichen, näher, immer näher, wispernd und knisternd und voller unaussprechlicher Drohungen. Erst, als sie zitternd die Klinke losließ und zurücksprang, bevor die Tür zuschlug, wurde es besser. Sie schluckte mit wunder Kehle, als hätte sie stundenlang geschrien. Nur hundert lächerliche Meter ... nur ein einziger erster Schritt. Den sie nicht tun konnte. Seit Jahren schon nicht mehr.

Sie trat zurück, wieder einmal geschlagen, und es war ihr, als ob sie jemanden lachen hörte. Für einen eisigen Augenblick glaubte sie, sie sei es selbst gewesen. Voll klang es, nachtdunkel, und spöttisch wie blinkende Sterne. Und fern, unendlich fern ... Nein, sie hatte noch niemals spöttisch gelacht. Und niemals so dunkel samten. Und außer ihr war niemand mehr in der Halle.

„Du dummes Ding", flüsterte Blanka sich zu. „Du dummes, dummes kleines Ding. Haltung, Blanka."

Sie richtete sich auf, merkte erst in der Bewegung, dass sie sich gekrümmt hatte wie gegen einen Schlag. Niemand hatte gelacht. Das waren nur wieder die schwachen Geräusche aus der Glashütte oben, oder die Krähen in der Ulme. Die dummen Krähen.

Sie schob die behandschuhten Finger in den Pompadour, der an ihrem Rock befestigt war, und zog ein braunes Fläschchen heraus.

„Fowlersche Lösung. Ausgezeichnetes Stärkungsmittel. Bei Fieber, Schwäche, Epilepsie und zur Beruhigung von Nervenschmerz. Fünf Tropfen in Wasser, dreimal täglich einzunehmen. Nicht ohne ärztliche Aufsicht über einen längeren Zeitraum anwenden."

Als sie es öffnete, stieg daraus der Duft von Lavendel auf, er umfing sie beruhigend. Sie trank einen Schluck, wartete auf den leichten Schwindel, der immer folgte, und als er sie umfasste, war es eine vertraute Berührung, wie ein oft benutztes Schultertuch. Es verging schnell wieder, und auch das Zittern ließ nach.

Pflichtschuldig machte Blanka sich daran, die Perlenschnüre an der Lampe zu entwirren. Sie würde zurückgehen und am Fenster warten. An ihrem Platz. Wie immer.

Im Schnee wirkte die Prinzessin noch zarter als sonst. Der Wind der letzten Tage hatte ihr einen weißen Mantel umgelegt, über die schmalen Schultern und die hauchdünnen Kleiderfalten, die an ihrem mädchenhaften Steinkörper hinunterfielen. Stein, der aussah wie atmendes Fleisch; Stein, der sachte spielte, wie feinste Sommerseide. Wie war es dem Künstler nur gelungen, dem harten, behauenen Felsen so viel Leben einzuhauchen? Sophie fragte sich das oft. Und noch öfter, mit ganz feinem Spott, wie der hochanständige Johann von Rapp wohl auf den Gedanken gekommen war, eine solche knapp bekleidete Unzüchtigkeit in seinem Park aufzustellen, ausgerechnet zur Hochzeit damals, wenn man den Gerüchten glauben konnte. Nun, immerhin war sie gut versteckt.

Die Prinzessin stand auf dem kleinen Springbrunnen am Rande des Parks, dort, wo die sorgfältig gestutzten Hecken im Sommer übergingen in die ersten Bäumchen des Waldrands. Man konnte das Haus am Hang von dort gerade noch sehen, und die Glashütte darüber, ein wenig nach links versetzt. Aber die Gebäude wirkten weit entfernt, entrückt, wie die Prinzessin selbst. Fast schien es so, als schwebe ihr winziger bloßer Fuß über dem Sockel in der Mitte des Beckens, als drehe sie sich, halb tanzend, in der Luft darüber, auf den Wald zu. Man musste sehr genau hinsehen, um die steinernen Verstrebungen zu erkennen, die sie an den Brunnen banden. Im Sommer spielten die niedrigen Fontänen von allen Seiten darüber hin; und aus dem großen Kelch, den sie in die Höhe hielt, quoll das Wasser und versprühte tausend Kristalle.

Jetzt war der Brunnen stumm, die Prinzessin tanzte nicht, und der Schneemantel bedeckte sie beinahe ganz, bis auf den bloßen rechten Arm. Das Krönchen auf ihrem Lockenkopf stach spitz in den niedrigen Winterhimmel, das Gesicht darunter war halb den Wolken zugewandt. Eigenartig konturlos die Stirn, die Wangen, flacher, unklarer als die Falten im Gewand. Die Nase war kaum vorhanden. Lachten die unscharf geschwungenen Lippen, oder verzogen sie sich wehmütig? So verschwommen der Ausdruck, dass er nicht zu deuten war.

Johanna strahlte.

„Sie ist noch da, sie ist immer noch da!"

„Natürlich ist sie das, mein dummer Fratz", rief Herr von Rapp und beschleunigte seine Schritte. Sophie hastete mit Anton hinterher. Tief unter dem Rock, in dem losen Schnee, schlappte ihr Überschuh.

„Fräulein Johanna", mahnte die Gouvernante leise. Das Mädchen hüpfte schuldbewusst vom Brunnenrand.

„Verzeihung, Fräulein Sophie, aber ich bin anders nicht hingekommen. Sehen Sie doch – und Sie, Papa! Meine Blume ist auch noch da!"

Hinter ihrem Herrn trat Sophie an den Brunnen, ergeben, denn für sie hatte der Zauber sich schon längst abgenutzt. Im Bassin hatten die Kinderhände den losen Schnee unordentlich beiseitegewischt. Die Eisschicht darunter war ganz klar. Die Konturen der Prinzessin spiegelten sich darauf, fast unverzerrt; und ihre eigene angestrengte Miene neben dem gutmütig geheuchelten Interesse des Vaters, der sich jetzt aufgeräumt gab und sorglos.

„Tatsächlich!", Herr von Rapp schlug sogar die Hände

zusammen. Es klappte dumpf. Irgendwo hinter kahlen Bäumen, dort, wo die Straße lag, krächzte es fern, wie ein Echo.

Sophie beugte sich vor; und da war es, das samtige Schimmern einen Fingerbreit unter der Oberfläche, das verblasste Leuchten wie von altem und zu sehr verdünntem Wein. Ein Blütenkopf schwebte bewegungslos im Eis. Nur ganz leicht eingerollt und verfärbt die Ränder der Blätter, wie glasiert vom frühen strengen Frost, der im Herbst so viele der alten Heckenrosen im Park gemordet hatte. Unter dem Schnee moderten sie in den Beeten. Nur eine hatte die unerklärliche Kinderlaune ausgewählt, eine einzige. Hatte sie aufgelesen, in der hohlen Hand behutsam getragen und dann, noch unerklärlichere Kindergrausamkeit, in dem Becken versenkt, den zarten Stängel mit einem Stein beschwert. Und nun schwebte sie dort und leuchtete sanft herauf durch das klare Eis, Tag um Tag, Woche um Woche. Unberührt und unberührbar.

„Der Gärtner ist immer noch gram, weil er das Wasser nicht ablassen durfte dies Jahr." Herr von Rapp zwinkerte seiner Tochter zu. „Pass nur auf, wenn das Becken Risse bekommt, musst du sie alle überstreichen mit deinen Malfarben!"

Johanna hörte ihm gar nicht zu. Sie sah die schwebende Blüte an, den Mund ein wenig offen, den Kopf schief gelegt. Was bewegte sich hinter der Kinderstirn? Sie runzelte sich jetzt, Plisseefalten in der glatten Haut, und Sophie, die Ermahnung schon auf der Zunge, schluckte sie für diesmal wieder hinunter.

„Wenn der Frühling kommt", fragte Johanna, „und das Wasser taut … Was passiert dann mit meiner Blume?"

„Nun", sagte Herr von Rapp und lächelte unbehaglich. „Nun, wenn das Wasser taut … dann schwimmt sie herum, für eine Weile. Eine kleine Weile."

„Und dann?"

Sophie hatte die Frage kommen sehen, seit mehr als einer kleinen Weile.

„Kind", sagte sie, „wenn der Frühling kommt, haben Sie die alte Blume längst vergessen. Es wird so viele neue geben, die Tulpen zuerst und die Glockenblumen …"

„Nie", unterbrach Johanna sie heftig, „nie werde ich sie vergessen!"

„Ach, Fratz", Herr von Rapp legte ihr beruhigend den freien Arm um die Schultern. „Natürlich wirst du das. Siehst du, wenn das Wasser taut, dann wird sie nicht mehr so herrlich anzusehen sein. Sie wird langsam braun werden, wie das Laub an den Bäumen vor ein paar Wochen, und nach und nach auf den Brunnenboden sinken. Dann wird der Gärtner sie herausfischen und dann …"

Johanna drehte sich zu ihm um.

„Sie meinen, dann stirbt sie?"

„Nun", antwortete er. „Nun, nun, es ist dann ja auch längst Zeit dafür, nicht wahr?"

„So, wie die Frau Großmama?"

Er zuckte zusammen. Anton hörte auf, die Hände aneinanderzureiben, und stand ganz still.

Johanna schien es nicht zu bemerken. Sie sah zu ihrem Vater auf und zupfte ihn am Mantel.

„Herr Papa, war die Frau Großmama eine Hexe? Musste sie deshalb sterben?"

Herr von Rapp sog scharf den Atem ein. Sophie wusste, was er vor sich sah: düsteres Kappellenlicht, eine reglose Gestalt im offenen Sarg, tief verschleiert in schwarzer Witwentracht …

„Unsinn", sagte Herr von Rapp heiser, „was redest du denn, Fratz? Hexen gibt es nur im Märchen. Sie war", er räusperte sich schwerfällig, „eine sehr schöne Frau, deine Großmama.

Wie ihre Tochter, deine Frau Mutter, jedenfalls beinahe. Wenn auch nicht unbedingt - Ach, was ist das für ein törichtes Geschwätz! Was grämst du dich über die alte Blume da. Fräulein Sophie hat ganz recht, du wirst sie bis zum Frühling längst vergessen haben. Kinder vergessen so leicht, das ist ganz natürlich. *Assez!*", er hob die Hand, als Johanna widersprechen wollte, „wir haben genug davon geredet, denke ich. Es wird Zeit. Wir sollten gehen."

Abrupt drehte er sich auf dem Absatz um, wirbelte den Spazierstock wie eine Peitsche durch den Schnee und ließ die anderen stehen. Ein paar Minuten lang sah Sophie ihm sprachlos hinterher.

Anton zog die schmalen Augenbrauen hoch.

„Nicht sehr gut gelaunt, der Gnädige", sagte er kühl. „Was musste er auch das Kind mitschleppen. Als ob es irgendwas hätte nützen können."

Sophie musterte ihn irritiert.

„Wovon reden Sie? Seine Schwiegermutter ist gestorben, natürlich ist er nicht überschäumend bester Laune. Er muss ihr nahegestanden haben."

„Nahegestanden?", wiederholte Anton, die Augenbrauen fast bis in den Haaransatz hochgezogen. „Na, wenn Sie das meinen. Soweit ich weiß, ist die werte Frau Großmama damals nicht einmal zur Hochzeit erschienen."

Sophie öffnete den Mund, aber Johanna war immer noch nicht fertig mit ihren Gedanken. Sie starrte die Blume an und fragte leise:

„Wird denn – wird denn die Prinzessin meine Blume nicht beschützen?"

Sophie seufzte.

„Ach, Fräulein ..." Sie wollte irgendetwas Unverbindliches, Beruhigendes sagen. Ihre Füße waren schrecklich kalt, und die tiefen Fußstapfen des Herrn von Rapp zeigten deutlich, dass auch der Weg hoch zur Straße, zum Haus, nicht geräumt war. Aber es war so viel Traurigkeit in dem blassen Gesichtchen, und die Locken hingen so trostlos herunter …

„Die Prinzessin", sagte sie und streckte Johanna die Hand entgegen, „kümmert sich um alles im Park. Und sie passt auf alles auf. Da wird sie doch wohl wissen, wie sie mit einer welken Blume verfahren muss, meinen Sie nicht? Sie wird sie dem Wind schenken, ihrem liebsten Freund, und er wird sie weit über die Lande tragen. So weit, vielleicht sogar bis ans Meer."

„Das Meer", flüsterte Johanna mit großen blanken Augen. Sophie nickte, ohne sich um Antons verächtliches Schnauben zu scheren. Sie nahm Johannas Hand. Der Blick des Mädchens streifte über ihr Gesicht.

„Fräulein Sophie", fragte sie, „kümmert sich die Prinzessin auch um mich, wenn ich sterbe?"

Sophie lachte hell auf.

„Aber, Fräulein Johanna, was sind das für dumme Gedanken! Sie sterben noch lange nicht, das glauben Sie mir ruhig. Und wenn Sie irgendwann uralt geworden sind und viele Enkelchen haben, dann kommen die Englein des Herrgotts und holen Sie alle ab, auf einem goldenen Strahl, der bis in den Himmel reicht. Das wissen Sie doch. Und bis dahin …"

Anton fing an, ungeduldig mit den Füßen zu stampfen. Eine plötzliche Verlegenheit erfasste Sophie. Sie bückte sich zu dem Kind hinunter.

„Bis dahin passe ich auf Sie auf, Sie schrecklicher kleiner Fratz."

Hatte sie geflüstert? Johanna sah zu ihr auf, als habe sie eben ein großes Geheimnis mit ihr geteilt. Sophie nahm ihre Hand fester, zog sie zum Weg ohne ein weiteres Wort und ließ nicht zu, dass die schmalen Finger sich ihr wieder entwanden. Freundlich – oder wehmütig? – schien ihnen die Prinzessin aus ihren Steinaugen nachzusehen, während die lautlosen Flocken anfingen, die Blume im Brunnen wieder zuzudecken.

Blanka von Rapp kam bei ihrem Fenster an in dem Moment, als die Kutsche unten auf der Straße auftauchte. Sie atmete durch, versuchte, sich auf die Erleichterung zu konzentrieren, die Wiedersehensfreude, die Mann und Kind von ihr erwarten durften. Aber sie sah schon, dass die Kutsche mit der vereisten Steigung zu kämpfen hatte. Die beiden Pferde stemmten sich in das Geschirr, warfen die Köpfe hin und her. Der Kutscher stieg vom Bock. Er griff ins Zaumzeug, und Blanka sah seinen Mund auf und zu klappen, als er den Tieren zuredete. Sie wunderte sich, dass Johann nicht ausstieg. Er hatte eine gute Hand mit Pferden.

Die Kutsche schien schwer beladen zu sein. Sie sah die Buckel der Reisekisten hinten hervorlugen, und oben auf dem Dach – auf dem Dach –

Ein riesiger, flacher, schwarzer Kasten. Er überragte die große Reisekutsche zu beiden Seiten, breiter als ein Mann. Sein Schatten fiel so düster auf den Schnee, es war, als ob er alles Licht auslöschte.

Eine Gänsehaut überzog Blankas Körper unter den Kleidern mit Raureif.

Sie kamen, ja. Endlich kamen sie.

Und sie ahnten nicht, was sie mitbrachten.

Mit beiden Händen klammerte Blanka sich an das Fensterbrett.

„Meine Füße tun weh", quengelte Johanna. Sie hing an Sophies Arm wie ein Sack Wackersteine. „Und mir ist so kalt. Fräulein

Sophie, warum geht der Herr Papa so schnell? Warum wartet er nicht auf uns? Sollen wir nach ihm rufen?"

„Nein", Sophie keuchte das Wort mehr, als dass sie es sprach. Der Saum ihres Kleides war mit Feuchtigkeit vollgesogen. Schneeklumpen klebten an den Sohlen ihrer Stiefel, machten jeden Schritt zur Tortur. Ihre Beine waren vollkommen taub. „Nein, und nun benehmen Sie sich nicht wie ein bockiges Kind! Sie wollten doch unbedingt in den Park. Wer nicht hören will, muss fühlen!"

„Aber meine Füße sind wie aus Eis!"

„Eine Dame klagt nicht! Selbst, wenn ihr die Füße abfrören und im Schnee steckenblieben und sie auf den Stümpfen weitergehen müsste. Hören Sie mir zu? Auf – den – Stümpfen. Was wird Ihre Mutter denken, wenn sie Sie so ankommen sieht, zerrupft und zerzaust und jammernd wie ein Bettelweib? An einem solchen Tag noch dazu?"

Johanna verstummte und ließ den Kopf hängen.

„Der krönende Abschluss eines großartigen Tages", brummte Anton, der neben ihnen stapfte.

„Ach, hören Sie doch auf", fuhr Sophie ihn an, „davon wird es auch nicht besser. Wie haben Sie das übrigens gemeint, vorhin? Dass es nichts genützt hätte, Johanna mitzunehmen? Was hat das mit Nützen zu tun? Es ist doch wohl nur natürlich, dass ein Mädchen zur Beerdigung seiner Großmutter geht. Auch, wenn es hinterher meint, sie wäre eine alte Hexe gewesen. Was das Fräulein sich da wohl wieder zusammengesponnen hat in dem kleinen Köpfchen …"

„Ja, gewiss doch", sagte Anton spöttisch, „ganz natürlich ist es. Besonders, wenn dieses Mädchen diese Großmutter lebendig kein einziges Mal zu Gesicht bekommen hat."

„Sie wissen genau, wie es mit Frau von Rapp steht in diesen Dingen." Sophie warf einen schnellen Seitenblick auf

Johanna. Sie schien jeden Protest aufgegeben zu haben und war vollkommen damit beschäftigt, sich auf den kurzen Beinen neben ihr durch den Tiefschnee zu kämpfen. Trotzdem senkte Sophie ihre Stimme. „Sollte das Mädchen vielleicht allein fahren? Wie stellen Sie sich das vor?"

„Nun ...", Anton strich sich sinnlos ein paar Schneeflocken vom Mantelaufschlag. Die Bewegung machte Sophie nur noch gereizter. „Nun, jetzt ging es ja auch, nicht wahr? Ein Mädchen kann durchaus mit dem Vater auf Familienbesuch gehen, meinen Sie nicht? Nur sind Väter meistens ja viel beschäftigte Leute. Da muss es schon einen guten Grund geben. Vor allem, wenn man sich eben gar nicht so fürchterlich nahesteht. Einen guten, richtig guten Grund. Zum Beispiel – ein Erbe."

Sophie blieb stehen. Johanna zockelte noch ein, zwei Schritte weiter und hielt dann ebenfalls an.

„Ein Erbe?", fragte Sophie, sehr leise jetzt. „Wie meinen Sie das, bitte? Was hat irgendein Erbe damit zu tun?"

„Leider nichts", sagte Anton spöttisch.

Sophie war schockiert. „Wer denkt denn bei einer Beerdigung an Geld!"

„Sie offensichtlich nicht, Sie guterzogene Frauensperson. Ich hätte Sie für weniger naiv gehalten."

Er machte Anstalten, einfach weiterzustapfen, aber irgendetwas in Sophies Gesicht brachte ihn dazu, anzuhalten und sich ihr zuzuwenden. Er senkte die Stimme wie sie; mit einem Mal lag großer Ernst darin.

„Sie sind doch normalerweise eine vernünftige Person, Sophie. Ich nehme an, das müssen Sie auch sein in Ihrem Beruf. Sie haben Augen im Kopf und wissen sie zu gebrauchen. Und einen Verstand. Ein Kaufmann denkt immer ans Geld – immer. Das muss er. Erst recht in diesen schwierigen Zeiten. Meinen Sie wirklich, ein guter Kaufmann und Familienvater wie Herr von Rapp fährt Dutzende von Meilen weit, auf ein zugiges, ungemütliches Schloss, zur Beerdigung einer Schwiegermutter, die er seit Jahren nicht gesehen hat, wenn er sich nicht irgendetwas davon erhofft? Wenn er währenddessen an hundert anderen Stellen sein müsste, um Aktionäre zu beruhigen, Gläubiger zu vertrösten, die Arbeiter zu beschwichtigen, die auf ihren Lohn warten? Und meinen Sie nicht auch, wenn Sie sich an das *Schloss* erinnern", er betonte das Wort ironisch, „dass dort nicht viel an – Erhofftem zu holen gewesen sein wird?"

Sie tauchten wieder vor ihr auf, die feuchten, klammen Mauern. Die abgeblätterten Seidentapeten, die ausgetretenen Teppiche. Das klägliche Häufchen Bediensteter, das sich wispernd in einer Ecke der fast leeren Halle zusammendrängte.

„Wir haben dieses – Ding mitgenommen", sagte sie zögernd. Anton lachte leise.

„Dieses Ding, das haben Sie schön gesagt. Was meinen Sie übrigens, das es ist? Ein uraltes Ahnenportrait von Graf Wilhelm dem Riesen?"

Sophie schüttelte den Kopf. „Jetzt spotten Sie wieder."

Er schob die Hände unter die Achseln. „Da haben Sie wohl recht."

Sie schwiegen beide, sahen der nur noch handgroßen Gestalt im schwarzen Gehpelz hinterher, die immer noch mit energischen Schritten von ihnen fortstrebte, auf das Haus zu, den sicheren Hafen, und die keine Anstalten machte zu warten.

Neben Sophie hob Johanna mühsam den Kopf.

„Gehen wir denn nicht weiter?", fragte sie kläglich.

Sophie riss sich aus ihren Gedanken.

„Natürlich tun wir das. Sehen Sie, das Haus ist ja schon ganz nah."

Sie deutete auf das wuchtige Gebäude aus grauem Stein, ein paar Meter über dem Park und vielleicht noch zweihundert Schritt entfernt. Die Glashütte darüber, verschwommen im Dunst, stieß Rauchwolken aus.

Sophie warf Anton einen warnenden Blick zu und setzte sich wieder in Bewegung. Er zuckte nur die Achseln, schob sich vor Sophie und das Mädchen, damit sie in seinen Fußspuren laufen konnten. Sophie bemerkte es dankbar. Aber sie sagte nichts.

„Warum kann ich denn das Haus sehen, aber die Straße nicht", jammerte Johanna. „Haben wir uns verlaufen?"

„Unsinn!" Sophie hätte das Mädchen am liebsten geschüttelt, bis ihm die Zähne im Mund klapperten. „Die Bäume sind dazwischen, das wissen Sie doch! Da vorn, Ihr Herr Vater hat sie doch schon fast erreicht."

„Sie sehen so komisch aus, die Bäume." Johanna hörte nicht auf. „Als ob sie lauter schwarze Blätter hätten."

„Ulmen werfen das Laub ab im Winter, stellen Sie sich nicht dumm."

„Und doch sehen sie so aus!"

Vor ihnen lachte Anton sein ironisches Lachen.

„Kommen Sie", sagte Sophie, „hören Sie endlich auf, so ein kleiner Teufel zu ..."

Sie verstummte. Ihr Blick war unwillkürlich nach oben gewandert, über den zerzausten Mädchenschopf, von dem die Mütze längst ganz heruntergerutscht war. Es lagen schwarze Schatten in den Bäumen. Sie bewegten sich sacht. Und ein Geräusch wurde langsam deutlicher; ein Geräusch, das sie vielleicht schon die ganze Zeit über gehört hatte, ohne es wahrzunehmen.

Auch Anton schien es jetzt zu hören. Er blieb wieder stehen, drehte sich nach ihnen um.

„Es ist nur – nur ein Vogelschwarm", sagte Sophie zögernd. Und dann noch einmal, fester: „Ein Vogelschwarm. Nichts weiter. Die Tiere suchen vielleicht in den Zweigen nach Nahrung. Oder sie haben sich dort Nester gebaut. Irgendwo müssen sie ja hin, wenn sie nicht fortfliegen können."

„Ich mag sie nicht", sagte Johanna störrisch.

Die hoch aufgerichtete Gestalt weit vor ihnen auf dem Weg ging unbeirrt auf die Bäume zu. Jetzt schien sie etwas hochzuheben –

„Der Spazierstock!" Sophie hörte selbst die plötzliche, kindische Erleichterung in ihrer Stimme. „Sehen Sie, er holt den Spazierstock vor! Seien Sie nicht bange vor den dummen Vögeln. Ihr Herr Vater wird ..."

Woher waren sie plötzlich aufgetaucht, die winzigen Gestalten im Schnee? Wie Tupfen auf der Leinwand des Parks, dachte Blanka. Rechts von den Bäumen, in einer Senke. Zwei größere, eine kleine und eine ganz kleine. Die größte kam schnell näher. Sie reckte etwas Langes, Schmales gegen die Bäume, die Bäume, in denen es jetzt zu rauschen anfing. Die Bäume, die die Sicht auf die Straße verstellten. Und dort, auf der Straße, die Kutsche mit den Pferden. Sie schlugen mit den Köpfen, auf und ab. Fingen langsam an, rückwärts zu gehen.

„Nein!" Blankas Schrei prallte gegen die Scheibe, als sie verstand, was passieren würde. „Nein, nicht werfen! Die Pferde – der Wagen!"

So unwirklich deutlich, die Szene, alle Konturen plötzlich überscharf.

„Nein, nicht!"

Niemand hörte sie, niemand konnte sie hören. Ein, zwei flatternde Schemen huschten aus den Bäumen, über das Dach der Kutsche hinweg, ganz dicht über dem riesigen flachen Kasten. Die Pferde drängten wieder nach vorn, ein heftiger Ruck ging durch das Gefährt. Hinten polterte eine der Reisekisten auf die Straße. Und der lange, schmale Gegenstand zielte immer noch mitten in die Ulmen.

Blanka klopfte gegen die Scheibe.

„Nicht, nicht!"

Die Zeit tat einen holpernden Sprung; dann war es schon geschehen, war der Stock hoch und schräg durch die Luft geflogen, und die schwarze Wolke stieg auf aus den Bäumen in einem Brausen und Krächzen, das Blanka in den Ohren dröhnte. Dutzende, Hunderte Vogelleiber flogen in den Himmel auf, wild flatternde Scherenschnitte vor dem trüben, unbeweglichen Weiß. Die Pferde wieherten schrill, stiegen gegen die Deichsel, rissen die Kutsche hin und her, der Kutscher flog an den Zügeln herum wie ein hilfloses Püppchen. Es krachte dumpf, als eine zweite Kiste herunterstürzte, und dann knallte etwas, grell wie ein Pistolenschuss. Fassungslos sah Blanka, wie der riesige Kasten auf dem Kutschdach ins Rutschen geriet.

„Nein, nein!"

Blankas Gedanken rasten. Zur Haustür, die Straße hinunter! Nur ein paar Schritte! Nur ein paar Schritte - - - Sie zerrte am Fensterriegel, zerbrach sich die Fingernägel am eiskalten Metall. Es rührte sich nicht, festgefroren seit Winterbeginn.

„Haltet ihn fest, haltet ihn doch fest! Lieschen! Lieschen!"

Sie hörte sich selbst nicht unter den Krähen. Immer mehr stiegen aus den Ulmen auf, die Fensterscheibe vibrierte von ihrem Schreien. Die zwei kleineren Gestalten im Park hatten sich zusammengeduckt, eine über die andere gebeugt.

„Johanna!", schrie Blanka, „Fräulein Sophie! Johanna!"

Sie sah die beiden größeren Umrisse nicht mehr. Rannten sie unter dem Flügelsturm zur Kutsche? Die Pferde beruhigten sich nicht. Jetzt versuchte eines, zur Seite auszubrechen, das andere stürzte halb auf die Deichsel. Die Kutsche wurde herumgerissen. Wieder knallte etwas, und Blanka verstand endlich, dass es reißende Gurte waren. Die Gurte, die den Kasten hielten auf dem Dach. Blanka stöhnte auf. Wieder schlug sie, trommelte sie gegen die Scheibe.

„Er darf nicht fallen, er darf nicht fallen!"

Aber er fiel. Als das zweite Pferd sich im Krähenbrausen aufrichtete und einen gewaltigen Satz zur Seite machte – als die Deichsel brach, der Wagen zur anderen Seite gerissen wurde, sich neigte und erzitterte und eines der Räder unter sich zertrümmerte – da rutschte der große Kasten unaufhaltsam über die Kante des Daches hinaus, weiter und immer weiter, bis er kippte und stürzte und mit einem fürchterlichen Krachen senkrecht im Schnee aufschlug.

„Nein, nein!"

Aufrecht schwankte der Kasten, vor und zurück. Sein Rücken schlug gegen die Kutsche, Bretter platzten ab, und etwas schimmerte darunter auf, an der einen, oberen Ecke, etwas wie ein mattes, grausilbriges, flirrendes Licht. Die Krähen kreischten und stoben auseinander.

„Lasst ihn nicht zerbrechen, oh Gott! Lasst ihn nicht zerbrechen!"

Ein großer Vogel schoss aus dem Schwarm heraus. Irrlichterte im Zickzack über die Straße, die Pferde, die Kutsche. Ließ sich plötzlich fallen, senkrecht nach unten. Wie ein schwarzer Keil, die Flügel eng an den Leib gepresst. Auf das matte Schimmern zu, das flirrende Licht. Ein dumpfer Schlag. Wellen von Übelkeit stiegen in Blanka auf. Sie krallte sich ans Fensterbrett und kniff die Augen zu, so fest sie konnte.

Wie lange es dauerte, bis sie sie wieder öffnete, wusste sie nicht. Sie hörte Geräusche, Rufen; das Klappen der Haustür, ein ums andere Mal. Irgendwann drang die Stimme des Hausmädchens zu ihr durch, kurzatmig, zitternd.

„Es ist – alles in Ordnung, gnä' Frau, niemandem ist was – passiert. Nur die Pferde, ich weiß nicht recht, und die Kutsche ist hin – der Kutscher kümmert sich – alle kommen rauf …"

„Der Spiegel", flüsterte Blanka in der Dunkelheit hinter ihren Augen. „Sag mir, was mit dem Spiegel ist."

„Das Riesending?" Verwundert, zögernd, die Stimme des Mädchens. „Heil geblieben, trotz dem Vogel. Der hat's allerdings nicht überlebt."

Ihre Knie wurden weich. Sie schaffte es, die Augen zu öffnen, blinzelte, bis ihr Blick sich wieder klärte. Sie konnte die Pferde erkennen, die der Kutscher zum Haus hochführte, die Kutsche selbst, ein verformter Haufen im Straßengraben, und den Kasten, oh Gott! – den Kasten, von zwei Männern getragen. Arbeiter mussten es sein aus der Hütte nebenan, sie konnte ihre Schirmmützen sehen. Johann ging vor ihnen her, Johanna und Fräulein Sophie umschwirrten ihn. Herr Anton kam dahinter, mit zwei großen Koffern. Jemand schien eine Decke über den Kasten geworfen zu haben; das flirrende Licht war verloschen. Von den Krähen war nichts mehr zu sehen. Nur ganz schwach, aus großer Ferne, hörte sie noch ein letztes Krächzen.

Auf der Straße, dem aufgerissenen Schnee, lag ein kleiner, schwarzer, regloser Klumpen. Blanka sah es nicht, aber sie wusste: Unter ihm breitete sich langsam etwas Dunkles aus, zerfloss in das Weiß, so weich, so sanft wie Blütenblätter, die sich öffneten. Zitternd atmete sie aus, tastete nach dem Pompadour. Der harten, beruhigenden Form, die durch den Stoff der Handschuhe gegen ihre Finger drückte.

Hörte sie es wieder, das dunkle, spöttische Lachen?

Lieschen räusperte sich.

„Ich geh jetzt besser mit anfassen, gnä' Frau."

Sie verließ das Zimmer, ohne Blankas Antwort abzuwarten.

Es war einmal, mitten im Winter, und die Schneeflocken fielen wie Federn …

Es war einmal, mitten im Winter, und kaltes Morgenlicht fiel durch die schmalen Fenster ins Turmzimmer. Draußen lag der Wald ums Schloss froststarr und schweigend da; drinnen knarrten die uralten Dielen unter den Kufen der Wiege, hin und her, hin und her, und das Kind gurrte leise.

Die Frau, die das Bettchen vom Lehnstuhl aus schaukelte, sang:

„Stehn zwei Stern am hohen Himmel / leuchten heller als der Mond …" Der Säugling schmiegte den dunklen Schopf in das Leinen, und die winzigen Hände, die sich im Schlaf zu Fäusten geballt hatten, entspannten sich wieder. Wie hübsch das Kind war, selbst jetzt schon, wie vollkommen. Die hässlichen Neugeborenenrunzeln, die zornige Röte, mit der es auf die Welt gekommen war, waren in den vergangenen Tagen längst verschwunden. Hatten sich in Nichts aufgelöst, wie auch die wilden, fremden Schmerzen, die ihren eigenen Körper zerrissen hatten. Wäre es allein nach ihr gegangen, sie wäre schon gestern oder vorgestern wieder aufgestanden aus dem Wochenbett.

„Leuchten so hell", sang sie und konnte dabei den Blick nicht lassen von dem kleinen Wunder in der Wiege, „leuchten so hell / leuchten heller als der Mond …"

Sie wusste, sie sollte sich schwach fühlen, hinfällig, wie eine Schwerkranke. War sie eine unnatürliche Frau, weil sie den Schmerz so schnell vergessen hatte? Weil all ihre Glieder kribbelten vor Tatendrang, vor Wagemut, vor – Stolz? Am liebsten hätte sie den Säugling aus dem Bettchen gehoben, hätte ihn durch das ganze Schloss getragen und jedem einzelnen der Dienstboten gezeigt. Nein, nicht nur ihnen, auch den Bauern und Pächtern unten in den Dörfern! Alle sollten sie sehen, ihre vollkommene kleine Prinzessin. Alle sollten sie bewundern.

Es hätte sich nicht geschickt. Sie kannte die Konventionen. Und sie war klug genug, sich daran zu halten, selbst als Schlossherrin. Und auch, wenn sie es kaum abwarten konnte, sich wieder selbst um *die Führung des Haushalts zu kümmern, Besuche zu machen, all die kleinen und großen Angelegenheiten zu regeln – genoss sie sie nicht, diese stillen Momente im Turmzimmer, allein mit dem Kind? So ruhig, so friedlich alles um sie her …*

„Silber, Gold und Edelsteine / schönster Schatz, und du bist mein …“ Mein, mein, mein, *flüsterte es in ihr fort. Sie spürte, wie ein Lächeln sich auf ihrem Gesicht ausbreitete.*

Schritte klangen auf der Wendeltreppe, die nach oben führte, Schritte und Stimmen. Sie richtete sich auf, strich den bestickten Morgenrock glatt, der wie riesige, bauschige Blütenblätter um sie herum ausgebreitet lag. Das Gestell der Krinoline knirschte leise unter dem Stoff. Wie verwirrt hatte die Zofe dreingeschaut, als sie früh darauf bestanden hatte, sie schon wieder anzuziehen! Das Korsett nicht, nein; hier setzte der Körper noch Grenzen. Nur ein weiches Mieder, und einen Kaschmirschal darumgeschlungen, damit man nicht sah, was nicht gesehen werden sollte … Aber den Morgenrock konnte man nicht tragen ohne die Krinoline, man hätte sich rettungslos in den herunterhängenden Stoffbahnen verwickelt. Und was für ein lächerlicher Anblick wäre das gewesen.

Es rumste auf der Treppe, sie drehte den Kopf zur Tür, die halb offen stand. Die Stimme ihres Mannes brummte etwas Unverständliches, in seiner gutmütigen Art; sie fühlte den tiefen Ton in sich vibrieren. Gleich würde er eintreten, sie dort sitzen sehen in ihrem schönsten roten Morgenrock, mit dem sorgfältig frisierten Haar, und seine Augen würden ihr sagen, wie sehr er sie liebte. Sie taten es immer. Sie würden es immer tun. Jetzt noch mehr als vorher.

„Du bist mein“, sang sie, „ich bin dein …“ Ihre Stimme hallte, voll, dunkel und klar, in dem hohen runden Raum. Amüsiert merkte sie, wie das Rumoren auf der Treppe einen Moment verstummte und dann mit neuem Eifer einsetzte. Einen Augenblick später klopfte es, und gleichzeitig wurde die Tür ganz aufgeschoben.

„Du bist mein / ich bin dein …“

„Sag, was könnte schöner sein?“, *vollendete er schief die letzten Zeilen und strahlte sie an, sie und das kleine Mädchen in der Wiege, das im Schlaf seufzte, als er sich über das Bettchen beugte. „Ich wusste“, sagte er und zwinkerte ihr zu, „dass Sie es keinen Tag länger im Bett aushalten würden. Deshalb dachte ich, es wäre …“ Wieder polterte es draußen, jemand fluchte unterdrückt. Er verdrehte die Augen. „Himmel. Nun, ich dachte jedenfalls, es wäre gerade der richtige Augenblick, um Ihnen endlich Ihren Wunsch zu erfüllen. Sie erinnern sich?“*

Einen kurzen Moment lang tat sie es nicht; es fühlte sich unangenehm verwirrend an. Dann wurde von draußen, an ihrem Mann vorbei, ein riesiges, flaches Etwas in das Turmzimmer geschoben, von zwei schwitzenden Hausknechten, und sie klatschte in die Hände vor Freude.

„Sie haben noch daran gedacht!“

„Natürlich“, brummte er und beruhigte das Kind in der Wiege. „Ich verstehe zwar nicht, warum, aber … Wenn es nun einmal Ihr Wunsch ist.“

„Ja“, sagte sie schnell und stützte sich schon an den Armlehnen ab, um aufzustehen und die Knechte zu dirigieren. Im letzten Moment beherrschte sie sich und beobachtete nur scharf, wie sie den mannshohen Gegenstand an eine der Wände schoben, ihrem Lehnstuhl gegenüber. Das Morgenlicht fiel darauf; und plötzlich schimmerte ihr eigenes Gesicht ihr entgehen, zart, weiß und von dunklen Locken umrahmt. Nicht nur ihr Gesicht; ihre ganze Gestalt, einschließlich Morgenrock, Lehnstuhl und Wiege.

„Er ist wunderbar“, sagte sie leise. „Genau so wunderbar, wie ich geglaubt habe, als ich ihn im Keller entdeckte.“

„Finden Sie?“ Er entließ die Knechte mit einer Handbewegung und trat zu ihr. „Man hat mir erzählt, dass er viele Handwerker das Leben gekostet hat. Und dabei ist er nicht einmal besonders klar. Ich hätte Ihnen lieber eins der neuen Silbermodelle bestellt …“

„Nein", sagte sie, etwas zu scharf, darum schlug sie die Augen sehr sanft zu ihm auf, „nein, sie machen sie längst noch nicht groß genug. Er muss groß sein, verstehen Sie. Ich muss mich von Kopf bis Fuß darin sehen können. Es ist … Ach, es hilft nichts, ich kann hier nicht sitzen bleiben! Sie müssen mir aufhelfen, bitte."

Er schüttelte den Kopf und bückte sich gleichzeitig, um ihr den Arm zu reichen.

Innerlich zuckte sie zusammen, als der erste Schritt sie mit spitzen Nadeln an namenlosen Körperstellen stach. Aber das Lächeln, das sie vor sich hertrug, zeigte es nicht. Gemeinsam mit ihrem Mann stellte sie sich vor den riesigen alten Spiegel in seinem Holzgestell.

„Wunderbar", wiederholte sie abwesend. Ihre Blicke huschten schon forschend über jeden Zentimeter. War dort nicht eine erste, winzige Falte?

Ihr Mann drückte ihren Arm.

„Ich sehe schon, die Liebe ist gegenseitig."

Sie sah ihn ernst im Spiegel an. „Spotten Sie nicht. Ich bin jetzt eine alte Frau. Ich habe ein Kind geboren. Ich muss – auf der Hut sein, verstehen Sie."

„Nein, nicht ein Wort", sagte er und lachte. „Aber was macht das schon? Wenn Sie glauben, dass Sie einigermaßen sicher stehen – wünschen Sie dann, dass ich die beiden Damen mit dem neuen Spielzeug ein Weilchen allein lasse?"

Sie nickte und drückte dankbar seinen Arm, bevor er sie losließ. Draußen, im Gang zur Treppe, hörte sie ihn mit der wartenden Zofe scherzen. Sie achtete nicht darauf. Es hatte keine Bedeutung.

Während das Kind hinter ihr in der Wiege wieder zu gurren anfing, beugte sie sich vor, bis ihr Gesicht fast die silbrig-rauchige Spiegelfläche berührte, und versuchte, die verdächtige kleine Falte wiederzufinden.

„Du bist mein / ich bin dein", *summte sie dabei.*

Zwei

Am andern Morgen schneite es nicht mehr. Weißer Dunst trieb aus dem Wald zum Dorf, mischte sich mit dem Rauch, der von der Glashütte heruntersank. Hing wie ein Schleier vor den Fenstern des Herrenhauses, dämpfte das matte Licht noch mehr. Fröstelnd ließ Sophie in ihrer Kammer den Vorhang fallen und wandte sich ab.

Sie hatte schlecht geschlafen. Das Geschrei der Krähen, das Krachen der Kutschenräder hatten noch lange in ihr nachgehallt und sie nur schwer zur Ruhe kommen lassen. Sie fühlte sich müde und zerschlagen von der Fahrt.

Als sie nach oben kam, auf den Dachboden, um Johanna zu wecken, war das Mädchen erkältet und jammerte über Halsschmerzen. Sophie hörte es mit grimmiger Befriedigung. Mit einem feuchten Waschlappen wischte sie dem Kind notdürftig das Gesicht ab, stopfte das Federbett fest und stieg nach unten, um nach ihrer Herrschaft zu suchen.

Die schmale Bodentreppe knarrte, wie sie es immer tat, ein raukehliger Morgengruß des Hauses. Im ersten Stock trieb ein leises, unmelodisches Summen umher, unterbrochen von gelegentlichem Poltern: Lieschen schrubbte die Fußböden in den Schlafzimmern. Der Eimer mit gebrauchtem Waschwasser stand beim Treppenabsatz. Die Herrschaften mussten schon unten beim Frühstück sein. Sophie musterte sich flüchtig im blank polierten Glas einer Wäscheschranktür, steckte eine Haarnadel neu in die dicken, widerspenstigen Strähnen, glättete die Augenbrauen mit den Fingern. Sie hätte sich in die Wangen kneifen können, um ein wenig Farbe ins Gesicht zu bekommen, vielleicht auch vorsichtig auf die Lippen beißen. Aber sie wusste zu genau, dass ihr breiter Mund, ihre knochigen Züge nie an Rosenknospen erinnern würden, und wenn sie sich die Lippen blutig biss. Und wen wollte sie auch damit betören? Sie würde höchstens Erna, das Stubenmädchen, zum Kichern bringen.

Ach nein, dachte sie, während sie die Treppe ins Erdgeschoss hinunterstieg, Erna war ja nicht mehr da. Sie sah sie noch herumwirtschaften, das Häubchen wie einen Helm auf den Kopf gerammt, immer einen Staubwedel in der Hand. Serviert hatte sie erstklassig, kein einziger Teller war je zu Bruch gegangen. In den zwei Wochen, seit sie weinend davongefahren war, waren Lieschens grobem Zupacken schon drei Tassen zum Opfer gefallen und ein Milchkännchen aus dem Barock. Die immer sanfte Frau von Rapp hatte sich sogar zu einer spitzen Bemerkung hinreißen lassen. Weder Tassen noch Kännchen waren bisher ersetzt worden.

Und eine Mamsell, eine richtige Wirtschafterin, hatten sie schon seit Monaten nicht mehr.

Geschirr klirrte auch jetzt aus dem Frühstückszimmer gleich hinter der Halle, aber sehr dezent. Sophie strich sich noch einmal über die Haare, bevor sie an die halb offene Tür klopfte.

„Bitte."

Sie saßen an ihren üblichen Plätzen, Herr von Rapp an der Stirnseite, die gnädige Frau rechts daneben. Die Teller waren leer bis auf Krümel bei ihm und ein angebissenes Stückchen Frühstückskuchen bei ihr. Lieschen war wieder einmal spät dran mit dem Abräumen ... Herr von Rapp hörte auf, ungeduldig das Besteck herumzuschieben, und sah erwartungsvoll auf. Sophie knickste.

„Verzeihen Sie, aber ich fürchte, das kleine Fräulein kann heute Morgen nicht herunterkommen. Es ist ihr nicht recht wohl.“

„So?“ Er runzelte die Stirn. „Sagen Sie bloß, sie hat sich bei dem kleinen Ausflug gestern den Fuß vertreten. Ich habe gar nichts bemerkt?“

Ein junges Mädchen, dachte Sophie, ist nicht dazu geschaffen, in dünnen Stiefeln durch den Tiefschnee zu stapfen … Sie machte eine unbewegte Miene, zählte bis drei und antwortete:

„Nein, gnädiger Herr, sie hat sich wohl erkältet. Sie hat Halsweh und ist vielleicht ein wenig fiebrig.“

„Sollen wir nach dem Arzt schicken?“ Blanka von Rapp wandte ihr das Gesicht zu. Selbst im fahlen Morgenlicht, vermischt mit dem unsteten Flackern der Gaslampen, schimmerte ihre weiße Haut makellos, wie bei einer Porzellanpuppe. Ihre hellen Augen waren besorgt geweitet. Sophie kannte diesen Ausdruck gut, diese sanfte, unausgesprochene Bitte, es möge doch alles in Ordnung sein und niemand irgendeinen Kummer leiden. Wie immer rührte er sie und machte, dass sie rasch den Kopf schüttelte.

„Aber nein, gnädige Frau, so schlimm ist es nicht. Ein bisschen Bettruhe – ein leichtes Mittagessen – und am Nachmittag lese ich vielleicht etwas Französisch mit ihr. Morgen wird sie wieder herumspringen.“

„Überanstrengen Sie sie nur nicht, Fräulein Sophie. Sie soll heute im Bett bleiben. Ich komme nachher, um nach ihr zu sehen. Meinen Sie, dass Sie bis dahin zurechtkommen?“

Sophie lächelte. „Natürlich“, sagte sie, und das dankbare Nicken ihrer Herrin – so grazil der Kopf auf dem schlanken

Hals, eine Lilie auf ihrem Stängel – tat ihr wohl. Sie selbst war vielleicht nicht sehr ansehnlich; aber sie war tüchtig. Das konnte ihr niemand nehmen.

Herr von Rapp lächelte seiner Frau zu.

„Tja", sagte er betont munter, „da kann man nichts machen. Das Kind kränklich, die Reisekutsche hinüber von dem Malheur gestern, und dann noch dieses Riesenbiest, für das wir wahrscheinlich anbauen müssen, um genug Platz zum Stellen zu haben. Ihr Erbstück, meine ich, meine Liebe. Vielleicht sollten wir es gleich wieder verkaufen? Es ist ja nur ein alter grauer Quecksilberspiegel. Ich schenke Ihnen einen schönen, modernen, mit echtem Silbernitrat. Der würde doch auch viel besser zu Ihnen passen!"

Er lachte, aber es klang gezwungen. Sophie dachte an das kurze Gespräch mit Anton im Park. Sie verstand genug, auch wenn Johann von Rapp den Mund so schnell wieder zuklappte, als habe er schon zu viel gesagt. Das zerschlagene Geschirr würde auch in diesem Monat nicht ersetzt werden. Und Lieschen musste weiter sehen, wie sie allein zurechtkam. Genau wie der Gärtner, der seit einem halben Jahr keinen Gehilfen mehr hatte, trotz der Arthritis in der linken Schulter. Und wie die Köchin unten im Keller, die wuchtige Frau Herrman, die schon lang nur noch über ein einziges Spülmädchen zum Schelten verfügte.

„Verkaufen?" Blanka von Rapp wirkte verwirrt. Ihr Blick forschte im Gesicht ihres Mannes. „Ich könnte den Spiegel niemals verkaufen. Sie scherzen sicher. Nicht wahr?"

Erst, als er wieder lachte und ihr ungeschickt den Arm tätschelte, entspannte sie sich wieder. Sophie versuchte, die winzige Dissonanz, die im Raum geschwungen hatte, zu überspielen.

„Vielleicht möchten Sie, gnädige Frau, dass ich Ihnen nachher mit dem Auspacken helfe? Die Kiste sieht wirklich furchtbar unhandlich aus, und sicher ist sie voller Holzsplitter nach dem Sturz."

Etwas unbehaglich dachte sie an das schwarze Ungetüm, das vorn in der Halle stand, wo die Arbeiter es hingewuchtet hatten. Niemand hatte es bisher gewagt, ihm zu Leibe zu rücken. Vielleicht spiegelten sich ihre Gedanken auf dem Gesicht ihrer Herrin wider: Blanka von Rapp schien noch blasser zu werden, und sie winkte ab mit einer unsicheren, zierlichen Geste.

„Schon gut, Fräulein Sophie, vielen Dank. Ich bin noch nicht recht sicher, wohin … Vielleicht sehe ich mir erst alles einmal an, ganz in Ruhe."

„Raue Bretter sind nichts für Frauenhände", Herr von Rapp schüttelte den Kopf. „Überlegen Sie nur, wo Sie das Biest hin haben wollen, wenn Sie sich denn nicht davon trennen mögen; ich überlege dann, wie es dorthin geschafft werden kann."

Eine winzige, scharfe Falte, wie ein Riss in einem Blütenblatt, erschien gerade über der Nasenwurzel der Herrin und verschwand sofort wieder.

„Natürlich", sagte sie leise und lächelte ihn an.

Sophie hüstelte.

„Ich werde dann wieder nach Fräulein Johanna sehen. Wünschen Sie vielleicht, dass ich Lieschen Bescheid gebe? Sie scheint etwas spät mit dem Abräumen zu sein."

Jetzt nickten sie beide dankbar. Herrschaften, dachte Sophie amüsiert, als sie hinausging. Es gab Tage, da benahmen sie sich wie hilflose Kinder, die irgendjemand in die Kleider von Erwachsenen gesteckt hatte und die nun verzweifelt versuchten, ihren Pflichten gerecht zu werden. Wie viel leichter es doch war, eine Gouvernante zu sein, mit nichts als dem, was in ihren kleinen Koffer passte – und mit keiner anderen Sorge als der, wie ihr Schützling es aufnehmen würde, dass er den ganzen Tag das Bett würde hüten müssen.

Am Frühstückstisch fasste Johann nach Blankas Hand, rasch, bevor das Mädchen kam.

„Meine Liebe", murmelte er und drückte ihre Finger, „mein liebes Kind, was grübeln Sie? Sind Sie immer noch erschöpft von dem Unglück gestern? Möchten Sie noch ein wenig ruhen?"

„Nein, nein", sagte sie schnell, obwohl der kurze Gedanke an weiche Daunen und Stille zwischen duftenden Laken etwas Verlockendes hatte. Sie würde sich niemals so weit gehen lassen, mitten am Tag im Bett zu liegen. Ein kleines kränkliches Mädchen wie Johanna mochte das tun. Sie hatte einen Haushalt zu führen. Das Mittagessen zu besprechen, Briefe zu beantworten, Bestellungen vorzubereiten …

„Nein", sagte sie noch einmal, „haben Sie vielen Dank für Ihre Rücksicht."

Seine Augen ließen sie nicht los.

„Ich könnte Sie hinaufbegleiten, sichergehen, dass Sie alles haben, was Sie brauchen … Gestern Abend waren wir alle sehr müde."

Sein Tonfall, das kleine Funkeln, das jetzt in seinen Augenwinkeln spielte, trieben ihr das Blut bis in den Haaransatz. Verstohlene Bewegungen im Stockdunkeln unter den Federbetten, wenn die rosa Marmorlampe gelöscht war … Sie wusste nicht, wo sie hinsehen sollte, biss sich auf die Unterlippe.

„Es ist helllichter Tag", flüsterte sie einer Falte im Tischtuch zu, „und das Kind liegt krank …"

Er seufzte schwach.

„Verzeihen Sie. Ich bin ungeschickt. Männer sind leider so."

Seine Rücksicht beschämte sie sofort, umso mehr, als ihr siedend heiß bewusst wurde, dass es nicht nur männliches Verlangen war, was ihn zu der Frage bewegt hatte. Im vergangenen Sommer war sie vierundzwanzig geworden. Und Johanna war immer noch ihr einziges Kind.

Sie senkte den Kopf noch tiefer.

„Ich habe es trotzdem ernst gemeint", sagte er freundlich, „das Vorige, wissen Sie. Wenn Sie sich nicht wohl fühlen ... Sie haben sicher die ganze Zeit gegrübelt, die wir fort waren. Und der Schrecken gestern – Sie haben eine so zarte Konstitution. Sie dürfen sich nicht überfordern. Niemand würde schlechter von Ihnen denken, wenn Sie sich hin und wieder eine Ruhepause gönnten."

Er sagte es so treuherzig, dass sie beinahe nervös aufgelacht hätte. Niemand? Von manchen Dingen verstanden Männer wirklich sehr wenig. Lieschen würde es bis in die Kellerküche herumtratschen, wenn die Hausherrin sich ins Bett legte, ohne krank oder in – in gesegneten Umständen zu sein. Von der Kellerküche aus würde es seinen Weg ins Dorf nehmen, zu den anderen Köchinnen, die nicht bei der Herrschaft lebten, zu den Waschfrauen und Servierhilfen – und von dort weitersickern, wie ein langsam wirkendes Gift, in all die Herrenhäuser und Gutsschlösser in der ganzen Gegend. Und das nächste Mal, wenn sie Frau Geheimrat zum Tee lud, oder Frau Amtsgerichtsrätin, oder Frau Konsul ... Dann würde sie in ihren Blicken sehen, wie es seine Wirkung getan hatte.

Sie schüttelte leicht den Kopf, und vielleicht nur, um ihn auf andere Gedanken zu bringen, sagte sie:

„Sie haben mir eigentlich noch nichts erzählt von – von dem Begräbnis. Nach dem Tumult gestern, und dann das

Abendessen, und natürlich waren Sie sehr müde … Nur … dass ich nicht mitkommen konnte … Es bedeutet nicht, dass es mir gleichgültig wäre."

Durch die Handschuhe hindurch spürte sie weiter seine Finger in ihrer Hand. Er nickte, wich ihrem Blick aber aus. „Ich weiß, meine Liebe, ich weiß. Sie können doch nichts für Ihre winzigen Schwächen, das versuchte ich doch eben auch zu sagen. Und Sie sind immer eine vorbildliche Tochter gewesen."

Es klang freundlich, aber abschließend. Normalerweise hätte sie auf diesen Unterton gehört. Warum sie es diesmal nicht tat, wusste sie selbst nicht recht.

„Meine … Mutter", sagte sie langsam und stockte gleich wieder. So furchtbar vertraut war das Wort auf ihrer Zunge, süß und salzig, so leicht sprach es sich immer noch aus. Nach all den Jahren, die sie es nicht benutzt hatte, nicht einmal gedacht. Jetzt war es wieder da. Der Spiegel hatte es mitgebracht. Sie tastete daran herum, sagte es noch einmal: „Meine Mutter …"

Er machte eine seltsame, schnelle Bewegung mit dem Hals, eine abrupte Drehung, als ob er ein lästiges Insekt verjagen wollte, das sein Gesicht umschwirrte.

„Wir haben recht daran getan, jeden Kontakt zu ihr einzustellen."

„Ja", sagte sie rasch, „natürlich, aber … Wegen der Beerdigung … Es würde mir doch helfen, wenn …" Was würde ihr helfen? Sie wusste es selbst eigentlich nicht, kam auch nicht dazu, darüber nachzudenken. Sein Gesicht verschloss sich jetzt völlig, er entzog ihr seine Hand und räusperte sich hart.

„Bitte, nicht jetzt, haben Sie Verständnis. Ich bin selbst noch etwas erschöpft von der Reise, und im Arbeitszimmer wartet ein ganzer Stoß Papiere auf mich. So zwischen Tür und Angel

… schon halb bei den Geschäften … Das sind Dinge, die man lieber in Ruhe bespricht, am warmen Ofen, meinen Sie nicht auch? Dann ist es auch für Sie leichter … angenehmer. Soweit so etwas angenehm sein kann, natürlich."

Blanka wollte nach seinem Arm greifen, als er sich ganz abwandte, aber die Flurtür klappte, und Lieschen polterte ins Frühstückszimmer. Blanka schluckte und merkte dabei, dass ihr Mund offen gestanden hatte.

„Verzeihen Sie", flüsterte sie.

Er schob schon den Stuhl zurück, bückte sich aber noch einmal zu ihr herunter.

„Mein liebes Kind. Es ist alles in Ordnung", sagte er sanfter. „Jetzt seien Sie aber ein vernünftiges Frauenzimmer und hören Sie auf mich. Wenn Sie sich partout nicht hinlegen wollen, nehmen Sie doch vielleicht eine leichte Handarbeit oder so etwas. Ich werde ein paar Stunden arbeiten. Wir sehen uns dann zum Mittagessen."

„Soll ich denn abräumen, gnädiger Herr?" fragte Lieschen.

„Tu das", sagte er knapp.

Die Tür klappte wieder. Blanka saß allein am Tisch.

Ein paar Atemzüge lang rührte sie sich nicht.

„Gnä' Frau", sagte Lieschen. „Was is denn nu?"

Blanka schreckte auf. Der kleine Pompadour fiel von ihrem Schoß herunter und baumelte an seinem Band. Sie spürte das Gewicht der Schlüssel. Sie klapperten und klirrten schwach gegen das braune Fläschchen, das sie nach der alltäglichen Morgendosis wie immer darin verstaut hatte. Woran hatte sie gedacht? Graue Mauern, schlanke Türme. Sie setzte an, Lieschen zu bitten, ihr die Stickarbeit ins Damenzimmer zu bringen – und den Speiseplan fürs Mittagessen. Stattdessen sagte sie zu ihrer eigenen Überraschung:

„Fang nur schon an, Lieschen, und mach dann oben mit

den Betten weiter. Ich habe im Augenblick sonst nichts für dich zu tun."

„Is gut, gnä' Frau."

Lieschen schob sich auf den Tisch zu. Blanka stand auf, sie musste aufstehen, um ihr nicht im Weg zu sein beim Abräumen. Nach links lag die Tür zum Damenzimmer. Ihre Füße trugen sie wie von selbst auf die andere Tür zu. Die Tür, die in die Halle führte.

Der riesige Kasten stand an den Treppenaufgang gelehnt. Aus dem Frühstückszimmer kam leises Klirren; ansonsten war es still, ganz still. Blanka sah zu ihm auf, zur oberen Kastenecke hin, wo die Bretter weggebrochen waren. Es schimmerte dort so matt ... Und eine Feder hing an einem Nagel. Eine einzelne, zerrupfte dunkle Feder. Ein regloser Klumpen im Schnee ... Ihr wurde schwindelig, aber diesmal hielt sie stand. Blieb einfach stehen, bis der Raum nicht mehr schwankte und der entsetzliche Druck im Magen nachließ. Manche Dinge verschwanden, wenn man sie ignorierte, anderen überließ, wie Johann das wollte ... Manche Dinge, manchmal. Der Spiegel würde nicht verschwinden. Selbst, wenn sie ihn hier stehen ließ, mitten in der Halle, an den Treppenaufgang gelehnt. Selbst, wenn sie seine Anwesenheit so sehr ignorierte, dass alle anderen im Haus gezwungen sein würden, ihn genauso wenig zur Kenntnis zu nehmen, so zu tun, als sei er nicht da oder schon immer da gewesen. Er würde bleiben. Wirklicher werden mit jedem Tag, der verging. Nach und nach alle Gedanken ansaugen, sich in alle Träume stehlen. Bis jeder ihn fühlen würde wie eine lebendige Präsenz, dort unten in der Halle, ein eigenständiges, fremdes Wesen in ihrer Mitte. Ein eigenständiger Herzschlag ...

„Mutter", flüsterte Blanka, und dieses Mal schmeckte es

bitter, ganz hinten im Hals. „Frau Mutter, bitte, ich will ihn nicht."

Sie wartete auf das dunkle, spöttische Lachen in ihrer Vorstellung. Es kam nicht.

„Ich will ihn nicht! Nehmen Sie ihn zurück. Nehmen Sie ihn zurück! Nehmen Sie …"

Sie schlug sich auf den Mund, aber hinter der Hand flüsterte es weiter, bebend, verräterisch: „Nehmen Sie *mich* zurück …"

Sie schlug noch einmal zu, ihre Vorderzähne ritzten von innen ihre Lippe auf. Das Blut war warm und salzig wie Tränen. Es gab kein Zurück, für niemanden. Das Grab hatte alles verschluckt, was vielleicht gewesen war, hätte sein können – ein feuchtes, gieriges schwarzes Maul, das keine Antworten hatte. Und niemand, der ihr wenigstens davon berichten wollte. Die letzte Verbindung zerrissen – die letzte …

Blanka ließ die Hand sinken. Vielleicht waren es jetzt wirklich Tränen, die den Spiegel an der aufgebrochenen Stelle so grausilbern glitzern ließen. Sie blinzelte, leckte sich über die Lippen.

Die letzte Verbindung, vielleicht. Aber nicht die allerletzte. Nein, nicht die allerletzte.

Vorsichtig, nur mit den Fingerspitzen, berührte sie das raue Kistenholz – nur das Kistenholz, nicht den dunklen Rahmen selbst. So behutsam wie bei einem Schlafenden, der nicht erschrecken soll oder auffahren. Alles blieb still. Da war nur das schwache Knistern loser Späne unter ihrer Hand. Und ihr eigener Herzschlag.

„Alles in Ordnung, gnä' Frau?" Lieschen ging mit schepperndem Tablett hinter ihr vorbei, auf die Kellerküchentür unter der Treppe zu.

„Ja", sagte Blanka fest.

Es rumste, als das Tablett gegen den Türbogen stieß. Lieschen schimpfte leise. Die Kellertür knarrte, Stimmen drangen für einen Moment von unten herauf. Lieschen polterte auf der Treppe herum, zog die Kellertür quietschend hinter sich zu.

Stille.

Blanka griff fester zu. Atmete ein, so tief, dass die Stahlstäbe in ihrem Korsett leise knackten.

Das erste Brett schien ganz locker zu sitzen.

Im Kinderzimmer klebte Blümchentapete an den schrägen Wänden, und das Licht fiel weich durch halboffene Tüllgardinen vor dem einzigen, kleinen Fenster. Der Blick reichte weit hinaus in den Park, bis zur Prinzessin. Wenn man sich direkt ans Fenster stellte und weit nach rechts schaute, konnte man auch die Hügelkuppe sehen und die Glashütte. Ein beruhigender Anblick für ein Kind, fand Sophie: Natur und Technik, getrennt und doch verbunden. Sie schob die Gardinen noch etwas weiter auseinander.

Der Kachelofen in der Ecke bollerte, die Luft war warm und trocken und roch ganz schwach nach dem Lavendel im Kleiderschrank. Zwei Puppen lehnten auf einem Bord aneinander, die eine mit rotem, die andere mit weißem Häubchen; ein großes Holzreh blickte aus bemalten Augen nachdenklich auf den bunten Flickenteppich vor dem Bett. Vielleicht war der Raum etwas zu groß für ein einzelnes Mädchen, er nahm den halben Dachboden ein. Aber es war ein guter Ort, um ein Kind zu sein. Ein guter, friedlicher Ort. Jedenfalls ohne das dazugehörige Kind.

Seufzend ging Sophie zurück zu dem schmalen weißen Kinderbett und zog die Überdecke zurecht, zum vierten Mal, seit sie wieder heraufgekommen war.

„Fräulein Johanna, liegen Sie doch endlich still. Sie sollen sich ausruhen, um wieder gesund zu werden."

„Aber mir ist langweilig und heiß, Fräulein Sophie! Können wir nicht die Decke ein kleines bisschen wegschieben?"

„Nein", sagte Sophie bestimmt. „Sie müssen es tüchtig warm haben. Bevor die Köchin heute Abend nach Hause geht, sage ich ihr nochmal, dass Sie Ihnen Lindenblütentee aufkochen soll, für die Nacht. Erkältungen muss man aus dem Körper schwitzen."

„Damen schwitzen nicht", protestierte Johanna. Ihr linker Fuß, im wollenen Bettschuh, versuchte sich unter der Decke hervorzustehlen. Energisch schob Sophie ihn wieder zurück.

„Damen vielleicht nicht. Aber Sie sind noch keine Dame, mein Fräulein. Nur ein kleines, freches Mädchen, das nicht hören will." Sie seufzte. „Warum können Sie nicht einfach einmal tun, was ich Ihnen sage?"

Johanna maulte, und Sophie wusste, sie war ungerecht. Das Mädchen war nicht schlimmer als andere Kinder in ihrem Alter, meistens folgsam, nur etwas zu aufgeweckt vielleicht. Und etwas zu verwöhnt ... Nicht nur das übergroße Kinderzimmer, dachte Sophie, hätte mehr Kinder vertragen können.

„Am besten drei wilde Bengel", sagte sie laut, „wie bei den Fichtners. Herrgott, wenn ich an den Tumult dort denke ..."

„Was?", fragte Johanna. Sie stützte das Kinn in die Hand und hörte auf, unter dem Federbett zu wühlen. „Welches sind denn die Fichtners? Die in Hameln, mit der verrückten Tante und dem großen Hund? Oh, ich hätte auch so gern einen Hund, Fräulein Sophie!"

Sophie musste lachen. „Ja, das möchte ich sehen! Wie so ein riesiges Tier Sie an der Leine hinter sich herzerrt. Nein, nicht die in Hameln. Das waren die von Trauts. Bei den Fichtners war ich oben in Bremen."

„Waren Sie nicht auch einmal in Berlin, Fräulein Sophie?"

Johanna sah sie neugierig an. Wahrscheinlich dachte das Mädchen bei Berlin nur an die Wunder der Großstadt. Hotels voller feiner Damen und Herren, vornehme Restaurants, Flanieren Unter den Linden! Ihre eigenen Erinnerungen waren andere. In Berlin hatte sie die Warteschule besucht, ihre Grundausbildung als Kinderfrau gemacht. Wenn sie zurückdachte, waren da keine Hotels oder prächtigen Boulevards. Mietskaserne reihte sich an Mietskaserne, Hinterhof an Hinterhof. Zehn Personen in einem einzigen Zimmer. Die Säuglinge in Zeitungspapier gewickelt. Frauen, die mit dreißig zwölf Kinder geboren hatten, von denen vielleicht vier überlebten. Elend, Düsternis, auch am hellen Tag. Wie lange hatte es gedauert, bis sie nicht mehr nach jedem Besuch vor Ort stundenlang vor Mitleid weinte? Bodenspekulanten hatten die Preise in die Höhe getrieben, damals, vor dem großen Börsenkrach, als jeder von morgens bis abends über Aktien redete und die Straßen mit Gold gepflastert schienen. Nur die Industriearbeiter nicht, die die neuen Preise bezahlen mussten. Die man mit der Polizei verjagte, wenn sie es nicht konnten, und die sich manchmal, wie in die Enge getriebene Tiere, herumwarfen und nach den Polizisten schnappten. Sich Straßenschlachten mit ihnen lieferten, die ganze Stadtviertel widerhallen ließen von rohem Gebrüll und Schmerzensschreien. Wie damals, im Blumenstraßenviertel …

Sie schüttelte den Kopf, verjagte die bösen Erinnerungen an Feuerschein in der Nacht, und für diesmal schien Johanna zu verstehen, dass hier kein weiteres Nachbohren erwünscht war.

„Sie waren wohl schon oft in Stellung, nicht?", fragte sie nur, als habe es die kurze Stille zwischen ihnen gar nicht gegeben. Sophie ging dankbar darauf ein.

„Nicht so sehr oft." Sie dachte kurz nach. „Nein, eigentlich nicht. Himmel, was glauben Sie denn, wie uralt ich schon bin! Meistens waren es eben nur Jungens, und die werden schnell zu groß für eine Gouvernante. Sie bekommen richtige Lehrer, wissen Sie, die ihnen Mathematik und Physik beibringen."

„Und das können Sie nicht?"

„Wo werd ich denn! Finden Sie mich so hässlich, dass es Ihnen vorkommt, als steckte irgendwo ein Mann in mir?"

„Nein, nein." Johanna wurde rot und wickelte sich eine Haarsträhne um den Zeigefinger. „Ich finde, eigentlich sehen Sie sehr nett aus. Wenn Sie nur nicht immer so biestig mit mir wären!"

„Wirklich, Fräulein Johanna! Na, ich danke auch schön für das Kompliment, aber jetzt reicht es wohl. Soll ich Ihnen vielleicht noch eine Geschichte von dem großen Hund erzählen, bevor Sie versuchen, ein bisschen zu schlafen?"

Das Mädchen war noch nicht fertig mit seinen Gedanken. Es schüttelte abwesend den Kopf und spielte mit der Haarsträhne.

„Nun", fragte Sophie, „was ist denn noch?"

„So, wie die Frau Mama", sagte Johanna leiser, „sehen Sie aber nicht aus. Ich meine …"

„So wie die gnädige Frau sehen nicht viele Frauen aus. Was denken Sie wohl, warum Ihr Herr Vater nur sie hat heiraten wollen, sie und keine andere? Obwohl sie noch so jung war? Unsereins muss mit dem zufrieden sein, was er hat. Wenn man frisch und natürlich ist und immer auf Reinlichkeit hält, dann ist das schon gut genug."

„Aber warum wollte Sie dann niemand heiraten? Sie sind doch noch gar nicht so sehr alt?"

Sophie sog scharf die Luft ein. Johanna ließ die Strähne los und vergrub das Gesicht im Kopfkissen.

„Entschuldigen Sie", klang es unterdrückt aus den Federn. „Entschuldigen Sie bitte, das war ungezogen."

Sophie fühlte sich wie in eiskaltes Wasser getaucht. Bilder wirbelten in einem Strom an ihr vorbei. Die ewig kranke Mutter hustend auf dem Sofa im Salon, in dem selbst im Winter nur selten Feuer brannte und es außer Bücherstapeln bis unter die Decke nichts mehr gab ... Der Vater mit dem klugen, besorgten, ratlosen Gesicht, in seine Klassiker vergraben, das kriegslahme Bein unter dem wackligen Tisch versteckt ... Er las ihr vor, ihr und den Schwestern, damit sie den Hunger nicht gar zu sehr spürten. Fleisch gab es nur an den Feiertagen, die sorgfältig geflickten Kleider wurden von einer zur anderen vererbt, und statt hübscher Schleifen gab es umgenähte Stoffreste als Bänder für die Zöpfe. Griechische Mythologie und Kunstgeschichte statt Tanzunterricht und Nähkränzchen in der Nachbarschaft. Welcher Mann hätte an die Tür dieses verarmten Gelehrtenhaushalts klopfen sollen?

Sie brauchte einen Moment, bis sie sich wieder gesammelt hatte. „Ja, es war sehr ungezogen. Ungezogen und gedankenlos. Meinen Sie nicht, ich wäre auch lieber in meinem eigenen Haus, mit meinen eigenen Kindern?" Sie sagte es sehr bestimmt, aber etwas in ihr dachte: Wäre ich das wirklich? Ein um den anderen Tag dieselben Vorhänge an denselben Fenstern, derselbe Klatsch aus denselben Mündern ... Sie wunderte sich über sich selbst und merkte erst gar nicht, dass Johanna sich ihr wieder zugewandt hatte. Die großen hellen Augen musterten sie ernst.

„Nein, eigentlich nicht", sagte sie, wiederholte unbewusst Sophies eigene Worte, sogar im ähnlichen, nachdenklichen Tonfall. Dann funkelte es in ihren Augenwinkeln, ein Grübchen sprang auf ihre Wange. „Sie würden ja eingehen wie ein eingesperrter Zugvogel!"

Sie prustete los, hob abwehrend die Arme, als Sophie ihr fest in den Schopf greifen wollte. „Das hat der Herr Papa gesagt, gar nicht ich! Gehen Sie doch hinunter und ziehen ihn an den Haaren!"

„Das sähen Sie wohl gern!" Sophie wusste nicht, ob sie lachen oder schimpfen sollte. Doch, eigentlich wusste sie es schon. Aber das Lachen war stärker. Es platzte aus ihr heraus, bis ihnen beiden die Tränen in den Augen standen und sie sich den Mund zuhalten mussten, die eine mit dem Kopfkissen, die andere mit einem Taschentuch. Erst, als Johanna sich verschluckte und anfing zu husten, beruhigten sie sich wieder. Sophie schob die dünnen Arme unter die Bettdecke zurück und strich dem Kind die verwirrten Locken aus der Stirn, sacht und methodisch.

„Gouvernanten heiraten nicht", sagte sie, als der Husten nachließ. „Und ich habe ja auch noch eine zusätzliche Ausbildung als Lehrerin bekommen, wissen Sie. Beim Lette-Verein in Berlin. Damit ich kleinen, ungezogenen Mädchen wie Ihnen ein wenig Zeichnen und Französisch beibringen kann. Und Lehrerinnen heiraten erst recht nicht. In einer öffentlichen Anstellung ist es sogar verboten. Aber, sagen Sie einmal – warum haben Sie das denn wissen wollen?"

Johanna sah verlegen an ihr vorbei auf die Blümchentapete.

„Ich weiß nicht recht", murmelte sie. „Sie sind so tüchtig und auch wirklich sehr frisch und sehr reinlich, und Sie wissen so viel. Und trotzdem sind Sie allein. Die Frau Mama ist … sie ist einfach wunderschön. Und ich, ich bin bloß … Da denke ich mir eben manchmal …"

„Ob Sie wohl einer heiraten wollen wird?", fragte Sophie behutsam. Die roten Wangen glühten noch heftiger. Johanna nickte. Sophie ließ die Hand auf ihrer Stirn liegen. „Ach, Fräulein Johanna. Was geht nur manchmal in Ihrem Köpfchen vor? Sie sind viel zu jung, um ans Heiraten zu denken. Und wenn es einmal soweit ist, werden Ihre Eltern schon eine gute Partie für Sie finden. Sie kommen aus einem ausgezeichneten Haus. Glauben Sie mir nur. Ich kenne die Welt ganz gut. Auch, wenn ich nur eine Gouvernante bin."

Sie lächelte, und dann beugte sie sich aus einem Impuls heraus vor über das Bett und flüsterte Johanna ins Ohr:

„Und hübsch - hübsch sind Sie noch dazu. Das ist es doch, was Ihnen eigentlich Sorgen macht, nicht? Vergessen Sie sie nur getrost. Sie sind sogar ein besonders hübsches kleines Mädchen. Wie könnte es auch anders sein? Sie kommen aus einer Familie, deren Frauen berühmt sind für ihre Schönheit. Aber der Buschermann soll Sie holen, wenn Sie jetzt anfangen, sich darauf etwas einzubilden!"

Johanna lachte nicht, wie sie erwartet hatte. Sie runzelte die Stirn, sah seltsam nachdenklich drein. Etwas schien ihr durch den Sinn zu gehen – etwas, mit dem sie nicht herausrücken wollte. Als sie den Mund öffnete, sagte sie nur:

„Fräulein Sophie, bleiben Sie noch ein bisschen bei mir? Bis ich eingeschlafen bin?"

Es klang kleinlaut. Sophie musterte sie verwundert.

„Nanu? Sind Sie aus dem Alter nicht eigentlich heraus?"

Johanna kuschelte sich unter dem Federbett zurecht.

„Ich habe so schlecht geträumt in der Nacht", murmelte sie ins Kissen. „Ganz, ganz scheußlich schlecht. Bitte, Fräulein Sophie. Nur dieses eine Mal."

„Wenn man im Schnee herumtobt und sich davon erkältet, darf man sich über schlechten Schlaf nicht wundern." Sophie seufzte und zupfte die Decken zurecht. „Wollen Sie mir davon erzählen?"

„Ach ..." Johanna krauste die Nase, wie immer, wenn sie unsicher war.

„Kommen Sie. Sie werden sich dann besser fühlen."

„Da – da waren schwarze Flügel, ich hörte sie immer hinter mir. Sie wollten mir was Schlechtes tun. Ich bin gerannt und gerannt, aber da waren überall Gänge, und die Wände aus solchem grauen Stein …"

Ach, Kind, dachte Sophie mitleidig, dir sitzt die Beerdigung noch in den Knochen.

Sie strich Johanna über die Wange.

„Es ist schon gut, Sie Fratz, denken Sie nicht mehr daran. Ich bleibe bei Ihnen. Ich habe ja auch sonst rein gar nichts zu tun."

Johanna blinzelte ihr dankbar zu. Dann senkten die dichten schwarzen Wimpern sich langsam. Sophie setzte sich auf der Bettkante zurecht, so gut es ging. Das harte Eisengestell drückte durch ihre Röcke hindurch. Es würde ein langer Tag werden.

In der Halle schlug Lieschen bestürzt die Hände vor der Brust zusammen.

„Aber gnä' Frau, was machen Sie denn da bloß!"

Blanka ließ das zweite Brett fallen. Sie atmete schwer, die Rippen des Korsetts schnitten in ihre Seiten, der enge Blusenkragen kratzte an ihrer Kehle. Und doch kam ihr alles so unwirklich vor. Hatte sie eben tatsächlich diese Bretter allein herausgerissen, ohne Werkzeug, ohne Hilfe? Es musste so sein, da lagen sie auf dem blank polierten Kachelboden, und ihre weißen Handschuhe waren staubig. Lieschen starrte sie groß an.

„Gnä' Frau hätten doch besser warten solln, bis der Herr zurück ist!"

„Ja, ich weiß schon." Blanka sagte es nur, um überhaupt irgendetwas zu sagen. „Ich weiß, Lieschen, aber … Es sah so aus, als ginge es ganz leicht, mit den herausgebrochenen Stücken. Da wollte ich wohl …"

Ihr Blick wurde zurückgezogen, immer wieder. Gut ein Drittel des Spiegels war jetzt sichtbar. Rankenartige Verzierungen und glatte, seltsam farblose Edelsteine glänzten auf dem schwarzen Rahmenholz. Wie steingewordene Tropfen – Tropfen von Erinnerungen, verblasst, verschlossen … Die Holzspäne, mit denen der Kasten ausgepolstert war, hatten Staubschlieren auf dem Glas hinterlassen. Es schimmerte schwach, grausilbrig, und das Licht, das sich dort fing, wurde ganz weich und verhalten zurückgegeben. Blanka unterdrückte mühsam den Impuls, den Spiegel sofort abzuwischen, mit dem Ärmel, wenn es sein musste.

Holzspäne waren auch auf dem Fußboden, das nahm sie erst jetzt wahr, trieben um ihre und Lieschens Schuhe im Luftzug. Das Mädchen sah sie auch und schüttelte ungläubig den Kopf.

„Weiß gar nicht", murmelte es, „warum es auf einmal so dringlich ist mit dem Riesending. Wir hatten doch sonst auch nie Spiegel im Haus, nur den kleinen vom Herrn zum Rasieren. Und jetzt das da." Lieschen schob einen Span mit der Schuhspitze beiseite. Lauter sagte sie: „Wo soll der denn überhaupt hin, gnä' Frau? Und wie? Der Herr Anton ist sich doch viel zu fein, um Möbelstücke herumzubuckeln. Wie so'n oller Jude ist der. Und Frau Herrman und ich können ihn nicht die Treppe hochschleppen, das wissen Sie doch wohl. Soll er hier stehen bleiben?"

Der Gedanke stieß Blanka ab, überraschend heftig. Der Spiegel unten in der Halle? Hundert fremde Blicke im Glas, gleichgültig, beiläufig, jeden Tag? Sollte Lieschen vielleicht ihr Häubchen davor richten, den Waschwassereimer unter dem Arm? Schon jetzt hätte sie am liebsten die Pferdedecke zurückgehabt, mit der die Männer ihn gestern zugedeckt hatten.

„Er kommt in mein Schlafzimmer." Sie sagte es sehr entschieden, dabei fühlte sie sich ratlos. Lieschen hatte recht. Der Spiegel war breiter und höher als ein groß gewachsener Mann. Das Glas war daumendick, der Rahmen aus schwerem, schwarzem Holz. Keine von den Frauen im Haus, nicht einmal alle zusammen, hätten ihn auch nur eine Stufe weit nach oben gebracht. Und dass Johann mit anpackte – undenkbar.

Lieschen machte Anstalten, die Arme vor der Brust zu verschränken, wie eine Mutter, die mit einem verstockten Kind zu reden hat. In der Hälfte der Bewegung besann sie sich eines Besseren und strich nur die Rüschen an ihrer Schürze zurecht, ohne Blanka anzusehen.

„Wie gesagt, gnä' Frau. Ich kann das Ding nicht hochschaffen. Karl ist mit den Pferden beschäftigt, und allein schafft er es eh nicht. Herr Anton wird sich nicht dazu herablassen zu helfen, und der Gärtner ist noch den ganzen Winter über drüben bei seiner Mutter in Osterwald. Ich kann's nicht. Und Sie wohl auch nicht, gnä' Frau."

Dann schien ihr etwas einzufallen. Ihre Miene hellte sich auf, die blonden Brauen zuckten in die Höhe.

„Aber Willem könnte es bestimmt!"

Blanka musterte sie irritiert.

„Willem?"

Zu ihrem Erstaunen lief Lieschens Gesicht hellrot an.

„Na, Willem eben … von oben." Ihre Wimpern flatterten. Sie sagte nicht „mein Willem", aber Blanka hörte es trotzdem deutlich. So viel Zuckerguss auf dem einen, kleinen Wort … Da war wohl etwas, was sie übersehen hatte in der letzten Zeit. Etwas, das die Dame des Hauses niemals übersehen durfte. Und eigentlich auch niemals gestatten. Was für eine sonderbare Vorstellung: das plumpe, rundbackige Lieschen, heimlich mit einem Galan im Mondschein hinter dem Waschhaus. Hatte das Mädchen ihn vielleicht sogar in die Kellerküche eingelassen, an irgendeinem Tag, wenn der Herr fort war und die Hausherrin ruhte?

Blanka wusste, hier musste Einhalt geboten werden. Bevor es zu spät war, und bei den einfachen Mädchen – jetzt fühlte sie selbst verlegene Wärme aufsteigen – bei den einfachen Mädchen war es oft sehr schnell zu spät. Aber sie hatte noch keine Erfahrung mit dieser Art von Problemen. Was sie wusste, was sie ahnte, stammte aus dem Geplauder der älteren Ehefrauen im Ort, den ewig gleichen Beschwerden bei Törtchen und Sherry im Damenzimmer. Und Lieschen hatte ihr großes Geheimnis preisgegeben, um Hilfe anzubieten. Es kam Blanka ungerecht vor, sie deswegen zu bestrafen.

Sie warf einen schnellen Blick zum Spiegel. Was hätte *Sie* wohl getan? Aber das Glas schwieg, reflektierte nur stumm ein Stück des Kronleuchters an der Decke.

Sie entschied sich, setzte ein beruhigendes Lächeln auf.

„Willem, so … Wir sprechen noch ein andermal länger über Willem, Lieschen, nicht? Aber was meinst du mit: von oben? Arbeitet er in der Hütte?"

Lieschen knetete jetzt die Schürzenbänderzipfel.

„Er ist sehr gut erzogen", sagte sie verteidigend, „und der Herr hält große Stücke auf ihn. Einer seiner Besten, das hat er mehr als einmal gesagt. Willem würde bestimmt helfen, er und ein oder zwei seiner Freunde."

Blanka zögerte. Hüttenarbeiter im Herrenhaus? Würden sie auf den Fußboden spucken und die Hände an den Vorhängen abwischen? Vielleicht sogar stinkende Pfeifen rauchen, deren Qualm man womöglich nie wieder aus dem Zimmer bekam? Und was, wenn man *sie* nie wieder aus dem Zimmer bekam? Man hörte in letzter Zeit so vieles, von Streiks und Geschrei nach Versicherungen ... Aber Johann behandelte seine Arbeiter sicher gut. Es gab doch wohl keinen Grund für sie, etwa ... unhöflich zu werden? Und doch ... Johanns Stirn war in der letzten Zeit so oft gerunzelt, wenn er von der Hütte kam. Es hing alles irgendwie mit dem Geld zusammen, mit Aktien und Rechnungen und Mahnungen, über die er mit ihr nicht sprach.

Sie sah Lieschen ins Gesicht. Es lag nur eine Frage darin, ein wenig Verschämtheit noch und etwas wie – Hoffnung? Eine kleine Hoffnung, ihrem Liebsten zu etwas mehr Ansehen bei der Herrschaft zu verhelfen.

Sie brauchen uns schließlich, dachte Blanka. Natürlich brauchen sie uns. Aber wir – wir brauchen sie auch ...

Kaufleute, flüsterte eine Stimme von ferne in ihr, *sind doch nicht mehr als Krämerseelen, und wenn sie sich auch Geheimräte nennen und Titel kaufen, die ihnen nicht zustehen. Die große Mode sind sie jetzt geworden, und alle Welt macht ihnen schöne Augen. Und sie wollen so gern sein wie wir ... Doch lädt man sie zum Diner, schätzen sie nur verstohlen den Preis des Kristalls und schlingen Kostbarkeiten wie Borstenvieh in sich hinein. Kaufleute! Pöbel sind sie. Wissen nichts von Lebensart. Was Wunder, wenn sie sich doch ständig mit allerniedrigstem Gesindel umgeben ... und es sie dann am Ende in Stücke reißt.*

Verschwamm Lieschens Miene plötzlich vor ihren Augen? Verzerrten sich die Züge, wurde der fragende, bittende Ausdruck zu einer gierigen Fratze?

„Na, meine Liebe, gibt es irgendwelche Schwierigkeiten?"

Sie hatte Johann nicht kommen gehört. Er stand im Flur, einen Federhalter noch in der Hand. Lieschen wich zurück und knickste hastig. Als er die Holzspäne sah und die losen Bretter, riss er verblüfft die Augen auf.

„Aber was machen Sie denn da nur? Mein liebes, liebstes Kind! Ich dachte, wir hätten uns geeinigt. Das ist Männerarbeit, das wissen Sie doch."

Blanka wischte sich über die Stirn.

„Ach", sagte sie hilflos, „ich bin einfach – dumm gewesen."

Er lächelte, während er den Kopf schüttelte.

„Dann sind Sie ein ganz besonders reizendes Dummchen, meine Liebe. Aber was hatten Sie denn nur vor?"

„Gnä' Frau?", fragte Lieschen unsicher.

Blanka zuckte die Achseln.

„Ich wollte nur ... Ich dachte, ich sehe ihn mir an, und dann kam Lieschen und schlug vor, dass vielleicht einige der Arbeiter ihn nach oben schaffen könnten."

„Keine ganz schlechte Idee."

Lieschen strahlte. Johann trat näher, bis dicht an den Spiegel. Musterte den Rahmen, die Verzierungen. An den blassen Edelsteinen hing sein Blick lange, nachdenklich.

„Keine schlechte Idee", sagte er noch einmal, wie zu sich selbst. Er hob eine Hand, als wollte er mit der Fingerspitze über einen der Steine streichen. Etwas zuckte auf in Blanka, etwas sehr Heißes. Es verschwand sofort wieder, als er den Arm sinken ließ und die Schultern straffte.

„Es wäre", sagte er munter, „brav von den Burschen, wenn sie uns mit dem Biest helfen würden. Er steht hier ja doch sehr im Wege. Und ein paar Minuten können sie bei der Arbeit wohl deswegen versäumen."

Lieschen ließ die Schürzenzipfel fahren.

„Bestimmt, gnädiger Herr, sie helfen bestimmt gerne! Sie können ja auch Werkzeug mitbringen, für den Rest der Kiste. Oh, ich laufe gleich und gebe ihm Bescheid!"

„Nein", sagte Blanka schnell; das ging nun wohl doch zu weit. Sollte sie dem Mädchen ein kurzes Stelldichein mit dem heimlichen Verehrer noch selbst ermöglichen? „Nein, Lieschen, das lass sein. Wir bitten Fräulein Sophie, ob sie auf ihrem Nachmittagsspaziergang nicht kurz dort vorbeischauen möchte."

Das Mädchen schluckte die Enttäuschung hinunter. „Ist recht, gnä' Frau. Ich sage es ihr gleich. Dann kommt das hässliche Ding doch endlich aus der Halle."

„Nein", sagte jetzt Johann. Blanka musterte ihn überrascht. „Nein, ich denke ... morgen früh ist noch früh genug. Es ist gerade heute viel zu tun in der Hütte. Da brauchen sie jeden Mann. Morgen früh, nicht wahr, meine Liebe? Das möchte Fräulein Sophie denen oben ausrichten. Wissen Sie denn auch, wo er hinsoll?"

Blanka nickte abwesend.

„Dann ist ja alles geklärt. Ich muss sehen, dass ich wieder zu meinen Papieren komme. Lieschen, bevor du zu Fräulein Sophie gehst, schick Herrn Anton zu mir. Ich habe – habe etwas mit ihm zu besprechen. Und sag Karl, er soll das Ding schon vorsichtig auspacken und für den Transport morgen in ein dickes Tuch einhüllen. Es wäre ja sinnlos, all die Bretter mit nach oben zu schleppen. Nicht wahr?"

Das Ding? Die Worte hallten in Blanka nach, als Lieschen schon hinausgepoltert war und die Tür des Arbeitszimmers hinten im Haus zuklappte. War das der Spiegel für sie alle? Ein lebloses, störendes, unhandliches *Ding*, das irgendwie aus dem Weg geschafft werden musste? Dabei sah man doch selbst jetzt schon, wie gleichmäßig das Glas gearbeitet war, wie fein geschnitzt die Ranken und Blüten des Rahmens. Die blassen Edelsteine, sorgfältig in das Holz eingelegt, schimmerten aus dem hässlichen Kasten heraus, Schlagmetall glänzte unter den Spänen. Ein Ding? Für sie fühlte es sich nicht so an.

Sie machte einen Schritt auf den Spiegel zu, stockte mitten

in der Bewegung. Nein, sie wagte es noch nicht. Wenn er oben stand, vielleicht, oben in ihrer eigenen Kammer …

Dummes Mädchen, wisperte irgendetwas in ihr, aber sie strich sich so energisch den feinen Holzstaub von den Ärmeln, dass sie es nicht hören musste. Dann klingelte sie nach der Köchin, um mit ihr das Mittagessen zu besprechen.

Im Nachmittagslicht glitzerte draußen der Raureif. Sternstaub, dachte Sophie und schirmte die Augen mit der Hand ab. Wie viel heller der Tag doch wirkte, wenn er nicht durch Gardinen und Portieren gefiltert wurde! Die Wolken hingen immer noch tief über dem Herrenhaus und dem ganzen Hügel, aber das Licht hatte nichts mehr von fahler Mattigkeit. Die Luft war klar, kalt und frisch. Der Neuschnee, den die Wolken ankündigten, war nur eine ferne, fast unwirkliche Drohung. Sophie tastete nach dem Knoten der Hutbänder unter ihrem Kinn. Alles saß, wie es sollte.

Vom Herrenhaus aus ging es die gewundene Straße hinauf. Sie stieg nicht steil an, aber Sophie glitschte und rutschte auf dem harten Schnee. Die Glashütte mit ihrem unförmigen Turm leuchtete ihr ziegelrot entgegen. Je näher sie ihr kam, desto deutlicher hörte sie sie auch: Aus der großen Werkshalle und den anderen Gebäuden kam eine Art schwaches Dröhnen, ein tiefes, unterschwelliges Geräusch, das sich aus vielen verschiedenen, unklaren Lauten zusammensetzte und rasch stärker wurde. Sophie war noch nie bei der Hütte gewesen, es hatte keinen Grund dazu gegeben; sie wunderte sich jetzt darüber, dass sie nicht von sich aus ein wenig Neugier gezeigt hatte. Vielleicht hätte es sich nicht geschickt, aber sicher war sie sich nicht. Es gab viele Regeln, für alle möglichen Gelegenheiten und Anlässe; aber eben nicht für alle. Und zwischen den Anstandsgeboten war auch immer ein wenig Raum für behutsame Interpretation ... Sie lächelte vor sich hin. Ja, es gab Schlupflöcher, wenn man wusste, wo man sie zu suchen hatte.

Das Dröhnen teilte sich jetzt in unterschiedliche Ebenen auf: ein tiefes Wühlen, das fast aus der Erde selbst zu kommen schien; und ein höheres, flacheres Geräusch darüber, wie eine Art stetiges Fauchen. Dieses zweite Geräusch musste es wohl sein, was Frau von Rapp gelegentlich im Herrenhaus zu hören meinte – wenn ihr Gesicht diesen abwesenden Ausdruck annahm. Es kam häufiger vor in der letzten Zeit. Sie war eine sehr empfindsame Frau. Zu empfindsam vielleicht, dachte Sophie manchmal, obwohl sie gut genug wusste, dass es ihr nicht zustand. Immerhin, die Gedanken konnte einem niemand verbieten, man musste nur wissen, wann man sie besser für sich behielt.

Der Turm warf seinen verzerrten Schatten über den Hügel. Das Hallendach daneben war nur ganz schwach überzuckert vom Schnee der letzten Tage. Das meiste musste geschmolzen sein, von der Hitze, die im Innern herrschte. Eine merkwürdige Vorstellung, mitten im Winter. Ob die Arbeiter das noch so empfanden? Oder waren sie so sehr gewöhnt an den Wechsel zwischen heiß und kalt, dass sie ihn gar nicht mehr bemerkten? Sophie hatte oft gehört, dass den arbeitenden Schichten das feinere Gefühl fehlte, die zarten Nuancen, die Frauen wie Blanka von Rapp in solcher Vielfalt empfanden. Abstumpfung, sagten die einen, erbliche Veranlagung die anderen. Aber Sophie hatte in der Warteschule zu oft gesehen, wie verhärmte Frauen mit ungepflegten Haaren sich über ihre Kinder beugten, einen Ausdruck solcher Zärtlichkeit in den rauen Zügen, dass sie weder das eine noch das andere ganz glauben konnte. Vielleicht erkannte man nur das Vertraute nicht so leicht, wenn es sich in einer fremden Miene zeigte. Aber das waren wieder Gedanken, die man nicht gegenüber der Herrschaft äußerte.

Inzwischen spürte sie sie auch, die Wärme, die aus den Hüttengebäuden kam. Ein leichter, angenehmer Hauch in der Winterkälte. Aber die Geräusche fingen an, sich in ihren Kopf zu bohren. Das hohe Fauchen vor allem, es war wie ein scharfer Wind, der nicht nachließ.

Als sie den Vorplatz erreichte, öffnete sich gerade ein großes Tor in der Halle, und das Fauchen traf sie mit voller Wucht. Er blies ihr entgegen, trockener, fiebriger Atem eines riesigen Organismus, der jetzt einen Karren ausspuckte, ein altes graues Pferd davor und ein paar Männergestalten. Sophie blieb stehen, versuchte ein Winken, das ihr viel schüchterner geriet als sonst.

„Guten Tag? Verzeihen Sie, ich …"

Niemand achtete auf sie. Die Arbeiter zogen Planen auf dem Karren fest. Das Pferd stand mit gesenktem Kopf da. Hörten sie sie überhaupt in dem Lärm?

„Ich suche Willem!", rief sie. Einer der Männer hob den Kopf, sah sie ausdruckslos an und deutete mit dem Daumen über die Schulter, dorthin, wo das Tor immer noch offen stand.

„Danke sehr!", brüllte sie wie ein Fischweib gegen den Krach an, aber der Arbeiter schien sich gar nicht dafür zu interessieren. Er wandte sich schon ab, bevor das Wort ganz heraus war. Es blieb ihr nichts anderes übrig, als allein an den Männern vorbei auf das Tor zuzugehen. Inzwischen kam nicht mehr nur Lärm heraus. Ein beißender, fauliger Geruch hatte sich mit nach draußen geschlichen. Er fuhr ihr scharf in die Nase, ihre Augen fingen an zu tränen. Sie holte das Spitzentaschentuch heraus, tupfte und wischte und stolperte trotzdem bald halb blind auf das Tor zu. Mit jedem Schritt wurde es schlimmer.

Als sie endlich unter den mächtigen Torbogen trat, erkannte sie kaum noch etwas. Durch einen Nebel aus Schlieren und Tränen sah sie verwirrende Aufbauten, mehrere Ebenen in seltsamen Winkeln zueinander; Stahlgestelle, Plattformen, Gitterstege. Drei riesenhafte Gebilde beherrschten das Durcheinander, sie waren wie massige, geschlossene Gewölbe, wie Räume im Raum, aus Stein vielleicht oder aus Ton. Die furchtbare Hitze ging von ihnen aus. Jetzt öffnete sich in dem ganz rechts eine Klappe, stinkender Dampf stieg zischend auf, und Sophie starrte mitten hinein in brodelnde, böse leuchtende Glut, einen Höllenteich, der im Innern brannte. Sie riss die Augen auf, unwillkürlich, und der heiße Nebel stach wie mit Messern hinein.

„Ich suche … Willem …", krächzte sie und taumelte orientierungslos ein paar Schritte in die Halle hinein. Hitze, Lärm und Gestank strömten durch ihren Körper. Sie presste das Taschentuch an die Augen, streckte den anderen Arm tastend aus. Plötzlich fühlte sie sich hart an der Hand gepackt.

„Frollein", schrie eine Stimme aus dem Dampf, „ein Schmelzofen ist nichts zum Streicheln!"

Der Griff lockerte sich wieder, sie schaffte es, die Augen wenigstens einen Spalt weit zu öffnen; und ein Männergesicht, rußig, mit abstrus blonden Brauen darin, beugte sich ihr entgegen.

„Ich … suche … Willem", murmelte sie schwach.

„Watt?", schrie er zurück.

Sie riss sich zusammen und brüllte:

„Willem!"

„Ja?"

Sophie verstand erst nicht. Der Mann lächelte, die Zähne unglaublich weiß in dem Dreck, und zeigte auf sich.

„Willem!"

„Oh", stammelte Sophie, hustete. „Oh. Wir – es ist ..."

Aber der Arbeiter Willem schüttelte den Kopf und deutete auf das Tor.

„Draußen!"

Sie war noch nie so dankbar für frische Luft gewesen. Willem nahm die Mütze ab und wischte sich mit dem Ärmel übers Gesicht, während sie an ihren Augen herumtupfte und ganz nebenbei bemerkte, wie ebenmäßig die Züge waren, die unter dem Schmutz zum Vorschein kamen.

„Kein guter Zeitpunkt, um in die Hütte zu kommen, Frollein", sagte er und winkte dem Karren nach, der eben vom Vorplatz rumpelte. Hinter ihnen wurde das große Tor polternd geschlossen. „Es gibt einen Pförtner in dem kleinen Anbau da, wissen Sie das nicht? In Wanne Zwo hat gerade die Läuterung angefangen. Das macht natürlich mächtig Gestank."

Es klang stolz.

Sophie runzelte irritiert die Stirn.

„Was? Welche Wanne? Läuterung?"

Er lachte, die Zähne selbst ohne den rußigen Kontrast blendend weiß und regelmäßig.

„Ach je, die Herrschaften und ihr Personal! Wanne Zwo, wir haben drei Stück davon. Drei Schmelzwannen. Für das Glas, Frollein. Drei Öfen."

Sie öffnete den Mund und schloss ihn gleich wieder. Die riesigen, tonnenartigen Gewölbe in der Halle – das waren Öfen?!

Willem setzte sich die Mütze wieder auf, musterte sie kurz und ziemlich direkt unter dem Schirm und sagte:

„Passen Sie mal auf, ich erklär's Ihnen. Das Gemenge wird geschmolzen, Quarz, Mineralien und so weiter. Material für das Glas. In einer Schmelzwanne. Einem Schmelzofen. Alles klar soweit? Wir haben kontinuierliche Wannen", er sprach das lange Wort ganz ohne Stocken aus, „das Neueste vom Neuen. Da läuft die Schmelze Tag und Nacht, ohne Pause. Großartiger Fortschritt! Von der Rauschmelze geht's in die Läuterung, das ist eine andere Abteilung in der Wanne. Damit's keine hässlichen Blasen gibt und das Glas klar wird, verstehen Sie? Mit Schwefel, das stinkt und dampft ganz ordentlich! Is aber notwendig. Das Glas sieht sonst nicht gut aus, nicht mal für Gebrauchsglas. Viel anderes machen wir hier ja nicht mehr, seit der Herr das Ganze übernommen hat. Nur mit dem alten Ofen", er deutete auf den roten Kegel, der dick und gewaltig rechts neben der Halle in den blassen Himmel ragte, „mit dem Turmofen, da haben wir früher noch büschn feinere Sachen gemacht. Aber das lohnt sich nicht mehr. Tja, das ist eben jetzt eine neue Zeit, da kann so ein oller Ofen nich mehr mithalten, wo bloß paar Liter reingehn!"

„Das da", fragte Sophie schwach, „das da ist auch ein Ofen, wollen Sie sagen?" Unwillkürlich legte sie den Kopf in den Nacken und starrte nach oben. Der Turm musste mindestens zwanzig Meter hoch sein.

Willem lachte vergnügt.

„Natürlich! Hat mächtig Zug, so ein Ding. Luftzug, verstehen Sie? Wehe, wenn da mal was unkontrolliert abläuft, der hört nicht so schnell auf zu brennen. Aber wir haben unten Stahltüren eingesetzt, sehn Sie? Nach draußen die, und eine innen, zur Halle. Da kann nichts passieren, auch wenn's in der Halle mal wild zugeht. Das kann schon mal vorkommen. Wir experimentieren jetzt ja auch viel, mit Arsenik und so. Sagen Sie's aber keinem weiter, das sind Geschäftsgeheimnisse!" Wieder dieser stolze Blick. Willem warf sich in die Brust, als gehörte die Glashütte ihm. Dann runzelte er drohend die Augenbrauen und sagte: „Spione, wissen Sie? Gibt ja viel Gesindel heute in der Industrie. Und grade, wenn so viele entlassen werden wie jetzt, kann schon mal einer auf dumme Gedanken kommen. Na, die Besten bleiben immer in Lohn und Brot!"

Er freute sich so unverblümt darüber, dass er selbst offensichtlich zu diesen Besten gehörte, dass er für einen Moment wie ein zu groß geratener Junge wirkte, den der Lehrer vor der ganzen Klasse gelobt hatte. Sophie fühlte sich angesteckt von seinem Lachen, seiner leichten Art.

„Verstehe", sagte sie lächelnd, obwohl sie nichts verstand.

„Was ist denn nun eigentlich los, Frollein? Sie wollten doch was!"

„Oh, ja." Sophie war abgelenkt. Eine neue Gruppe Arbeiter sammelte sich jetzt um etwas, das sie bei näherem Hinsehen als Bierfass erkannte. Es stand gleich neben dem großen Tor. Sie hatten Blechbecher in den Händen, aus denen es höchst alkoholisch roch. Es machte ihr ein ungutes Gefühl. Aus der Warteschule wusste sie zu genau, was Alkohol anrichten konnte. Wie er die Gesichter von braven Vätern und Söhnen in Menschenfratzen verwandeln konnte, aus denen der Geifer sprühte. Herr von Rapp, dachte sie verwundert, müsste doch eigentlich dagegen vorgehen, dass hier am helllichten Tag ... Oder wusste er gar nichts davon?

Willem war ihrem Blick gefolgt.

„Gucken Sie man nicht so scheel, Frollein. Das sind alles brave Burschen, gute Arbeiter mit feinen Familien. Die Arbeit da drin macht durstig. Sehr durstig. Können Sie's sich nicht vorstellen?"

Sophie war beschämt.

„Verzeihen Sie, Willem", sagte sie leise. „Ich habe einfach

keine Vorstellung von … von all diesem. Wollen Sie mir mein Unwissen bitte nicht krummnehmen?“

„Na!“ Willem zog die Augenbrauen in einem Bogen hoch und ließ die blauen Augen darunter lustig funkeln. „Das ist doch mal was, eine regelrechte Entschuldigung von so einem feinen Frollein! Ich dank auch schön, und es ist alles in Ordnung. Jetzt will ich aber doch endlich wissen, weshalb Sie hierhergekommen sind.“

Sie hielt ihn von der Arbeit ab.

„Natürlich“, beeilte sie sich zu sagen, „es ist auch keine große Angelegenheit. Wir haben nur ein kleines Problem drüben im Herrenhaus – eine sehr schwere Kiste, die nach oben muss, und Lieschen – nun, Lieschen, die Sie ja wohl kennen …“

Er nickte und schmunzelte ungeniert. Sophie schluckte.

„Lieschen hatte die Idee … Sie meinte, dass Sie und ein, zwei Freunde vielleicht so nett wären, uns zu helfen. Dem gnädigen Herrn ist es recht.“

Er schob sich die Mütze ins Genick, was irgendwie sehr tatkräftig wirkte. Das Winterlicht zeichnete sein Profil nach, das starke Kinn, die gerade Nase, die hohe Stirn. Klassisch, griechisch beinahe, wie die Abbildungen von Statuen in Vaters Büchern … Merkte er, dass sie es bewunderte, den Bruchteil eines Augenblicks? Es kam ihr so vor, als sie den Blick beiseiteschweifen ließ, dass er den Kopf ein wenig länger so hoch aufgerichtet hielt, als er es sonst getan hätte. Sie fühlte sich ertappt und sagte vielleicht deshalb eher kühl und von oben herab:

„Ich denke, es wird wohl auch eine kleine Anerkennung für Ihre Dienste geben.“

Willem schien sich nicht daran zu stören.

„Gerne, Frollein, es ist ja kein Weg bis zum Haus. Und Geld

können wir alle immer brauchen, nicht?“ Er grinste breit. „Wenn's recht ist, würde ich wirklich noch einen Freund dazu holen, einen guten Kumpan. Er ist einer von denen, die gehen mussten letzten Monat. Schade war's, ein feiner Glasmacher, keiner von den Ungelernten, hat es aber schon zu stark an der Lunge. Der könnte ein bisschen was extra sogar ganz dringlich brauchen, wenn Sie verstehen. Er kriegt nur noch ab und an Hilfssachen zu tun. Das reicht nicht hinten und nicht vorn.“

Sophie nickte. Es gab viel Gerede in letzter Zeit von Krankenversicherungen und Renten für die Arbeiter. Aber Gerede allein machte noch keinen satt.

„Heute Abend nach meiner Schicht sage ich ihm Bescheid, er hat den Monat noch Wohnrecht hinten in den Arbeiterhäusern. Er ist nicht von hier, wissen Sie? Stammt von irgendwo aus dem Osten, glaub ich. Ist aber ein anständiger Kerl. Wir kommen gleich morgen früh, wenn's recht ist. Gehen Sie man zurück, Frollein, und sagen Sie den Gnädigen, wir kümmern uns drum. Ach, und Frollein ...“

Er fingerte in seiner Jackentasche herum, zog etwas hervor, das Sophie erstaunt als ein großes, rotkariertes, arg zerknittertes Schnupftuch erkannte. Er hielt es ihr hin.

„Nehmen Sie mal das hier, Ihr kleiner Fetzen taugt ja nichts. Der Ruß und der Tropfen da an Ihrer hübschen Nase sehen zwar ganz putzig aus, aber so wollen Sie vielleicht doch lieber nicht ins Herrenhaus kommen.“

Er zwinkerte ihr zu.

Sophie war so verblüfft, dass sie sich das Tuch widerstandslos in die Hand drücken ließ.

Na, dachte sie nur, während Willems breiter Rücken wieder zwischen den anderen Arbeitern verschwand. Na!

Was sie damit meinte, wusste sie selber nicht. Es kribbelte

ein wenig in ihr, wie Sprudelwasser. Im Gehen hob sie das Taschentuch, und auf der Straße, wo niemand sie mehr sah, schnäuzte sie sich kräftig hinein.

In der Halle des Herrenhauses stolperte sie beinahe über Anton.

„Suchen Sie mich, Fräulein Sophie?", fragte er mit dem gewohnten Spott. „Wollten Sie mich um ein heimliches Stelldichein in der Wäschekammer bitten? Sie wissen doch, dafür sind wir beide nicht recht gemacht."

Sie wollte eine spitze Antwort geben. Aber über der glänzenden gestreiften Seidenweste wirkte sein Gesicht grau und angespannt. Waren sie sich heute überhaupt schon begegnet? Er schien immer noch müde zu sein von der langen Fahrt. Oder hatten auch in seinen Träumen Krähen gekrächzt? Sie schluckte die Spitze hinunter und fragte bloß:

„Was drücken Sie sich denn hier herum?"

„Ach", sagte er, „das würden Sie doch nicht verstehen. Sagen wir doch einfach, ich wollte mir auch endlich einmal das Corpus Delicti aus der Nähe ansehen, bin aber ein wenig zu spät gekommen, wie es scheint."

Er nickte zum Spiegel hin. Karl hatte den Kasten inzwischen entfernt, alle Bretter waren fort, und der Fliesenboden glänzte frisch gefegt. Ein schweres weißes Tuch, mit Strippen festgezurrt, bedeckte den Spiegel fast völlig. Nur bis an die untere Kante hatte es nicht ganz gereicht. Das Licht des Kronleuchters reflektierte dort matt auf Glas und Steinen.

Anton hatte leichthin gesprochen, wie immer, aber Sophie sah die tiefen Falten auf seiner Stirn. Aus einem Impuls heraus sagte sie:

„Sie hatten mir doch gestern erst gesagt, dass Sie mich für eine vernünftige Person halten. Was, nebenbei bemerkt, recht unverschämt von Ihnen war. Aber ich will es Ihnen nachsehen. Wollen Sie mir nicht sagen, was Sie bedrückt – von einem vernünftigen Menschen zum anderen?"

Er sah sie lange an, den Hut noch in der Hand. Schließlich beugte er sich über sie, so nah, dass die Grenze der Schicklichkeit nur noch eine Haaresbreite weit entfernt war. Als er sprach, war seine Stimme sehr leise.

„Fräulein Sophie, ich bin mir nicht sicher, ob Sie wirklich hören wollen, was ich zu sagen habe. Gestern berührte es Sie so unangenehm, als wir auf das Erbe zu sprechen kamen – Sie in ihrer ganz ungewohnten femininen Genierlichkeit." Er unterbrach sich, als er ihren Gesichtsausdruck sah. Dann seufzte er. „Verzeihen Sie, verzeihen Sie. Überhören Sie das einfach. Ich will Sie nicht kränken. Ich *will* mit Ihnen reden, ich glaube, ich zerspringe, wenn ich es nicht tue. Wir hätten dieses Erbe dringend gebraucht, verstehen Sie? Noch dringender, als ich geahnt habe."

Er fuhr sich mit beiden Händen über das Gesicht, räusperte sich.

„Der Spiegel – er ist tatsächlich das einzige, was wir aus dem grässlichen Schloss mitgenommen haben. Aber wir haben dafür viel dagelassen. Die Bediensteten ..." Seine Stimme senkte sich bis zu einem Flüstern. „Sie waren alle nicht bezahlt, seit Monaten nicht. Viele waren es ja nicht, aber das läppert sich, verstehen Sie? Und es gab noch andere offene Posten. Sogar dem feinen Herrn Pastor musste was in die Hand gedrückt werden für die Mühe, seine Pflicht zu erfüllen. Was denken Sie wohl, wer all die offenen Hände mit Münzen gefüllt hat?"

„Der gnädige Herr", sagte Sophie langsam.

Anton nickte mit verzogenem Mund.

„Wer sonst? Die Börse, die er mitgenommen hatte, wog

praktisch nichts mehr, als wir zurückfuhren. Er hat dort ein schlechtes Geschäft gemacht, ein sehr schlechtes. Was meinen Sie, warum er so sehr schlecht gelaunt war! Aber es ist noch schlimmer. Noch viel schlimmer, Fräulein Sophie. Am Freitag ist Zahltag in der Hütte oben."

Sie runzelte die Stirn.

„Herr von Rapp wird doch sicher genug Barmittel im Tresor haben, meinen Sie nicht?"

Jetzt lachte er, kurz und knochentrocken.

„So, denken Sie? Herr von Rapp hielt es ja damals für eine gute Idee, die wöchentlichen Zahltage bei den Festangestellten zusammenzulegen zu einem monatlichen Lohntag. Das war es sicher auch. Aber jetzt ist es natürlich ein viel größerer Betrag jedes Mal. Ein Betrag, den wir in diesem Monat …"

Ihr wurde kalt, als sie endlich verstand.

„Den wir nicht haben?", flüsterte sie.

Er nickte knapp. „Nicht einmal ansatzweise. Diese verdammten Aktienkurse! Wir haben die Männer schon die letzten Male nur schleppend bezahlt. In diesem Monat haben wir gar nichts für sie. Gar nichts. So stehen die Dinge. Jetzt wissen Sie es."

Sophie musterte ihn fassungslos.

„Aber woher – woher wollen Sie denn das alles wissen?"

„Ach, Fräulein Sophie", er lächelte müde, „wie sind Sie nur so eine vernünftige Person geworden und dabei gleichzeitig so naiv geblieben. Er erzählt mir vieles, oft mehr, als er selbst weiß. Ich bin sein Diener. Ich bin immer bei ihm. Und wenn ich nicht bei ihm bin, dann sitze ich mit anderen Dienern zusammen, wenn wir in der Stadt sind. Dienern von Aktionären, von Gläubigern. Heute hat er mich auch zu sich gerufen …" Er stockte plötzlich, sprach dann schneller weiter. „Glauben Sie mir, ich weiß, was es zu wissen gibt. Und Sie wissen es jetzt auch. Sehen Sie selbst zu, was Sie damit anfangen können. Am besten wär's, Sie beten fleißig. Beten Sie für Geld, Fräulein Sophie, auch wenn Sie das unfeine Wort nicht benutzen wollen. Ich schätze, das ist alles, was Sie tun können."

Sie öffnete den Mund, ohne zu wissen, was sie sagen sollte. Nur ein abgedroschener Gemeinplatz fiel ihr ein.

„‚Wenn man denkt, es geht nicht mehr …'", sagte sie unsicher und schämte sich dabei für die Belanglosigkeit.

Er spottete nicht, musterte sie nur mit unerklärlicher Eindringlichkeit.

„Glauben Sie das? Glauben Sie das tatsächlich? ‚Kommt von irgendwo ein Lichtlein her …' Wissen Sie was, Fräulein Sophie, es ist möglich, dass Sie recht haben mit dieser Plattitüde. Ein Lichtlein kommt manchmal aus den seltsamsten Richtungen, wenn man es am dringendsten braucht."

Sie verstand nicht, was er meinte; verstand auch nicht, warum er dabei den Spiegel ansah, als verberge sich hinter dem Tuch irgendein Geheimnis.

„Selbst, wenn er genug wert wäre", sagte sie zögernd, „Frau von Rapp wird ihn niemals hergeben."

„Lassen Sie's", sagte er und lachte wieder. Es klang fast heiter diesmal. „Sie kommen ja doch nicht drauf. Das wollen Sie auch nicht, glauben Sie mir. Beten Sie einfach für das Lichtlein, wie wäre das? Und auch, wenn Sie es nicht verstehen: Sie werden wissen, wann Ihr Gebet in Erfüllung gegangen ist. Das ist doch etwas, finden Sie nicht?"

Er drückte ihr den Hut in die Hand, zwinkerte und ließ sie stehen.

Als auch der Hausarzt, der alte Physikus, endlich überzeugt war, dass ihre Wöchnerinnengefangenschaft im Turmzimmer nun lange genug gedauert hatte, warf sie sich mit Eifer wieder auf ihre Pflichten. Nur einen Monat nach der Geburt richtete sie ein Diner für fünfzig Gäste im Schloss aus; nach zwei Monaten fuhr sie meilenweit, um Besuche zu erwidern, wie sie es immer getan hatte. Das Kind blieb dann in der Obhut der Amme, einer jungen, gesunden Frau aus dem Dorf; aber wenn sie zurückkehrte, führte ihr erster Weg sie nach oben ins Turmzimmer, wo die Wiege immer noch am Fuß des geschnitzten Ehebetts stand. Oft genug blieb sie auch stundenlang dort, spielte mit dem Mädchen oder betrachtete es entzückt, wenn es schlief. Ihr Mann liebte es, wenn er sie bei dem Kind fand. Manchmal schien es ihr fast so, als ob er sich wünschte, dass sie nichts anderes tat. Aber er sagte nichts. Eine Zeitlang blieb er selbst viel zu Haus, spielte mit dem Kind, vernachlässigte seine eigenen gesellschaftlichen Pflichten, bis sie ihn behutsam daran erinnerte. Es gab so unendlich viel zu tun … Ihr Leben wurde schnell wieder so, wie es immer gewesen war. Sie bildeten den strahlenden Mittelpunkt jeder Gesellschaft, jedes Balls und jedes diners, *und wenn sie irgendwann weit nach Mitternacht unter den Baldachin des Ehebetts sanken, schliefen sie ein, kaum dass sie den Gutenachtgruß getauscht hatten.*

Zeit verging, Monate, Jahre. Das kleine Mädchen wuchs heran, wurde hübscher und lebhafter mit jedem Tag. So lebhaft, dass man es ab und an in die Schranken weisen musste, weil es mit dem Gesinde im Hof schwatzte oder in den Wald lief, um mit den Bauernkindern zu spielen. Es lernte schnell; und was es lernte, das brachte sie ihm bei. Sie übte mit ihm, bis seine Aussprache klar und rein war; bis seine Sätze wie die eines kleinen Erwachsenen klangen. Sie zeigte ihm, wie man sich gerade hielt, wie man die Füße zierlich setzte. Vor dem großen alten Spiegel kämmte und flocht sie ihm selbst die Haare, und das kleine Mädchen machte es ihr an sei-

ner Puppe nach. Tage und Wochen flogen vorbei, in einem emsigen, strahlenden Reigen.

Wie glücklich sie in dieser Zeit gewesen war, merkte sie erst, als das Licht anfing sich zu trüben. Wann es begann, hätte sie nicht sagen können; es gab keinen einzelnen Moment, kein bestimmtes Ereignis, auf das sie im Nachhinein hätte deuten können: Das war es. Und ich habe es übersehen. Irgendwann schien es ihr so, als ob ihr Mann sehr viel mehr Zeit in der Stadt, bei Freunden und Verwandten verbrachte, als er es vorher getan hatte. Und hatte er früher jemals in einem der Gästezimmer geschlafen, wenn er spät nach Hause gekommen war? Jetzt sagte er entschuldigend, er habe das Kind nicht wecken wollen. Und natürlich hatte er recht. Sie schalt sich selbst eine Närrin, zwang sich, an andere Dinge zu denken, die tausend Pflichten, die ständig auf sie warteten. Aber sie hörte auch, dass allmählich die Dienstboten zu tuscheln begannen.

Sie ließ sich nichts anmerken. Bestellte stattdessen neue Toiletten bei den Schneidern in Paris, gab Diners, Empfänge, Bälle, jedes der immer selteneren Male, wenn er wieder zu Hause war. Präsentierte sich strahlend ihren Gästen, fühlte die Blicke aller Männer auf sich ruhen – nur den einen, einzigen immer weniger. Sie trug Dekolletés, die kaum noch etwas verhüllten, spielte kokett mit dem Fächer, ließ keinen Tanz aus und lachte über alle Scherze. Er lobte sie hinterher für das wunderbare Fest; legte sich dann wieder im Gästezimmer schlafen, obwohl das kleine Mädchen inzwischen sein eigenes Zimmer mit einem Kinderfräulein bewohnte. Er musste so früh aufstehen, um sich mit einem Pächter zu treffen, er wollte sie nicht stören … Sie sagte nichts, nickte nur lächelnd. Und im Turmzimmer fand sie keine Ruhe, bis in die Morgenstunden nicht.

In dieser Zeit wurde der Spiegel ihr Vertrauter. Sie verbrachte Stunden vor dem schweigenden, schimmernden Glas, suchte ihr Gesicht noch genauer nach Falten ab. Trug Pasten auf und Cremes aus kostbaren und gefährlichen Essenzen, strich sich Bleiweiß auf die Wangen, biss sich die Lippen rot. Wenn das Kind dann beim Spielen zu ihren Füßen zu laut jauchzte, konnte sie es kaum ertragen. Es kam vor, dass sie das Mädchen anfuhr, einmal packte sie es am Arm und schüttelte es, bis es anfing zu weinen und ihr selbst Reuetränen in die Augen schossen. Aber sie brachte es nicht fertig, das Kind den ganzen Tag dem Kinderfräulein zu überlassen. Die Einsamkeit im Turmzimmer hätte sie erstickt, wenn sie keinen Grund fand, irgendwo anders zu sein. Irgendwann lernte es, still zu sein. Und wenn sie dann beide vor dem Spiegel dieselben Bewegungen ausführten, dann fühlte sie sie wieder, die Nähe, die Vertrautheit. Die anderswo mehr und mehr verloren ging.

Fremde Frauenschatten hielten Einzug im Schloss, unhörbar, unsichtbar, und sie konnte sie nicht aufhalten. Sie kamen in den leeren Stellen der Geschichten, die ihr Mann von seinen Reisen erzählte, in den Löchern des feinen, amüsanten Garns, dass er für seine Frau zu Hause spann. Sie lauschte, sie nickte an den richtigen Stellen, sie pflichtete ihm bei, wenn es angebracht war, und lachte, wenn er Scherze einflocht. Was konnte sie anderes tun?

Mehr Kleider mussten her, kostbarere, gewagtere Kleider. Die Mode wechselte mit den Jahren langsam, ein neuer engerer Schnitt kam auf, der ihre schlanke Figur betonte. Sie kämpfte stumm, wortlos, aber mit allen Mitteln, die ihr zur Verfügung standen.

Irgendwann, als das kleine Mädchen vier oder fünf Jahre alt war, schien es allmählich, als hätte sie Erfolg. Er kam häufiger heim und fuhr später wieder fort, und die Tage, die er im Schloss verbrachte, dehnten sich unmerklich weiter aus, jedes Mal ein wenig. Sie fühlte Hoffnung in sich flattern. Aber sie zeigte es nicht. Umsorgte ihn nur mit noch mehr Aufmerksamkeit, verbrachte ganze Nächte im Ratschlag mit dem stummen Spiegel. Sah er sie allmählich wieder so an, wie er sie früher angesehen hatte? Sie glaubte es; eine ganze Weile glaubte sie es.

Drei

Als Sophie am nächsten Morgen ins Kinderzimmer kam, war das kleine Eisenbett leer bis auf zerwühlte Laken. Die Puppen und das Holzreh schauten unschuldig zu ihr auf und schwiegen, und schon während sie ihr „Fräulein Johanna?" fragte, wusste sie, dass auch darauf niemand antworten würde. Der Fratz war ausgekniffen.

Sie machte sich nicht die Mühe, hinter dem niedrigen Paravent zu suchen, der den Waschtisch verdeckte, sondern drehte auf dem Absatz um und stieg die Bodentreppe wieder hinunter. Das erste Versteck, der mächtige Wäscheschrank auf dem Flur vor den Schlafzimmern, kam nicht in Frage, die Tür war fest geschlossen. Johanna schaffte es nie, sie ganz zuzuziehen, weil sie sich dann im Dunkeln zwischen den Fächern fürchtete. Vielleicht war sie inzwischen auch zu groß dafür geworden. Mit Sicherheit passte sie jedenfalls nicht mehr in die niedrige Aussteuertruhe der Frau von Rapp, die danebenstand und ebenfalls Wäsche enthielt. Es ging die kleine Geschichte um im Haus, dass Herr von Rapp sie seiner Frau erst *nach* der Hochzeit gekauft hatte … Sophie wusste nicht recht, was sie davon halten sollte. Vor allem ging es sie nichts an. Das kleine Köfferchen unter dem Bett und die Freiheit, es jederzeit packen zu können – sie nützten einem nur, wenn man sich nicht zu sehr mit den Familien einließ, die man doch eines Tages wieder verlassen musste. Und sie hing schon mehr als genug an der zarten, freundlichen Blanka von Rapp, an ihrem gutmütigen Ehemann – und leider auch an dem verzogenen Töchterchen.

Von unten kamen nur wenige Geräusche: das vertraute morgendliche Klirren aus dem Frühstückszimmer, in dem Lieschen den Tisch zu decken versuchte, ein gedämpftes Schimpfen aus der Küche, wo Frau Herrman mit dem Spülmädchen zankte. Aber als Sophie auf dem Treppenabsatz war, flog etwas zu ihr empor wie ein hoher, kurzer, halb erstickter Schrei. Sie stolperte beinahe über die letzten Stufen.

In der Halle sah sie Johanna von dem Spiegel zurückzucken, als habe sie sich verbrannt. Der Zipfel des weißen Tuchs, den sie beiseitegezogen hatte, fiel lautlos zurück gegen das Glas. Das Federbett, um ihre schmale Gestalt geschlungen wie eine viel zu dicke Toga, rutschte ihr herunter. Sie bemühte sich, es wieder aufzusammeln, während sie ängstlich zu Sophie nach oben starrte.

„Ich habe nichts kaputt gemacht, wirklich nicht!"

Ihre Füße waren nackt. Unter der Bettdecke trug sie nichts als ihr dünnes weißes Nachthemd. Sophie seufzte.

„Was stehen Sie hier in der eiskalten Halle, sind Sie von allen guten Geistern verlassen? Haben Sie eben geschrien?"

„Ich habe nichts gemacht, ich wollte nur mal schauen!"

Sophie trat auf sie zu. Das weiße Tuch schien etwas verrutscht zu sein. Es konnte geschehen sein, als das Mädchen zu heftig an der Stoffecke zog in seiner Neugier. Ansonsten wirkte der Spiegel unberührt.

Sie sah zu Johanna. Als sie die Hand ausstreckte, um ihre Stirn zu fühlen, ließ das Mädchen die Decke fahren und schlug schnell beide Arme über den Kopf, um nicht an den Haaren gerissen zu werden. Sophie hatte Mühe, nicht zu schmunzeln.

„Unsinn machen und sich dann vor der Strafe drücken wollen, Fräulein Johanna? Habe ich Ihnen das beigebracht?"

Johanna ließ die Arme sinken. Ihr Blick klebte immer noch an Sophies Miene. Aber die Lippen schürzten sich trotzig.

„Ich habe nichts gemacht", murmelte sie noch einmal. Ihre Stirn war immer noch warm, aber nicht heiß. Gut, dachte Sophie. Nach außen hin schüttelte sie den Kopf.

„Aufstehen, obwohl man krank ist, nach unten laufen, wo man nichts zu suchen hat, das nennen Sie ‚nichts gemacht'? Dieser Spiegel ist sehr kostbar. Und er bedeutet Ihrer Mutter viel. Was, wenn Sie ihn beschädigt hätten?"

Johanna nahm die Arme herunter und ließ den Kopf hängen.

„Ich war nur neugierig", sagte sie leise. „Mir war gar nicht mehr krank zumut, als ich aufgewacht bin. Und gestern konnte ich ihn mir ja nicht ansehen. Da dachte ich ..."

„Da dachten Sie, ich laufe schnell hinunter und drehe und wende mich davor wie ein eitler Pfau, bevor mich irgendjemand dabei erwischen kann, wie? Habe ich Ihnen denn nicht hundertmal erzählt, was mit eitlen Mädchen passiert?"

„Ihnen fallen alle Zähne aus beim ersten Kind, gleich wenn der Klapperstorch sie ins Bein beißt", sagte Johanna noch leiser. „Aber ich war nicht eitel, wirklich nicht. Ich wollte nur – und dann habe ich mich irgendwie erschreckt, glaube ich. Aber ich, ich weiß nicht mehr, wovor."

„Tatsächlich nicht?" Daher also der kleine Schrei. Sophie musterte ihren Schützling scharf. Johanna schien es nicht zu merken, ihr Gesicht war wieder so seltsam nachdenklich, wie oft in der letzten Zeit.

„Fräulein Sophie", fragte sie plötzlich, ganz zusammenhanglos, „wenn man etwas gemacht hat, was man nicht durfte – wenn man *wirklich* etwas gemacht hat – aber es hat niemandem geschadet – und wenn man es dann Gott sagt und bereut, dann ist alles wieder gut, oder? Dann kann einem doch niemand mehr – böse sein deswegen?"

Sophie hatte das Gefühl, den Faden schon vor einer Weile verloren zu haben, ohne es zu merken.

„Böse?", fragte sie. „Wer ist Ihnen denn böse?"

„Johanna!"

Die Stimme kam von oben, ließ sie beide schuldbewusst zusammenzucken. Frau von Rapp stand auf dem Treppenabsatz, schon fertig angekleidet, jede Falte, jede Haarnadel an ihrem Platz. Nur ihr Gesicht passte nicht dazu: Es war besorgt, aufgewühlt, das glatte Porzellan voller Sprünge.

„Was tust du hier unten ... bei – dem Spiegel?"

Irgendetwas an der Frage gefiel Sophie nicht. Vielleicht lag es daran, dass sie es lieber gehört hätte, wenn Frau von Rapp zuerst wegen Johannas Gesundheit gescholten hätte als wegen des Spiegels? Sie ließ sich nichts anmerken, schluckte ihre Verwirrung hinunter und antwortete schnell:

„Sie hat nichts getan, gnädige Frau. Sie war nur neugierig. Ich bringe sie aber gleich wieder hinauf."

Frau von Rapp krampfte eine Hand um das Treppengeländer.

„Hast du ihn angefasst? Hast du hineingesehen? Hast – du – ihn – angefasst?!"

Die letzten Worte schrie sie fast. Johanna schmiegte sich an Sophies Rock. Der Stoff zitterte. Sophie stand wie vom Donner gerührt.

„Nichts", stammelte das Mädchen, „ich habe ... habe gar nichts ... ein bisschen, vielleicht ... nur ganz kurz ..."

„Bleib weg von ihm! Hörst du? Bleib weg! Ich verbiete dir, dem Spiegel nahezukommen, verstehst du mich? Ich verbiete es dir!"

„Gnädige Frau", sagte Sophie und merkte, dass ihre Stimme nicht ganz sicher klang, „ich glaube wirklich, dass Johanna es nicht böse gemeint hat. Und sie hat ihn bestimmt nicht beschädigt."

„Beschädigt?" Blanka von Rapp starrte sie an, die Augen weit offen, verdunkelt, wie von schweren Wolken. Mit langsamen Schritten kam sie die Treppe herunter, die Hand immer noch fest auf dem Geländer. „*Sie* den Spiegel beschädigt? Oh nein, Fräulein Sophie."

Am Fuß der Treppe blieb sie stehen, löste den verkrampften Griff endlich und hielt die Hand Johanna entgegen. Ihre Tochter zögerte. Erst, als der Anflug eines Lächelns über Frau von Rapps Miene zog, ließ sie Sophies Rock los, lief zu ihrer Mutter und fing noch im Laufen an zu weinen.

„Ich wollte wirklich nichts Schlimmes tun!"

Frau von Rapp streichelte ihr den Hinterkopf, als Johanna das Gesicht im roten Samt vergrub.

„Ich weiß, mein Schatz, ich weiß. Kein kleines Mädchen auf der Welt", sie sah Sophie an, „kann diesem Spiegel etwas anhaben. Und wenn es sich noch so sehr bemüht ... Aber er", sie stockte, suchte nach Worten. „Er ist sehr alt und sehr schwer, und ich weiß nicht, wie sicher er noch in seinem Rahmen sitzt. Ich möchte nicht, dass du verletzt wirst, Johanna, wenn er sich vielleicht lösen sollte." Sie atmete tief durch. Allmählich kehrte die Farbe in ihre Wangen zurück. „Komm, ich bringe dich jetzt wieder nach oben. Fräulein Sophie leistet dir dann beim Frühstück Gesellschaft, ja? Du solltest im Bett bleiben, bis du ganz sicher wieder gesund bist."

Sie nickte Sophie zu. Widerspruchslos ließ Johanna sich die Treppe hinaufführen. Die Bettdecke blieb vor dem verhüllten Spiegel liegen, ein Schneehaufen mitten auf den gemusterten

Fliesen – weich und sanft, wie Schnee immer aussah und wie Schnee niemals war. Sophie hob die Decke auf.

Konnte das wirklich geschehen sein? Noch nie hatte sie Blanka von Rapp schreien hören. Und dieses eigenartige Stocken eben …

Mit gerunzelter Stirn machte Sophie sich daran, der Hausherrin und ihrer Tochter die Decke hinterherzutragen.

Blanka hielt Johanna fest an der Hand, zog sie hinter sich die Treppe hinauf, ohne einen Blick zurück in die Halle zu werfen. Ihr Herz schlug schnell und hart gegen ihr Korsett. Als sich im ersten Stock knarrend eine Tür öffnete, zuckte sie zusammen vor dem unerwarteten Geräusch.

„Nanu, meine Liebe?", fragte Johann, „Frätzchen, was bist du denn hier unterwegs?"

Irritiert blieb Blanka stehen. Er war vollständig angekleidet wie sie. Mehr noch, er trug seinen Reisemantel. Der Pelzkragen roch noch feucht von der letzten Fahrt. Hinter ihm schob sich Anton in den Flur. Ebenfalls im Mantel.

Blankas Atem ging immer noch heftig, sie hatte Schwierigkeiten, ihre Stimme zu kontrollieren. So ruhig wie möglich sagte sie:

„Sie – Sie reisen wieder ab?"

Er setzte den Hut auf, lächelte vage, verlegen.

„Ja, nun ja, so ist es wohl."

„Oh fein", rief Johanna und ließ Blankas Rock los. „Ich komme mit!" Blanka erwischte ihre Hand nur noch knapp, bevor sie zu den Männern stürmen konnte.

„Du bleibst brav hier", sagte sie, strenger wohl, als sie es gewollt hatte, denn Johann runzelte verwundert die Stirn und Johanna schmiegte sich sofort wieder folgsam gegen ihren Rock.

„*Tiens!*", sagte Johann. „Natürlich, das geht nicht, Fratz, das musst du einsehen."

Sophie kam die Treppe hinauf, das Federbett über dem Arm. Sie knickste überrascht.

„Gnädiger Herr …?"

„Guten Morgen, Fräulein Sophie." Verwirrt musterte Johann einen Moment lang das Federbett. Dann räusperte er sich.

„Ja, wie gesagt … Ich fahre. In die Stadt, auf ein paar Tage. Ich habe mich eine ganze Weile dort nicht mehr sehen lassen, und ich denke … Nun. Die Kutsche ist zwar noch nicht repariert, aber der gute Karl hat das Coupé flottgemacht. Nicht ganz das Richtige für eine Winterreise, aber … Nun, nun."

Er strich sich die Mantelaufschläge glatt, in denen sich keine Falte zeigte.

„Oh", sagte Blanka schwach.

„Ich bin spätestens zum Zahltag wieder zurück, meine Liebe. Spätestens. Und auch Johannas wegen, was, Fratz?" Er gab sich munter, schmunzelte schief für seine Tochter, bis sie das Lächeln getröstet erwiderte.

„Oh", sagte Blanka wieder. „Oh, natürlich. Natürlich, ich verstehe. Hoffentlich – hoffentlich haben Sie eine gute Reise."

Er trat auf sie zu, gab ihr den Handkuss, ohne sie mit den Lippen zu berühren – ganz, wie es sich gehörte. Nur seine Barthaare kitzelten leise über den schmalen Spalt zwischen Handschuh und Ärmelsaum, eine so intime Berührung, dass sie spürte, wie ihr die Schamröte ins Gesicht stieg.

„Also dann", brachte sie heraus, „*au revoir*, und achten Sie gut auf sich."

„Sie auch, mein liebes Kind", murmelte er, „Sie auch."

Anton machte einen Diener.

„Gnädige Frau."

Sie nickte ihm zu, und er deutete auch eine Verbeugung zu Fräulein Sophie hin an. Etwas wie ein Zwinkern schien dabei über sein Gesicht zu huschen, und er sagte leise:

„Leben Sie wohl, Fräulein Sophie. Und denken Sie immer an das Lichtlein."

Die beiden Männer stiegen die Treppe hinunter. Als die Tür unten zuklappte und ein Schwall Winterluft zu ihnen nach oben rauschte, fragte Blanka matt:

„Verstehen Sie das? Er ist doch gerade erst zurückgekommen."

„Nein", antwortete Sophie. Sie schüttelte den Kopf. Dann setzte sie etwas rätselhaft nach: „Noch nicht."

Sie streckte den freien Arm nach Johanna aus und verschwand mit dem Mädchen die Bodentreppe hinauf.

Was für eine seltsame Bemerkung, dachte Blanka. Sie stützte sich auf das Geländer. Der ganze Tag war aus den Fugen geraten, bevor er wirklich begonnen hatte. Nachdenklich sah sie auf den Kasten in der Halle hinunter. Es wurde Zeit, dass der Spiegel nach oben kam. Wenigstens etwas Ordnung musste wieder einkehren.

„Es wird nicht gehen", sagte Willem eine Stunde später und schob die Mütze ins Genick, „wenn Sie so auf der Treppe herumstehen. Wenn ich das mal sagen darf, Frollein."

Das alte Holz knarrte an seiner Schulter, die er gegen den Rahmen gestemmt hatte. Lieschen trat sofort einen Schritt zurück und nickte eifrig.

„Er hat recht, Fräulein Sophie! Sie müssen beiseitegehen, die Treppe ist zu schmal!"

Auf dem Treppenabsatz musste Sophie sich ein Lächeln verkneifen. Lieschens Augen strahlten wie Lampen zu ihr herauf.

„Schon gut, Lieschen. Aber vielleicht wäre es auch gut,

wenn Willem ein bisschen zur Seite rückte und seinen Freund mitanfassen ließe ...?"

„Marek", sagte der andere Mann. Er machte keinen Diener, sondern tippte sich nur an die Mütze. Schief saß sie auf seinen dunklen, wirren Haaren. Durch den leichten Stoß verrutschte sie noch weiter. Sophie zog eine Augenbraue hoch. Er schien es nicht zu bemerken.

„Also dann, bitte – Marek, Willem", sagte sie und zog sich auf die obersten Stufen zurück.

„Komm her, du Trübetümpel", Willem winkte den anderen zu sich heran, „hier, siehst du, schieb dich hier drunter. Nein, nicht so, nicht so! Du machst es falsch! Das Riesenbiest fällt uns noch runter!"

Sophie atmete hastig ein. Willem hob den Kopf und lachte zu ihr hinauf:

„Keine Sorge, Frollein, ich pass schon auf – auf den feinen Spiegel und den feinen Dummkopf hier. Komm, nochmal, aber jetzt richtig!"

Er keuchte nicht einmal, obwohl das ganze Gewicht des Spiegels auf seiner Schulter lag. Lieschen wuselte aufgeregt um ihn herum, und sogar dafür hatte er noch ein breites Lächeln übrig.

„Is recht."

Der Mann namens Marek sprach gedehnt, undeutlich. Sophie kannte diese Art Nuscheln von früher, aus der Warteschulzeit, nur zu gut. Er wird doch wohl nicht ..., dachte sie schockiert. Hier im Herrenhaus! Dann erinnerte sie sich an Willems Worte, gestern, bei der Hütte. Eine durstige Arbeit. Sie sagte nichts.

Marek schob den Rücken unter die Spiegelkante, stemmte das Kreuz dagegen. Seine Jacke war an zwei Stellen eingerissen und nicht geflickt.

„Und – hoch!“

Die riesige glänzende Fläche ruckte empor, schwankte, fing sich wieder. Sophie kniff sich unruhig tiefe Falten in den Rock.

„Gut so, Willem!“ rief Lieschen unten und fuchtelte vage herum, als ob sie mit anfassen wollte. Willem lachte wieder.

„Das lass man besser sein, mien Deern!“

Sophie und Lieschen verfärbten sich beide. Er merkte es nicht, stieß seinem Freund vor sich in die Rippen. Marek schwankte sachte.

„Machst du schon schlapp? Na komm!“

Marek antwortete nicht. Unter der zerrissenen Jacke krümmte sich sein Rücken wie ein Bogen. Er presste die Lippen aufeinander, als der Spiegel wieder in Bewegung kam. Drei, vier, fünf Stufen – Sophie wich weiter zurück, um Platz zu schaffen. Die obere Kante des Spiegels kam knirschend auf dem Treppenabsatz zu liegen. Die Männer hielten inne. Mareks Atem ging schwer und rasselnd. Man hörte es bis ins obere Stockwerk.

„So dauert es noch den ganzen Tag!“, rief Willem ungeduldig. „Pass auf, ich schiebe jetzt einmal kräftig, und du …“

Der Spiegel rumste gegen die nächste Stufe, das Glas vibrierte singend unter dem Tuch. Sophie zuckte zusammen. Wenn nur Frau von Rapp den Krach nicht hörte … Sie war oben, im Kinderzimmer, und Sophie hielt es für das Beste, dass sie dort blieb, bis der Spiegel sicher an seinem neuen Bestimmungsort angekommen war.

„Vorsicht, bitte“, sagte sie sehr laut und betont. Willem machte ein zerknirschtes Gesicht. Die nächsten Stufen bugsierte er den Spiegel besonders behutsam weiter.

„Is wohl“, er keuchte jetzt doch ein wenig, „ein Erbstück – das Riesending – nich? Hängt man natürlich -- sehr dran. Ich habe da – eine Pfeife – von meinem alten Herrn …“

Sophie unterdrückte ein Lächeln. Der Spiegel taumelte schon auf sie zu, sie drückte sich hastig an die Wand.

„Pass up!", rief Willem fröhlich. „Frolleinchen, wenn Sie – verzeihn ..."

Der Spiegel schwankte an ihr vorbei, und dann roch sie auch, was sie vorher nur in seiner Stimme geahnt hatte: Marek mit den dunklen Haaren zog dumpfen Biergeruch hinter sich her.

Sophie rümpfte die Nase, sie konnte nicht anders. Da blieb er plötzlich stehen, der Spiegel stockte; er starrte ihr mitten ins Gesicht und sagte:

„Was is? Ich bin'n freier Mann, Frolleinchen. Da habense nich so mit'm Näschen zu zucken. Sonst tragense das Ding alleine."

Seine Stimme war heiser, wie Krähenkrächzen, und sehr leise, aber sie schnitt tief ein. Sophie starrte zurück, sprachlos vor so viel Unverschämtheit. Seine Augen, dunkler noch als seine Haare, waren blutunterlaufen. Sie wichen ihren eigenen keinen Millimeter aus.

„Ich hatte den Eindruck", sagte sie, und *ihre* Stimme zitterte leicht, aber wahrnehmbar, „dass Sie hergekommen waren, um uns zu helfen. Und", sie schaffte es, sich zusammenzunehmen, „dafür entlohnt zu werden."

Sein Blick stachen in ihre Augen, ein, zwei Herzschläge lang. Dann bückte er sich abrupt noch tiefer, und Willem schrie überrascht auf, als das Gewicht des Spiegels wieder ganz auf seine Arme niedersank.

„Wissense was, Frollein", sagte Marek noch leiser, als er sich wieder aufgerichtet hatte. Es war eigentlich kaum noch zu verstehen, aber sie alle hörten jedes Wort so deutlich, als würde er schreien. „Auf die paar Pfennige kann ich auch noch pfeifen. Sie ham ihn ja jetzt oben. Schleppense ihn man selbst der Gnädigsten ins Kämmerchen, das feine Ding …“ Sein Blick strich abschätzig über den Spiegel, blieb an den blassen Edelsteinen hängen, dort, wo der Rahmen aus dem Tuch hervorsah. Plötzlich verzogen sich die Falten um seine Augen. „Das feine Ding“, sagte er noch einmal, und darunter schwang etwas wie schlecht unterdrückte Heiterkeit.

„Also, das ist …“, rief Sophie.

„Marek, du Döspaddel!“, brüllte Willem gleichzeitig.

Aber Marek achtete weder auf ihn noch auf sie. Er hustete krächzend in die hohle Hand, schob sich an ihnen allen vorbei und stieg die Treppe hinab. Lieschen zuckte vor ihm zurück. Dann blieb er stehen, und diesmal lachte er wirklich, rau und krächzend.

„Ein feines Ding, ja, das isses. Ich wünsch der Gnädigsten viel Vergnügen damit.“

Einen Augenblick später schlug die Haustür donnernd ins Schloss.

Zwei oder drei Minuten lang brachte keiner von ihnen ein Wort heraus.

Schließlich räusperte sich Willem.

„Verzeihung, Frollein, das wollte ich nicht. Und er bestimmt auch nicht, der Dummkopf. Er is nur manchmal – diese Sozis sind schuld, sie setzen den Leuten Flausen in den Kopf. Und vor allem, seit seine schöne Stellung pfutsch is, da – na ja. Sie haben ihn ja mitgekriegt. Entschuldigen Sie man. Er meint es nicht so.“

„Sozialdemokraten“, murmelte Lieschen am Treppenfuß erschüttert. „Rote! Nee, nee, dass es die jetzt auch hier draußen gibt … Widerliches Pack, hat der Vater immer gesagt. Schlimmer als Juden!“

Sophie wusste nicht recht, was sie sagen sollte. Für solche Situationen gab es kein Benimmbuch. Sie ignorierte Lieschen, nickte Willem schließlich einfach zu, und er grinste erleichtert.

„Danke Frollein, Sie haben ein gutes Herz. Nur jetzt, da wär es auch gut, wenn ich das Ding irgendwo hinstellen könnte. Es wird allmählich doch'n büschn schwer, wenn Sie verstehn."

Sophie schaute den Flur entlang, auf die dunkelbraunen, geschnitzten Türen, die alle gleich aussahen; links lagen die Gästezimmer und ihre eigene kleine Kammer, rechts die Schlafzimmer der Herrschaften, mit Ankleideräumen dazwischen. Weil sie es nicht fertigbrachte, in Willems Gegenwart das Wort Schlafzimmer zu benutzen, sagte sie bloß: „Hinten rechts, Willem, bitte. Ich mach Ihnen die Tür auf."

Hinein ging sie nicht mit ihm.

Im Kinderzimmer murmelte Johanna im Halbschlaf, als es unten polterte, und Blanka zuckte zusammen. Sie musste sich anstrengen, nicht aufzuspringen. Sophie hatte ihr nicht Bescheid gegeben, als die Männer gekommen waren. Und Blanka wusste, es war besser so. Heute hatte es schon genug Aufregung um den Spiegel gegeben. Aber leicht fiel es ihr nicht.

Sie seufzte und setzte sich wieder ganz aufrecht auf dem Stuhl, den Lieschen ihr ans Bett gezogen hatte. Er war etwas zu klein, ein Kinderstuhl eben, die Turnüre unter ihrem Rock drückte unangenehm gegen die Lehne und zwang sie, noch weiter vorn als sonst auf der Kante zu sitzen. Sich anzulehnen, wenn sie es sich denn ausnahmsweise einmal hätte erlauben wollen, war ganz unmöglich. Es war fast ein Anflug von Neid, mit dem sie den Blick über die bequem ausgestreckte kleine Gestalt unter dem Federbett schweifen ließ. Wie viel leichter es doch manchmal war, ein Kind zu sein …

Sie betrachtete ihre Hände in ihrem Schoß, den glänzend weißen, zarten Baumwollstoff der Handschuhe mit den aufgestickten Rosenknospen am Saum. So sauber, so makellos. Johanna unten vor dem Spiegel zu sehen, hatte sie mehr aufgeregt, als sie selbst verstand. Hatte Dinge in ihr in Bewegung gesetzt, Dinge, die sonst still dalagen und schliefen. Dunkle, wolkige Gebilde. Wann hatte sie diese vagen Erinnerungen wieder in sich aufsteigen gespürt? Als sie ihr den Spiegel ins Haus brachten … Und jetzt regten sie sich, diese Gebilde, und sie wusste nicht, wie sie damit umgehen sollte.

Sie schaute zum Fenster hinüber, um sich abzulenken, auf die niedrigen, schmutzig weißen Wolken. Den Turm der Hütte konnte sie vom Bett aus nicht sehen, aber sie wusste, dass er da war, fühlte seine Gegenwart auf dem Hügel. Ihr ganzes Leben, so kam es ihr in diesem Augenblick vor, hatte sie unter Türmen verbracht, roten und grauen, massigen und schlanken; hatte ihre strikten Schatten wie eine ständige Ermahnung auf sich gefühlt und gleichzeitig die Geborgenheit, die sie geben konnten, wenn man sich ihnen anvertraute. Es war der alte Turm der Glashütte gewesen, den sie als Erstes gesehen hatte, damals, als nervöse junge Ehefrau auf dem Weg ins Haus ihres Mannes; er hatte sie willkommen geheißen, neu und vertraut zugleich. Johann hatte es glücklich gemacht, dass sie sich sofort in den Turm verliebte. Trotz aller Erinnerungen – oder gerade ihretwegen? Er hatte ihn jedenfalls nicht abreißen lassen, wie er es eigentlich vorgehabt hatte.

Johann … Ihre Gedanken schweiften ab. Wie sonderbar es doch war, dass er heute Morgen wieder abgereist war. So plötzlich und so – beinahe heimlich. Sie war sich nicht einmal sicher, ob er nicht, wenn sie sich nicht zufällig auf der Treppe begegnet wären … Aber nein, so durfte sie nicht denken. Er war ein anständiger Mann, der sie immer mit allem Respekt behandelt hatte. Er würde sich nicht einfach hinter ihrem Rücken aus dem Haus schleichen. Sie zwang sich, sich wieder auf das Fenster zu konzentrieren, den Turm, der nachdenklich zu ihr hereinschaute.

Damals … Es war lange her. Sie hatte sich an den Turm gewöhnt, nahm ihn meist nur noch wahr wie die Bäume im Park, ein Teil der Landschaft. In letzter Zeit war er ihr sogar ein wenig unheimlich geworden, auch wenn sie vor sich selbst darüber spottete. Irgendwie hatte die auffällige Kegelform sich für sie mit Johanns Sorgenfalten verbunden, mit dem Geflüster der Herren hinter verschlossenen Türen, vor ein paar Jahren, als die Börsen zusammenbrachen; mit den immer wieder aufflammenden Gerüchten von Arbeiterunruhen und Streiks und Johanns gelegentlichen Zornesausbrüchen, wenn er von dort oben kam. Und das leise, unterschwellige Fauchen, das sie immer zu hören meinte, das von der Glashütte herunterzuwehen schien … Sie wusste selbst, dass es nicht vom Turm herrührte; er war seit Jahren nicht mehr in Betrieb. Wahrscheinlich bildete sie es sich sowieso nur ein. Aber gerade jetzt, so dicht unter dem Dach, hörte sie es überdeutlich.

Johanna schien es nicht zu stören. Sie murmelte immer noch dann und wann, seufzte und machte kleine, schmatzende Geräusche wie als Säugling. Heimelig und friedlich klang es, und doch – heute kratzten die Geräusche an Blankas Nerven. War Johanna nicht eigentlich schon zu alt, um so zu schlafen, so hingegeben, beinahe hemmungslos, wie ein viel kleineres Kind? Blanka wusste, sie selbst lag niemals so da und machte eigenartige Geräusche. Wenn sie aufwachte in der Nacht, waren ihre Hände über der Brust verschränkt, ihr langer Zopf neben ihr auf dem Kissen drapiert; genauso, wie sie sich schlafen gelegt hatte. Und wenn es vorkam, dass Johann bei ihr – nun, einschlief, dann schreckte er sie manchmal mit seinem kalten Rasierspiegel auf, den er ihr unter die Nase hielt, um zu sehen, ob sie noch atmete. Blanka war sicher, dass eine Dame sich auch im Schlaf zu beherrschen hatte. Woher sie das wusste und wer es ihr eigentlich beigebracht hatte, fragte sie sich nie. Es gehörte zu den Dingen, die man eben wusste als Frau.

Johanna wusste es offensichtlich noch nicht. Fräulein Sophie würde es ihr wohl vermitteln, zu einem passenden Zeitpunkt – Fräulein Sophie, die ihrer Tochter längst viel näherstand als sie selbst. Wann hatte das eigentlich begonnen? Es schien noch gar nicht lange her zu sein, dass Johanna sich anfühlte wie ein Teil von ihr, so nah und so unendlich vertraut. Dass sie ihre Mutter gebraucht hatte. Jetzt lief sie selbständig herum, sie lernte Lesen und Schreiben und Französisch und Zeichnen, ganz, wie es einem jungen Mädchen zukam – Dinge, die nicht Blanka ihr beibrachte, sondern Fräulein Sophie. Es gab Tage, da sprachen sie kaum ein Wort miteinander, begegneten sich nur zu den Mahlzeiten … Und doch musste sie immer ihr waches Auge auf dem Mädchen haben, jetzt schon, und wie viel mehr noch in den kommenden Jahren, wenn Johanna heranwachsen würde. Für Johann war es anders, einfacher. Johann war ein Mann. Für ihn war seine Tochter rosa Zuckerguss und Schlagsahne und tanzender Sonnenschein auf Frühlingsblättern. Und wenn sie ein wenig keck war, ein wenig vorlaut, dann war es für ihn nur ein willkommener Ersatz für den Stammhalter, den er sich ersehnte … Er sah nur ihre niedlichen Löckchen, ihr süßes Lächeln, ihren unschuldigen Augenaufschlag. Dass es harte Arbeit werden würde, dafür zu sorgen, dass sie auch so blieb – so niedlich, süß und unschuldig – das sah er nicht und würde er niemals sehen. Er würde sie nur eines Tages einem Fremden in die Arme geben, voller Stolz auf seinen makellosen, wohlbehüteten Schatz, und auch, wenn sie dann irgendwann selbst Kinder hatte, würde sie in seinem Herzen immer noch genau das bleiben: Zuckerguss, Sahne und Sonnenschein, sein Leben lang.

Manchmal war das nicht leicht zu verstehen.

Blanka merkte, dass sie immer gereizter wurde. Sie versuchte, sich wieder auf das Fenster zu konzentrieren, über den roten Turm nachzudenken statt über Johannas gefährlich hübsche Apfelbäckchen oder ihr enervierendes Schmatzen. Aber ihre Gedanken sanken nach unten, hinab in die Halle zum Spiegel, und sie fühlte plötzlich sehr deutlich, dass sie wünschte, er sollte endlich sicher in ihrem Schlafzimmer aufgehoben sein. Für sie allein …

Dummes Mädchen, wisperte etwas ihr unhörbar zu. *Dummes, dummes Mädchen.*

„Sei still!", zischte sie und presste sofort beide Hände gegen den Mund. Hatte sie es wirklich ausgesprochen? Johanna murmelte und drehte sich auf die Seite. Dann klangen Schritte auf der Bodentreppe, und einen Augenblick später klopfte es an die Tür.

„Gnädige Frau? Der Spiegel ist oben. Alles ist gut gegangen."

Blanka atmete auf.

„Schön, Fräulein Sophie", sagte sie laut. „Ich komme gleich."

Sie schob den Stuhl zurück, beugte sich noch einmal über ihre Tochter. Das Schmatzen hatte aufgehört. Nur die dichten Wimpern zitterten schwach in irgendwelchen Kinderträumen. Blanka streichelte ihr über das wirre Haar und hatte dabei das seltsame Gefühl, sie für etwas um Verzeihung zu bitten.

Als sie zum Schlafzimmer ging, spürte sie, wie die Ruhe des Hauses langsam zurückkehrte, seit die Arbeiter fort waren. All die schwachen Gerüche und kaum wahrnehmbaren Geräusche, die sich vor den Männern in die Winkel geflüchtet hatten, kamen schüchtern wieder hervor: das süßliche Bohnerwachs auf den Dielen, die herbe Wolle im Treppenläufer. Ein Türsturz seufzte, ein-, zweimal; unten, in der Halle, schwang das Pendel der Standuhr bedächtig klickend hin und her. Das Draußen, das mit den Männern hereingekommen war, es wich allmählich zurück. Bis das Haus wieder ganz seinen Bewohnern gehörte.

Vielleicht spürte Sophie es auch. Sie wartete im Flur, lächelte Blanka so herzlich an, und mit einem Mal fiel Blanka auf, dass sie beide ungefähr gleichaltrig sein mussten, Mitte zwanzig. Hatte es nicht in Sophies Unterlagen gestanden? Wie merkwürdig das war, Sophie kam ihr oft um so vieles älter und erfahrener vor. Und wie verbindend es sich trotzdem anfühlte. Aus einem Impuls heraus streckte sie ihr die Hand entgegen.

„Verzeihen Sie", sagte sie, als die Finger der Gouvernante sich leicht und verwundert um ihre eigenen schlossen. „Ich hätte mich selbst um die Sache kümmern sollen."

Sophie neigte den Kopf. Blanka wusste, sie verstand, dass diese Bitte um Verzeihung mehr einschloss als nur das, was gesagt wurde. Auch einen unerfreulichen Auftritt am Morgen, den sie am liebsten vergessen hätte.

„Gnädige Frau", sagte Sophie sehr sanft, „bitte machen Sie sich doch darum keine Gedanken."

Ihr Lächeln war jetzt so warm, es schien Blanka zu umarmen. Wie weich und fraulich ihr Gesicht dabei wurde … Gar nicht mehr wie eine strenge Erzieherin, ein gelehrter Blaustrumpf ohne alle weiblichen Attribute. Blanka drückte ihre

Hand noch einmal, etwas fester, und ließ sie dann schnell los, bevor sie beide verlegen wurden.

„Darf ich Sie dann noch einmal beanspruchen?", fragte sie. „Ich vermute, die Männer haben den Spiegel einfach irgendwo abgestellt, er muss ja wirklich furchtbar schwer gewesen sein. Meinen Sie, wir können ihn zu zweit an einen geeigneten Platz rücken? Ich würde natürlich Lieschen bitten, aber ..."

Was aber? Es gab eigentlich gar keinen Gegengrund. Blanka stockte, aber Sophie fragte gar nicht weiter.

„Natürlich", sagte sie nur.

Im Schlafzimmer stellten sie fest, dass es so schwierig nicht war, den Spiegel richtig aufzustellen. Das Tuch hing nur noch lose darüber. Der massive hölzerne Ständer, der hinten am Rahmen befestigt war und den Spiegel leicht schräg stellte, sodass er das Licht der Deckenleuchten einfangen konnte, war bereits aufgeklappt. Er stand neben Blankas Bett, mit der Spiegelfläche zur Tür. Sie mussten ihn nur rechts und links fassen und mit vereinter Kraft ein wenig schieben, bis der Betthimmel nicht mehr halb darüberfiel und ihn verdeckte. Als es geschafft war, wischten sie sich beide mit derselben Bewegung gelockerte Haarsträhnen aus der Stirn und mussten lachen. Vielleicht war es dieser zweite, kurze Moment der Vertrautheit, der Gleichartigkeit, der Blanka plötzlich den Mut gab, die Frage zu stellen, auf die sie schon einmal keine Antwort erhalten hatte.

„Warten Sie – bleiben Sie doch bitte noch einen Moment."

„Gern ...?"

Blanka schluckte. Sie wusste nicht, wie sie die Frage stellen sollte. Aber fragen musste sie.

„Sie waren ja bei der ... der Beerdigung dabei. Ich nehme an, es war alles sehr – prunkvoll, nicht wahr? Immerhin, das

Schloss … all die Angestellten und die Gutsbewohner … Sie kamen sicher alle.“

Etwas wie Mitleid stand in Sophies Blick. Es berührte Blanka kalt, noch bevor die Gouvernante antwortete.

„Nein“, sagte sie ehrlich. „Es waren nicht viele Menschen dabei. Der Pfarrer, natürlich, und der gnädige Herr und wir. Sonst eigentlich niemand, gnädige Frau. Es tut mir sehr leid.“

„Niemand?“, flüsterte Blanka betroffen. Sie wusste nicht, was sie erwartet hatte. Und warum es sich so schmerzlich anfühlte. Da war doch immer nur Kälte gewesen, all diese Jahre …

„Der gnädige Herr hat sich um alles gekümmert“, sagte Sophie, als wollte sie sie trösten. „Es lag ihm viel daran, dass alles – in Ordnung kam. Wenn er sie ja auch nicht so sehr gut kannte …“

Am Ende des Satzes schien ein Fragezeichen zu hängen. Blanka lächelte abwesend.

„Nein“, sagte sie, mehr zu sich selbst, „er kannte sie nicht gut. Er hatte natürlich um meine Hand angehalten bei ihr – mein Vater war damals schon nicht mehr da …“ Verschwommene Bilder stiegen in ihr auf: Ein lachender, bärtiger Mann, der sie hochhob und durch die Luft wirbelte und sich dann in Rauch auflöste, als habe er niemals existiert. Vater … Sie strich sich über die Stirn. „Sie war nicht sehr glücklich darüber. Ich war noch so jung, und dann war Johann natürlich ein Kaufmann, nicht von Adel. Damals noch nicht. Es gab einen großen Skandal in der Verwandtschaft.“

Sie schluckte, lächelte trotzig.

Sophie sah sie aufmerksam an.

„Es ist wunderbar, dass Ihre Frau Mutter sich schließlich doch damit einverstanden erklärt hat. Die Dinge sind eben heute anders als früher. Eine Heirat ist nicht mehr nur irgendein Geschäft. Zuneigung sollte dazugehören. Wenn auch die Liebe wohl meistens erst später kommt."

„Liebe?" Blankas Wangen fingen an zu glühen. „Ach, Liebe, das ist so ein großes Wort ... Ich glaube auch nicht, dass es sie besonders interessiert hat. Sie stimmte damals nur zu, weil sie ..." ... *musste*, war das Wort, das Blanka nicht aussprach. Nicht aussprechen konnte. Es gab Dinge auf der Welt, die selbst eine vor Wut tobende Mutter nicht ungeschehen machen konnte, wenn sie erst einmal passiert waren. Dinge, für die es nur eine einzige Lösung gab. Sie geschahen immer wieder, in allen Familien, allen Schichten. Aber man sprach nicht darüber. Niemals.

Blanka senkte verlegen den Blick. „Sie kam nicht zur Hochzeitsfeier", flüsterte sie ihren Schuhspitzen zu, und selbst in der Erinnerung tat es noch weh. „Und nicht zur Trauung im Standesamt. Wir konnten ja nicht in einer Kirche heiraten, zu Hause waren wir katholisch. Es war gut, dass die Regierung die Zivilehe eingeführt hat, und doch ... Ich hatte es mir alles anders vorgestellt, wissen Sie. In einer schönen Kapelle, mit einem würdigen Jesuitenpriester. Das war natürlich, bevor der Orden verboten wurde. Und dann ein großes Fest mit allen Verwandten. Aber so –. Es waren nur seine Freunde, die kamen, seine Verwandten. Und ich musste mit ihnen tanzen und glücklich sein ..."

Sie stockte. Die Erinnerung an die Hochzeit war nur noch ganz blass in ihr, wie Worte auf einem alten Stück Papier. Ein Papier, das verloren auf einer großen dunklen Fläche trieb, so dunkel, dass sie nicht sehen konnte, was sich unter der Oberfläche verbarg.

Haltung, Blanka! Sie rief sich zur Ordnung, schluckte gegen die Dunkelheit an. Sah verlegen nach unten, auf ihre Schuhspitzen.

Ihr Blick streifte von dort über den Dielenboden, den Läufer, die unterste Kante des Spiegelrahmens. Dieses blasse, tropfenförmige Funkeln der Steine auf dem schwarzen Holz ... Wie unzählige Augen, die sie beobachteten. Sie mochte den Gedanken nicht, wollte wegschauen, aber irgendetwas hielt ihren Blick dort fest. Irgendetwas, das nicht so war, wie es sein sollte. An der linken unteren Ecke war die Verzierung des Rahmens ungleichmäßig. Erst, als sie genauer hinsah, verstand sie, woran es lag: Einige kleinere der blassen Edelsteine fehlten dort. Ihre metallenen Fassungen blinkten heller als die Steine, die sie umgaben.

„Ach", sagte sie leise und fühlte einen schmerzhaften Stich im Innern, „das wusste ich nicht ...." Sie deutete auf die Stelle. „Schauen Sie nur, der Rahmen ist nicht mehr vollständig. Das Material der Fassungen muss mit den Jahren schwach geworden sein. Es ist so schade, die Steine sind sehr kostbar. Lagen vielleicht welche zwischen den Brettern, als der Spiegel ausgepackt wurde?"

Als sie aufsah, hatte die Gouvernante die Stirn gerunzelt.

„Nein", sagte sie, „da waren keine, soweit ich weiß." Sie verstummte wieder, die Falten vertieften sich. Blanka musterte sie fragend.

„Meinen Sie, dass sie auf dem Weg verloren gegangen sind? Oh, Fräulein Sophie, das wäre nicht richtig. Lieschen sollte ..."

Sophie schüttelte langsam den Kopf. „Nein, gnädige Frau, das glaube ich nicht. Der Kasten war nur oben beschädigt, als er in die Halle gebracht wurde. Und dort konnte ja nichts herausfallen. Außerdem ..."

Sie sprach nicht weiter. Ihr Blick war seltsam in sich gekehrt. Blanka verstand nicht, was in ihr vorging. Konnte es sein, dass die Gouvernante den Verlust der kleinen Steine ebenso empfand wie sie selbst? Nein – sie hatte den Spiegel ja nie vollständig gesehen. Und er bedeutete ihr nichts; nichts im Vergleich zu dem, was er für Blanka bedeutete. Es musste Mitgefühl mit dem Verlust ihrer Herrin sein, was sie so nachdenklich machte.

Blanka lächelte sie an.

„Machen Sie sich keine Gedanken. Es ist ja nicht Ihre Schuld. Ich sagte schon, der Spiegel ist sehr, sehr alt. Man kann vielleicht andere finden und dort wieder einsetzen."

Fräulein Sophie knickste tief und zog sich dann Richtung Tür zurück. Die Klinke schon in der Hand, blieb sie noch einmal stehen.

„Verzeihen Sie, gnädige Frau, aber wollen Sie nicht vielleicht nachsehen, ob noch mehr Steine fehlen?"

Der Gedanke, das Tuch herunterzuziehen, den Spiegel ganz zu enthüllen, ließ Blanka eine Gänsehaut die Arme hinaufkriechen. War es Furcht? Oder etwas ganz anderes? Sie wusste es nicht; wusste nur, dass der Moment, in dem sie den Spiegel enthüllte, allein ihr gehören sollte.

„Das werde ich", sagte sie nur vage, „später, wenn ich Zeit dafür habe."

Die Gouvernante öffnete den Mund noch einmal, schloss ihn aber gleich wieder. Sie nickte nur wortlos und ließ Blanka allein.

Draußen auf dem Flur blieb Sophie stehen und presste beide Hände gegen die Brust. Ihr Herz hämmerte. Die Steine! Wo waren die Steine! Sie hatte die untere Kante des Spiegels doch gesehen, gestern Abend, als er noch in der Halle stand. Als sie mit Anton ... Anton? Was hatte er gesagt?

„Denken Sie an das Lichtlein ..."

Das Lichtlein in der Dunkelheit der Zahlungsunfähigkeit.

Oh Herrgott! Hatte Anton die Steine herausgelöst, irgendwann in der Nacht? Da waren Schritte gewesen …

Die Kehle wurde ihr eng. Sie erinnerte sich nur noch vage daran, gegen Mitternacht etwas gehört zu haben. Hatte sie nachgesehen? Ihr war so, als ob sie die Tür ihrer Kammer einen Spalt breit geöffnet hätte, vom Bett aus, ohne aufzustehen. War da ein Schemen gewesen, ein flackerndes Licht?

Sie wusste es nicht mehr genau, aber sie fühlte, dass es so gewesen war. Anton! Es war nicht möglich. Sie sah ihn vor sich, sein scharf geschnittenes, spöttisches Gesicht, seine makellose Weste, die immer glänzend polierten Schuhe. Und doch, und doch – wie konnte es anders sein? Johanna? Da war ihre merkwürdige Frage gewesen … Aber das Kind hätte heute Morgen niemals unbemerkt die Steine herauslösen können, ohne Werkzeug und allein. Und selbst wenn, hätte Johanna es nicht getan. Sie war aufmüpfig, sie war keck – aber sie war keine Diebin. Hinter ihrem Verhalten steckte etwas anderes, wenn Sophie auch nicht wusste, was es war.

Anton! Es blieb nur Anton. Und er musste Herrn von Rapp auch überredet haben, in die Stadt zu fahren. Es war wahrscheinlich nicht einmal schwierig gewesen. Der Hausherr wusste, dass nicht genug Geld für die Löhne da war. Früher oder später würde er es versuchen müssen, doch noch etwas aufzutreiben, wenigstens genug, um die Arbeiter hinzuhalten. Bei einer der Banken vielleicht oder einem Geschäftsfreund. Natürlich würde er nicht wollen, dass seine Frau davon etwas ahnte. Aber Anton wusste von der Misere, und Anton – er musste geglaubt haben, dass es seinem Herrn nicht gelingen würde, genug Geld zu beschaffen. Oh Gott, standen die Dinge denn wirklich schon so schlecht? Wollte Anton die Steine verkaufen, wenn sein Herr ihn gerade nicht brauchte? Dann das Geld irgendwo verstecken – und dann?

Was dann? Wollte er ihm vormachen, er habe es irgendwo gefunden, in einer Tasche, wo es bisher übersehen worden war? Ihm, einem Kaufmann?

Sophie wurden die Knie weich. Sie musste sich an der Wand abstützen.

Die Vorstellung, Anton würde Herrn von Rapp Geld aus dem Verkauf der Steine unauffällig unterschieben wollen, war lächerlich. Rührend vielleicht – aber lächerlich. Es mochte sein, dass der Fabrikant von den technischen Dingen nicht viel wusste, die in der Glashütte vor sich gingen. Immerhin hatte er die Anlagen nur geerbt. Aber wie hatte Anton es selbst doch gesagt, vorgestern noch, im Park? „Ein Kaufmann denkt immer an Geld. Immer." Und ein Kaufmann wusste auch genau, über wie viel er verfügte – oder eben nicht verfügte.

Es gab nur eine Schlussfolgerung. Sie beunruhigte Sophie so sehr, dass sie sich zwingen musste, sie zu denken.

Herr von Rapp wusste vom Diebstahl der Steine. Mehr noch. Er hatte Anton damit beauftragt. Vielleicht hatte er die Steine sogar selbst herausgelöst. Aber ganz gleich, ob Herr von Rapp es selbst getan oder nur in Auftrag gegeben hatte – seine Frau wusste nichts davon. Sie war überrascht gewesen, schmerzlich berührt, als sie das Fehlen der Steine entdeckte. Sie ahnte nichts.

Rechtlich war es auf diese Weise zwar kein Diebstahl mehr; das Eigentum der Ehefrau stand in der Verfügung des Ehemannes, so bestimmten es die Gesetze. Und sie galten für Tagelöhnerweiber genauso wie für Fabrikantengattinnen. Aber Sophie war sicher, dass es Blanka von Rapp nicht gefallen würde, wenn sie davon erführe. Der Spiegel war, wie es schien, das einzige Andenken an ihre Mutter. Und wie schwierig auch immer die Beziehung zwischen beiden gewesen sein mochte – sie sorgte sich um den Spiegel, als wäre er ein lebendiges Wesen. Und sie betrachtete ihn als ihr Eigen.

Die Tatsache, dass die Steine nur mit Wissen des Hausherrn verschwunden sein konnten, bedeutete noch mehr. Die Geschäfte der Rapp Glas AG mussten inzwischen so schlecht gehen, dass Herr von Rapp selber nicht damit rechnete, genügend Barmittel für die Lohnzahlung am Freitag auftreiben zu können. Sophie verstand nicht viel von geschäftlichen Dingen, aber eines war ihr doch klar: Wenn ein Kaufmann keinen Kredit mehr bekommen konnte, stand ihm das Wasser bis zum Hals. Und die Arbeiter …

Sie sah sie wieder vor sich, die Straßenschlachten damals, in den tiefen Schluchten zwischen den Berliner Mietskasernen. Die aufgebrachten Menschen, ihre finsteren Mienen. Hörte das rohe Gebrüll, wie von Tieren, roch den beißenden Gestank der Fackeln. Heiße Angst stieg in ihr auf. Das Gesicht des dunklen, unverschämten Marek passte nur zu gut in diese alten Bilder. Wenn es nicht gelang, wenigstens die Steine zu genügend Geld zu machen – würden sich diese Szenen dann wiederholen? Hier draußen, in der Einöde? Wo es nicht einmal einen Polizeiposten gab?

Schritte klangen schwach von drinnen, hinter der geschlossenen Schlafzimmertür, und ihr wurde klar, dass sie immer noch im Flur stand. Sie riss sich zusammen. Niemandem würde es nützen, wenn sie Frau von Rapp mit ihren Erkenntnissen beunruhigte. Sie durfte sich nichts anmerken lassen. Die Sorge nicht – und auch nicht die Tatsache, dass sie wusste, wohin die fehlenden Steine verschwunden waren. Wenn Herr von Rapp zurückkam, würde alles sich aufklären. Und bis dahin?

„Beten Sie, Fräulein Sophie“, hatte Anton gesagt. „Beten Sie.“

Mit klopfendem Herzen ging sie in ihre Kammer, zog die Tür hinter sich zu. Nahm eines der Bücher von dem kleinen Tisch am Fenster; es war eine Sammlung griechischer Philosophen, mit vielen Abbildungen von Büsten und Statuen aus Berliner Museen. Sie schlug die Seiten aufs Geratewohl auf, setzte sich, ließ den vertrauten Text auf sich einströmen wie einen beruhigenden, kühlenden Luftzug. Ließ sich umfangen von den wissenden Blicken aus blinden Steinaugen. Hier war Ordnung, hier war Vernunft. Was auch immer geschehen mochte in einer Welt voller Irrsinn und Katastrophen – es gab Gründe, und es gab Lösungen. Man durfte sich von seinen Gefühlen nicht davonreißen lassen. Der Verstand musste herrschen im Haus des Körpers; auch, wenn dieser Körper weiblich war. Erst recht dann. Erst recht dann …

Weshalb schoss ihr Willems Bild durch den Kopf, das schöne Profil, gegen den Winterhimmel gekehrt? Sie seufzte, setzte sich zurecht. Vertiefte sich in den Text und wartete darauf, dass ihr Verstand wieder die Oberhand gewann.

Erst am Abend erlaubte Blanka es sich, wieder hinaufzugehen in ihr Schlafzimmer. Es war noch etwas Zeit, bevor Lieschen kommen würde, um ihr aus dem Kleid zu helfen – ihrem Tageskleid, denn wenn Johann nicht zu Hause war und auch kein Besuch erwartet wurde, zog sie sich zum Abendessen nicht um. Es wäre ihr lächerlich vorgekommen, das spitzenumwobene tiefe Dekolleté zu zeigen, das die Mode abends verlangte, wenn doch bloß zwei Frauen am Tisch saßen.

Normalerweise nutzte sie diesen freien Moment, um ein wenig in der Bibel zu lesen oder in dem kleinen Andachtsbuch, das Johann ihr zur Hochzeit geschenkt hatte. In ihrem Schlafzimmer fühlte sie sich ruhig, geborgen. Vielleicht lag es auch daran, dass die Fenster auf dieser Seite des Hauses von der Glashütte wegblickten, in die offene Landschaft. Nur ganz selten hörte sie hier ein leises Fauchen von fern …

Sie nahm das Andachtsbuch kurz in die Hand, legte es gleich wieder hin, neben das braune Fläschchen mit ihrem Tonikum. Hinter ihrem Rücken knackte das Holz des Spiegels unter dem weißen Tuch. Es lockte sie, immer noch, trotz allem – das Spiegelglas. Weshalb nur? Es stimmte, was Lieschen gemurrt hatte, sie hatte nie Spiegel im Haus gehabt. Ein Winkel ihres Selbst, der bislang schlafend gelegen hatte – der alles wusste von grauen Türmen und alten Mauern und von Spiegeln –, er wisperte ihr zu: Wir wollten sie nie hier haben, die leeren Fenster ins Nichts. Es gibt keine Wahrheit in Spiegeln. Keine, die man sehen will. Und das Glas ist hart und kalt, es verletzt nur, wenn man ihm zu nahe kommt.

Ja, flüsterte Blanka lautlos zurück. Aber jetzt ist er hier. Ich habe ihn nicht gewollt, aber er ist hier, bei mir. Ohne – *Sie*. Ohne Mutter. Vielleicht, vielleicht ist er jetzt –

Dein?, spottete es in ihr. Du dummes kleines Mädchen! Haben wir denn nichts gelernt in all den Jahren?

Mehr als genug, dachte Blanka bitter. Oh, mehr als genug.

Sie wollte sich selbst nicht zuhören. Spürte das Locken in sich, die verhaltene Anziehungskraft, die von dem Glas unter dem Tuch ausging. Sie wusste, dass sie ihm nachgeben würde.

Ein neues trockenes Knacken, es klang wie eine Frage. Und das Rascheln von Blankas Rock, als sie sich umdrehte zum Spiegel, war wie eine Antwort darauf. Mit einem einzigen Schritt war sie bei ihm, rasch, bevor sie den Mut wieder verlieren konnte. Riss das Tuch herunter, so schnell, dass ihre eigenen Gedanken der Bewegung nicht folgen konnten. Erst, als es am Boden lag, wurde ihr klar, dass sie es getan hatte. Sie stand gerade vor dem Spiegel. Und nichts, nichts trennte sie mehr von der schimmernden Fläche aus Glas.

Es dauerte lange, bis sie den Blick heben konnte. Ihre Augen tasteten sich von unten herauf, über das Tuch, über poliertes Ebenholz, über die matt glänzenden Steine. Hielten inne, als sie zum ersten Mal über Glas streiften. Dieses matte, grausilbrige Glänzen … Wie lange hatte sie es nicht mehr so nahe gesehen? Nur ein alter Quecksilberspiegel, hatte Johann abfällig gesagt. Aber was wussten Männer schon von Spiegeln? Männer verlangten Klarheit, Eindeutigkeit; grelle, grausame Genauigkeit, wie die modernen Silberspiegel sie zeigten. Spiegel, die das Licht brachen und seine Splitter vertausendfachten, die den Raum aufrissen wie Fenster ins Nichts. Aber dieses verhaltene Schimmern … Es brach das Licht nicht, das darauf fiel, sondern nahm es ganz sanft entgegen. Verwandelte, verschleierte es, bis es so weich war wie gemalt …

Blanka holte tief Luft und ließ die Augen langsam höherwandern. Ihren eigenen Rock hinauf, den schweren, bordeauxfarbenen Samt, in unzählige Falten gelegt, gerafft und mit Zierperlen bestickt. Ihr war so, als müsste sie sich an jeder einzelnen festhalten, mühsam höherklettern mit ihrem Blick. Da war ihre Taille, fest geschnürt und immer noch schlank wie bei einem jungen Mädchen, trotz Johanna; das Mieder, mit einer dichten Reihe Samtschleifen verziert, wie Stufen, die nach oben führten. Die kleine Mulde zwischen ihren Schlüsselbeinen, die nach einem hübschen Anhänger zu verlangen schien – aber sie trug alltags niemals irgendeinen Schmuck, außer ihrem Ehering, und der war unter dem Handschuh verborgen. Ihr Blick wanderte weiter nach oben, den hochgeschlossenen Kragen hinauf.

Dann sah sie sich selbst ins Gesicht, den Bruchteil eines Augenblicks nur. Sie riss den Blick sofort wieder beiseite, aber – war es so schlimm gewesen? Ein flüchtiger Eindruck von milchweißer Haut hinter dem weichen grauen Schleier, von dunklen Wimpern und geschwungenen Brauen.

So schlimm?

Sie atmete aus, spürte die wolkigen Gebilde in sich, wie sie sich träge bewegten. Immer noch konnte sie nicht hineinsehen, wusste nicht einmal, ob sie es wollte; empfing nur schwache Ahnungen von den Dingen, die darin trieben: Bilder, Geräusche, Gerüche. Sie wusste, jedes einzelne davon hing mit den alten Mauern zusammen, mit den Türmen und – mit *Ihr*. Aus dem Dunkel, das Blanka in sich spürte, schien eine Stimme heranzutreiben, voll, samten, ganz ohne Spott dieses Mal. Sang sie? War es wirklich ein Lied, was sie mitbrachte?

Blanka sah sich selbst in die hellen, nachdenklichen Augen. Sie fühlte, wie ihre Lippen sich öffneten. Aber es war nicht ihr Mund, aus dem die leisen, kaum zu verstehenden Worte kamen:

Du bist mein / Ich bin dein / Sag, was könnte schöner sein?

Langsam, ohne den Blick abzuwenden, tastete Blanka nach dem Klingelzug, der dicht neben dem Bett an der Wand hing. Ein weit entfernter, klarer kleiner Ton hallte zu ihr herauf. Er war so gewöhnlich, so alltäglich, dass er den Bann brach. Sie schaffte es, den Kopf wegzudrehen.

Es dauerte seltsam lange, bis polternde Schritte auf der Treppe erklangen und die Tür endlich aufgestoßen wurde, ganz ohne jedes Klopfen.

„Lieschen", sagte Blanka, aber das Hausmädchen schien ihr gar nicht zuzuhören. Die runden Augen in dem runden Gesicht waren noch größer als sonst.

„Ach, gnä' Frau", Lieschen keuchte, „ich wusste nicht, dass

Sie schon oben sind. Ich bin durchs ganze Haus gerannt. Das Kind – das Kind!“

Eis schoss durch Blankas Körper. Johanna – der Spiegel … der Spiegel!

„Das Fieber“, stotterte Lieschen, „ist in die Höhe geschossen, ganz plötzlich, von einer Minute zur anderen! Das Kind weint und redet ganz wirr! Fräulein Sophie hat mich geschickt, nach Ihnen zu suchen. Kommen Sie, gnä' Frau!“

Das Eis sammelte sich in Blankas Gliedern, ihren Knochen. Machte sie kalt und ruhig. Sie nickte wortlos dem Mädchen zu, das sofort die Tür wieder aufriss und in den Flur stürmte. Blanka folgte Lieschen, so schnell sie konnte. Aber bevor sie die Schlafzimmertür zufallen ließ, fuhr sie noch einmal herum. Sie starrte in den Spiegel, in ihr eigenes bleiches Gesicht.

„Wag es nicht!“, hörte sie sich selbst fauchen, mit einer ganz fremden, wilden Stimme, ohne zu wissen, wen sie damit meinte. „Wag es nur nicht!“

Der Spiegel zeigte ihr die Wahrheit. Als sie am wenigsten damit rechnete, als sie sich schon fast vollständig eingehüllt hatte in Hoffnung. Auf dem Weg zu einem weit entfernten Herrenhaus, das sie allein besuchen wollte, während ihr Mann sich zu Hause von einer Reise ausruhte, brach ein Wagenrad. Zu ihrem Glück – wenn es denn Glück war – lag ein Gasthof in der Nähe, und eine stickige Kutsche voller entzückter, überschwänglicher Bürgersfrauen brachte sie zurück zum Schloss, einen Tag früher als angenommen. Sie seufzte vor Dankbarkeit, als der Hausknecht ihr aus dem Schlag half und die plappernde Gesellschaft endlich in der Abenddämmerung verschwand. Die Luft war mild und klar; eine Amsel schlug irgendwo und vertrieb die Kopfschmerzen, die sie in letzter Zeit immer wieder plagten.

Im Schloss begegnete sie niemandem außer der Zofe, die sofort wie ein Schatten hinter ihr her huschte, hoch ins Turmzimmer, wo sie sich ungeduldig selbst die Nadeln aus dem Hut zog. Der Spiegel empfing sie mit seinem sanften, matten Schimmer. Sie musterte sich; war da wieder eine neue dieser seltsam trockenen Stellen an ihrem Kinn? Mit den Fingerspitzen tastete sie darüber, während die Zofe die Schnüre am Rücken ihres Mieders löste. Als sie sich noch näher zum Spiegelglas beugte, fing irgendetwas im Zimmer hinter ihr ihren Blick ein. Irgendetwas, das anders war als am Morgen. Das dort war, wo es nicht hingehörte.

Es war rot.

Sie drehte sich um, schob die Zofe beiseite. Was war das? Es lag neben dem Ehebett auf dem Fußboden, fast vollständig von den herunterhängenden Falten des Baldachins verdeckt. Fast. Mit der Schuhspitze schob sie es unter dem Stoff hervor. Es sah aus wie … eine Haarschleife?

Ihr wurde plötzlich kalt. Sie trug die Haare aufgesteckt, mit Kämmen und Nadeln, wie es sich für eine verheiratete Frau gehörte. Keine Schleifen. Keine Bänder.

„Heben Sie das auf", herrschte sie die Zofe an, die ungeschickt gehorchte. Zwischen ihren Fingern war das kleine Stückchen Stoff grob, billig, aber sauber gesäumt. Falten und Knicke zeigten an, wo es normalerweise fest um einen Zopf gebunden wurde.

„Wem gehört das?", fragte ihr Mund ohne ihr eigenes Zutun. „Wie kommt das hierher?"

Die Zofe stotterte irgendetwas. Sie verstand es nicht, aber einen stolpernden Herzschlag später spielte das schon keine Rolle mehr. Wie von selbst hatte sich ein Bild vor ihr inneres Auge geschoben; ein Bild von hüftlangen, dicken blonden Zöpfen, die neben einer schlanken Mädchengestalt hin- und herschwangen, wenn sie sich nach einem Ascheimer bückte. Blonde Zöpfe mit auffallenden roten Bändern …

Elsbeth, dachte sie. Elsbeth, das Küchenmädchen.

Die Knie gaben unter ihr nach.

Die Zofe stützte sie mit zitternden Händen, stammelte wieder.

„Es ist bestimmt nicht – ach, ich meine …"

„Sei still", sagte sie heiser und kalt. Sie umfasste den Bettpfosten, schüttelte die fremden Hände von sich ab. Die Zofe verbarg das Gesicht in der Schürze und schluchzte erstickt:

„Ach, ach, gnädige Frau … Wir wussten doch nicht, ob wir Ihnen was sagen sollten …"

Sie starrte in den Spiegel, ohne etwas zu sehen.

„Geh", sagte sie. „Geh."

Elsbeth. Sie flüsterte diesen Namen gegen den Spiegel, immer wieder und wieder. Elsbeth mit den blonden Zöpfen. Elsbeth, die Waise, die sie selbst vor Jahren ins Haus geholt hatte. Elsbeth, mit einer schlanken Taille wie zartes Schilf am Moor, Elsbeth, die unschuldige Elsbeth, die noch nie ein Kind geboren hatte. Die kein Korsett brauchte, keine Mieder. Elsbeth. Unter ihrem eigenen Dach. Keine Fragen, keine Zweifel. Für die Haarschleife eines Küchenmädchens gab es nicht den kleinsten triftigen Grund, im Herrschaftsschlafzimmer neben dem Bett auf dem Boden zu liegen.

Und alle hatten es gewusst.

Alle.

Sie sprach nicht darüber. Sie ließ sich nichts anmerken. Auch ihrem Mann gegenüber nicht. Sie gab das Fest am übernächsten Tag, wie es vorgesehen gewesen war; tanzte und lachte. Brillierte. Und als er ihr hinterher dankbar die Hand küsste für den wunderbaren Abend, nahm sie es lächelnd entgegen. Das, was sie spürte in diesem Augenblick – all den Schmerz, all das Leid, all den ungeheuren, brandrot lodernden Zorn –, hielt sie mit eisernen Klammern in sich gefangen, und je mehr es in ihr zuckte und aufbegehren wollte, desto mehr presste sie es zusammen. So lange, bis sich nichts mehr rührte.

Zeit ging dahin. Im Wald rief der Kuckuck, der Frühsommer kam; und unten, in den Mädchenkammern, entstand ein Tuscheln, ein beharrliches Wispern, das sich um Elsbeth drehte, immer um sie. Es trieb durch alle Gänge. Oben in ihrem Turmzimmer hörte die Frau es wohl. Und sie wusste, was es zu bedeuten hatte.

Das junge Mädchen fing an, weite Kleider zu tragen. Es versteckte sich, wenn sie nach ihm schickte. Seine Furcht war im ganzen Schloss zu spüren, bis hoch in den Turm, wo die Frau vor dem Spiegel stand, sich das Gesicht mit Pasten bestrich, schwieg und wartete. Sie wartete lange; sie wartete geduldig.

Das Laub duftete, und in den Nächten schlugen die Nachtigallen. Ein Gartenball folgte dem anderen. Sie wartete; sie schwieg. Die Jagdsaison begann, fröhliche Gesellschaften füllten das Schloss. Nebel stiegen aus dem Wald, und der Herbst umhüllte alle Mauern mit seinem kühlen, feuchten Mantel. Aber drinnen, unten in den Mädchenkammern, ließ sich längst schon nichts mehr verbergen. Die Mädchen tauschten untereinander, übernahmen Elsbeths Dienste, wenn es darum ging, schwere Milchkannen zu heben oder

Kartoffeln zu wuchten. Und immer noch wartete die Frau und sagte kein Wort, in all ihren Plaudereien mit Gästen und Ehemann, in all ihren fröhlichen Scherzen. Kein Wort.

So lange, bis alle sich ganz sicher fühlten.

Dann kamen die ersten Wintertage, und ihr Mann fuhr wieder fort. Wie immer hatte er ihre Hand geküsst, bevor er ging, dankbar, und sie beide hatten gewusst, wofür er ihr dieses Mal dankte. Sie ließ ihn ziehen und blickte seiner Kutsche vom Turmzimmer aus noch lange nach. Als sie sie nicht mehr sehen konnte, schickte sie ihr Kind fort, das vor dem Spiegel mit seinen Puppen spielte. Dann ließ sie nach Elsbeth rufen; und dann sprach sie zu ihr.

Nur ein einziges Wort.

In dieser Nacht öffnete sie ein Fenster des Turmzimmers weit. Wenig später schrien die Krähen unten im Wald, grell wie Seelen im Fegefeuer. Aber in ihren Ohren klang es seltsam süß.

Vier

In Johannas Kopf schlugen die schwarzen Flügel. Sie hetzten sie durch Gänge aus grauem Stein, trieben sie vor sich her, durch einen lichtlosen Irrgarten, weiter, immer weiter. Sie konnte sie nicht abschütteln, so schnell sie auch lief. Ihre Kehle brannte wie Feuer, sie bekam keine Luft mehr, aber sie wagte es nicht anzuhalten. Die Flügel würden sie erreichen, würden sie einhüllen und dann, in ihrem Schatten, etwas Furchtbares mit ihr tun. Sie wusste es, sie kannte die Flügel. Sie jagten sie nicht zum ersten Mal.

Im Boden schienen ihre Füße steckenzubleiben wie in weichem Teer. Die Luft war so schwer und dick wie Herbstnebel. Immer, wenn sie glaubte, einen Ausweg gefunden zu haben, verschoben sich knirschend Steine und verstellten ihr den Weg nach draußen. Die Flügel peitschten sie voran. Sie wollten, dass sie zu einem Ort lief, einem bestimmten Ort im Irrgarten aus Stein. Einem Ort, den sie noch mehr fürchtete als die Flügel. Sie wollte nicht dorthin, nein, nur nicht dorthin!

Hinter Bögen, zwischen Pfeilern tauchte er manchmal auf, und dann rauschten die Flügel triumphierend. In letzter Minute fand sie dann einen Winkel, einen neuen schmalen Gang, in den sie entwischen konnte. Nicht *dorthin*, nur nicht *dorthin*! Sie schluchzte, während sie rannte, bettelte mit erstickter Stimme. „Ich wollte es doch nicht, ich wollte nichts Böses tun …!“ Aber die Flügel scherten sich nicht um ihr Weinen. Die Flügel wollten, dass sie bestraft wurde. Sie würden sie *dorthin* treiben, wo sie schon einmal gewesen war, unerlaubt, heimlich; niemandem hatte sie davon erzählt, nicht einmal Sophie. Sophie, ach, Sophie! Wo war sie nur, warum half sie ihr nicht? Johanna rannte und ihr Körper glühte. Sie wusste, wer *dort* auf sie wartete.

Die Hexe.

Die Hexe in der Kapelle.

Die Hexe im Spiegel. In dem seltsam grauen Licht.

Die Hexe unter dem schwarzen Tuch – oder waren es auch Flügel gewesen? Nur nicht anrühren, nur nicht daruntersehen! Nicht noch einmal! Denn unter dem Tuch, unter dem Schleier – das Gesicht! Das entsetzliche Gesicht!

„Nein", schluchzte Johanna, während sie rannte, „nein, es tut mir leid, ich wollte es nicht! Ich durfte nicht allein in die Kapelle gehen, es tut mir leid, es tut mir so leid!"

Aber sie hörte die Stimme der Hexe unter dem Flügelschlagen, und es lag kein Mitleid darin. Nur kalter Hohn.

Komm, komm nur zu mir, mein hübsches Kind. Beug dich über mich, wie du es schon einmal getan hast, ja, ich weiß, dass du es warst. Ich konnte dich auch mit geschlossenen Augen sehen. Magst nicht hören, nicht wahr? Hast deinen eigenen Kopf? Treibst dich herum an Orten, an denen du nichts verloren hast. Ich kenne solche wie dich, neugieriges Mädchen. Oh ja, ich kenne sie. Und jetzt sieh dich nur an, so ängstlich, wie ein Wickelkind! Bist du denn jetzt gar nicht mehr neugierig? Nein? Oh doch, ich glaube schon.

Bück dich, zieh den Schleier beiseite. Tust du es nicht freiwillig, dann werde ich dich dazu zwingen! Und nun – sieh mich an, ja, sieh mich an.

Bin ich nicht – schön?!

Johanna schrie, bis ihre Stimme versagte.

Am Morgen fühlte Sophie sich wie gerädert. Ihr Rücken war verkrampft vom stundenlangen Hocken auf der Eisenbettkante, ihre Arme bleischwer vom Auswringen der nassen Tücher. Ihre Hände waren aufgequollen wie die einer Waschfrau, plump und eiskalt. Mühevoll wischte sie sich lose Haarsträhnen aus der Stirn und sah im trüben Morgenlicht zu ihrer Herrin hinüber.

„Ich glaube", sagte sie schwerfällig wie eine Betrunkene, „jetzt steigt das Fieber wenigstens nicht weiter."

Blanka von Rapp saß steif auf dem zu niedrigen Kinderstuhl. Ihr Gesicht war grau. Sie wandte den Blick von der Mädchengestalt im Bett ab, drehte den Kopf auf dem schlanken Hals so langsam, als sei ein Scharnier über Nacht eingerostet.

„Ja", antwortete sie heiser, „ich denke, Sie haben recht. Und sie schläft endlich – endlich."

„Nicht nur sie." Sophie zwang sich zu einem Lächeln. Sie nickte zur Zimmerecke hinüber, dort, wo vor einer Weile Lieschen auf dem Fußboden eingedöst war, den Rücken gegen die Wand gelehnt, einen Arm um das Holzreh geschlungen.

Blankas Miene blieb ausdruckslos.

„Ich wecke sie gleich", sagte Sophie schnell. „Irgendjemand muss sich um das Frühstück kümmern. Frau Herrman ist sicher noch nicht da, es ist ja noch so früh. Johanna wird eine Stärkung brauchen, wenn sie aufwacht. Und Sie auch, gnädige Frau."

Es war unverschämt, das zu sagen. Trotzdem löste sich ein kleines Lächeln auch in Frau von Rapps starrem Gesicht.

„Wir beide", sagte sie und streichelte sacht über den Unterarm der schlafenden Johanna. „Wir beide, Fräulein Sophie. Ich weiß nicht, wie ich diese Nacht ohne Sie überstanden hätte. Wenn", das Lächeln erlosch so schnell, wie es gekommen war, „wenn sie denn tatsächlich überstanden ist."

Sophie sah zum Bett. Das Fieber hielt Johanna weiter im Griff. Glührot wie Augustäpfel die Wangen, die sonst so sanft gerötet waren, die bleiche Stirn schweißnass. Aber das Mädchen war wirklich endlich eingeschlafen, lag ganz ruhig auf den zerwühlten Laken. Die Wadenwickel umschlangen die dünnen Beine wie Verbände, das Nachthemd war bis zu den Knien hochgeschoben. Die magere Brust hob und senkte sich, schnell, zu schnell immer noch, aber wenigstens regelmäßig. Und der Atem, der daraus hervorströmte, klang nicht mehr ganz so rau. Oder redete sie es sich nur schön?

„Ich bin nicht sicher", sagte sie ehrlich. „Ich wünschte, ich wäre es."

In den vergangenen endlosen Stunden hatte sie sich hundertmal das Gehirn zermartert, sich an all die anderen kleinen Krankenbetten versucht zu erinnern, an denen sie schon gesessen hatte. Was war ein Kinderfräulein wert, wenn es in solchen Situationen keinen Rat wusste? Aber sie war kein Arzt. Und Kinder bekamen so leicht Fieber. Es schnellte in die Höhe aus irgendeinem ganz nichtigen Anlass, und ein paar Stunden später verschwand es wieder, als wäre es nie da gewesen. Ein feuerrotes Gespenst im Kinderzimmer …

Zögernd sagte sie: „Ich habe es schon ein-, zweimal erlebt, dass eine einfache Erkältung plötzlich so ausartete. Sie hat einen roten Hals und kann manchmal kaum schlucken … Es könnte eine Mandelentzündung dahinterstecken. Sie ist jetzt ruhig, das heißt, wir können es etwas später mit Halswickeln versuchen. Und gibt es noch Jodtinktur im Haus? Wenn man den Rachen damit einpinselt, kann das helfen."

„Ja", sagte Blanka von Rapp leise, „wenn Sie das für richtig halten. Ich will gern alles tun, was Sie vorschlagen, Fräulein Sophie. Ich fühle mich so – so hilflos."

Sophie sah sie dort sitzen, kerzengerade aufgerichtet

immer noch nach dieser albtraumhaften Nacht, mit dunklen Wasserflecken auf dem kostbaren Samtrock. Ihre Haltung war bewundernswert. Und doch wirkte sie unsicher und ratlos wie ein verängstigtes Schulmädchen.

„Nein“, sagte Sophie behutsam, „Sie sind nicht hilflos. Nicht hilfloser als jede andere Mutter mit einem kranken Kind.“

Blanka schüttelte den Kopf. „Ich weiß so wenig“, flüsterte sie, „und als Johanna anfing, so schrecklich zu wimmern ... Als sie nicht mehr richtig schlucken konnte ...“

Sophie nickte stumm. Das Geräusch hatte ihr auch das Herz zerrissen.

„Ich war so verzweifelt.“ Frau von Rapps Stimme war kaum noch zu verstehen. „Ich hätte ihr am liebsten den Mund zugehalten, verstehen Sie?“ Sie blinzelte. „Was für eine Mutter bin ich nur ...“

Ihre Hand streichelte immer noch Johannas Arm, auf und ab, auf und ab, in liebevoller Sinnlosigkeit. Sophie hätte am liebsten ihre eigene Hand darübergelegt, die schlanken Finger gedrückt, bis sie zur Ruhe kamen. Aber das war nicht möglich, und so sagte sie nur, so warm und herzlich, wie sie konnte:

„Sie sind eine gute Mutter. Es ist schwer, das eigene Kind so klagen zu hören und nicht helfen zu können. Sie müssen Geduld haben, gnädige Frau. Ich weiß, das ist das Allerschwerste.“

„Aber vielleicht brauchen wir Hilfe, vielleicht schaffen wir es nicht allein?“ Jetzt wandte Blanka von Rapp sich Sophie zu, mit einem so gequälten Ausdruck, dass es Sophie in die Seele schnitt. „Sollen wir nach dem Arzt schicken? Aber wen denn nur? Und selbst, wenn wir jemanden wüssten und er würde gleich losreiten – es ist nur noch die alte Stute im Stall, und zur Stadt ist es so weit. Wenn doch Herr von Rapp hier wäre! Er wüsste, was zu tun ist.“

Sophie war sich da nicht so sicher. In ihrer Erfahrung waren die Väter immer die Hilflosesten von allen, wenn es um die Krankheiten ihrer Kinder ging.

Sie sah zum Fenster hinüber. Der Morgen wirkte trüb, und hinter den Tüllgardinen trudelten einzelne Schneeflocken vorbei.

„Wenn Sie jemanden schicken wollen", sagte sie, „dann müsste es bald sein. Es fängt wieder an zu schneien. Wenn wir Pech haben, wird ..."

Lautes Pochen hallte durch das Haus, durch die offene Tür des Kinderzimmers. Mit einem Aufschnarchen fuhr Lieschen in die Höhe und stieß sich den Kopf an der Dachschräge. Das Holzpferd fiel polternd um. Johanna jammerte leise im Schlaf.

„Wer ist das?", fragte Blanka verwirrt. „Frau Herrman hat doch ihren eigenen Schlüssel!"

„Ich – ich geh schon, gnä' Frau", Lieschen blinzelte schlaftrunken, nestelte ungeschickt an ihren Haaren herum, die ihr vom Kopf abstanden wie ein Heiligenschein. Als sie aufstehen wollte, trat sie sich selbst auf das Schürzenband und stürzte beinahe. Sophie schüttelte rasch den Kopf.

„Geh du nach unten in die Küche", sagte sie, „und sorg dafür, dass die gnädige Frau ein Frühstück bekommt. Und bring neuen Tee für das kranke Fräulein! Ich kümmere mich um die Haustür. Wenn", es fiel ihr viel zu spät ein, „wenn es Ihnen so recht ist, gnädige Frau ...?"

Blanka nickte nur. Sie sah so aus, als bräuchte sie all ihre Kraft, um nicht vom Stuhl zu fallen.

Als Sophie auf der Treppe war, klopfte es wieder, noch lauter, fordernder diesmal, und wieder, als sie in der Halle ankam. Sie riss die Haustür so heftig auf, dass der Schwung sie fast mit nach draußen schleuderte.

„Wir haben einen Krankheitsfall!"

„Verzeihung, Frollein, das konnt' ich doch nicht wissen."

Willem trat einen Schritt zurück. Er lächelte unsicher und drehte die Schirmmütze in der Hand. Winzige Schneeflocken setzten sich auf seine langen Wimpern.

„Oh." Sophie runzelte verdutzt die Stirn. „Nein, natürlich nicht. Aber ich verstehe nicht ... Gibt es irgendein Problem?"

Willem betrachtete sie.

„Schwere Nacht gehabt, wie?"

Ihre Hände flogen hoch zu den verwirrten Haarsträhnen, Schamröte stieg ihr ins Gesicht. Willem lachte freundlich.

„Wir auch, Frollein, wir auch, machen Sie sich nichts draus. Die Wanne Zwo – Sie haben sie gesehen, erinnern Sie sich? Is unsere neueste und größte. Scheint hier und da'n büschen schwach auf der Brust zu sein. Aber das hat nichts zu bedeuten, da muss sie nun einfach durch. Die Läuterung is dran. Man muss sich nach dem Glas richten. Wenn's soweit ist, ist es eben soweit."

Er verstummte, sah sie aufmunternd an, als wäre damit alles Wesentliche gesagt.

„Verzeihen Sie", sagte Sophie, „ich habe immer noch keine klare Vorstellung, was Sie von mir wollen. Überhaupt keine Vorstellung, eigentlich."

„Wir brauchen den Hüttrauch, Frollein. Das Arsenik. Zum Klären der Schmelze. Sie erinnern sich? Wir experimentieren doch mit verschiedenen Stoffen. Ich hatte es Ihnen eigentlich erzählt."

„Arsenik?" Sophie runzelte die Stirn. „Ist das nicht giftig?"

„Oh ja", sagte Willem und lächelte strahlend, „einer von Ihren kleinen Fingerhüten voll könnte einen Mann umbringen. Deshalb isses ganz gut, dass es im Herrenhaus lagert. So gibt es keine Unfälle. Oder dass was wegkommt und dann keiner weiß, wer's genommen hat, bis irgendein Hausdrachen plötzlich das Zeitliche segnet ... Na, Sie verstehen schon. Im Tresor hat er's, der Gnädige, es is ja nicht viel, was wir brauchen für die paar Versuche. Und da isses auch sicher vor solchen, die herumschnüffeln." Er tippte sich vielsagend an die Nase.

Gift, dachte Sophie, Gift und Spionage. Du liebe Güte! Solche Geschichten fand man nicht in der *Gartenlaube* mit ihren beschaulichen Erzählungen. Aber in den Klassikern. Wenn man sie nur richtig las. Der Himmel der Griechen war voll von Mördern und Spionen ...

„Der Hüttenmeister wollte kommen, um es zu holen", unterbrach Willem ihre Gedanken, „aber es is grade heikel, und so schickt er mich. Weil ich ja auch schon mal da war, Frollein. Und er meint, die Damen erschrecken dann nicht so."

„Wie nett von ihm", sagte Sophie ironisch, aber Willem überhörte es glatt. Er schlug sich die Schirmmütze zurück auf den Kopf, rieb die Hände aneinander und fragte:

„Also?"

Sophie verschränkte die Arme vor der Brust. „Also? Hören Sie mal, ich kann Ihnen doch nicht einfach pfundweise Gift aushändigen. Abgesehen davon habe ich natürlich keinen Schlüssel zum Tresor."

„Aber die Gnädige ja vielleicht?" Er blinzelte hoffnungsvoll. „Frollein, wir müssen sehen, dass wir voranmachen. Das Glas wartet nicht. Wenn wir zu spät anfangen, verdirbt die ganze Schmelze, und wir können von vorn anfangen."

Das, dachte Sophie bei sich, würde einem Kaufmann wie Herrn von Rapp bestimmt nicht gefallen.

Sie seufzte. „Es ist gut. Ich werde sie fragen."

Er tippte sich an die Mütze, und dann zwinkerte er ihr

plötzlich zu, so überraschend, dass sie nicht rechtzeitig wegsehen konnte.

„Ich wusste, dass ich auf Sie zählen kann."

Einen Moment stand Sophie sprachlos da. Dieses Zwinkern! So – unverschämt, so direkt! Als sei sie ein Hausmädchen wie Lieschen! So herausfordernd – verspielt ... Sie schnappte ein paarmal nach Luft.

„Schön", brachte sie schließlich heraus, „schön, ich werde dann ..."

Sie wandte sich ab, reckte das Kinn hoch und spürte doch schon wieder die Röte in ihrem Gesicht. Als die Haustür hinter ihr zugefallen war, legte sie sich die kalten Hände auf die Wangen. Das half – wenigstens äußerlich.

Im Arbeitszimmer ihres Mannes durchwühlte Blanka wenig später hastig die Schreibtischschubladen. Warum gab es nur so viele davon! Und warum musste es ausgerechnet ein winziger Schlüssel sein, den sie suchte? Sie kannte ihn, hatte ihn in Johanns Hand gesehen, wenn er den schweren Tresor hinter dem Jagdbild aufschloss, das an der Wand neben dem Schreibtisch hing. Solche Bilder gab es in Serien zu bestellen, immer passend zum jeweiligen Zimmer. Jagdszenen für das Herrenzimmer, Blumenstillleben und Landschaften für den Damensalon ... Sie wusste, sie richtete eine heillose Unordnung an in Johanns Papieren, seinen Briefen und Stempeln. Aber Fräulein Sophie stand wartend im Türrahmen, und Blanka hatte verstanden, dass es sehr eilig war. Der Schlüssel! Wo konnte er nur stecken?

„Und Sie sagen", fragte sie, während sie unter einem Stapel Briefumschläge tastete, „die Männer drüben brauchen – was war es noch genau?"

„Arsenik", antwortete Sophie. Es klang etwas unbehaglich.

Blanka nickte abwesend und versuchte, die Schublade ganz herauszuziehen. „Ah ja, ich kenne das Wort von irgendwoher. Irgendwo … Ich komme jetzt nicht darauf. Und Sie sind sicher, dass Johann – dass Herr von Rapp es bei sich aufbewahrt?“

„Der Arbeiter ist sicher. Ich schätze, er wird wohl Bescheid wissen.“

„Wahrscheinlich. Obwohl, er könnte auch etwas falsch … Warten Sie.“ Blanka hörte auf, an der Lade zu zerren. So kam sie nicht weiter. Sie war übermüdet, voller Sorgen um Johanna. Aber sie hatte auch Pflichten als Ehefrau. Sie musste sich zusammennehmen.

Haltung, Blanka.

Sie richtete sich auf und sah sich im Zimmer um. Oft betrat sie es nicht. Der Raum stand voller schwerer, dunkler Möbel und roch immer ein wenig nach Pfeifenrauch. Ob Johann es ihr übel nehmen würde, dass sie hier herumstöberte? Aber er hatte ja nicht wissen können, dass das, was auch immer da drüben in der Hütte vorging, so viel schneller passierte, als es vorgesehen war. So lange der Hausherr abwesend war, musste sie ihn als seine Ehefrau vertreten. Es war ihre Pflicht, nicht wahr? Auch wenn sie weiß Gott nichts davon verstand.

Sie kniff die Augen zusammen und versuchte, sich zu erinnern.

„Er ging eigentlich nicht zum Schreibtisch, wenn er an den Tresor musste“, sagte sie laut. „Wegen des Schmucks, zum Beispiel, oder der Aktienpapiere. Ich glaube eigentlich, dass er – hier drüben vielleicht …“

Ihr Blick schweifte über den Lehnsessel, das kleine Rauchtischchen daneben. Eine Büste stand dort, nicht höher als eine ausgestreckte Männerhand; ein Frauenkopf, zierlich in Alabaster modelliert. Verlegenheit stieg in ihr auf. Er hatte sie gleich nach ihrer Hochzeit anfertigen lassen … Oben, auf dem welligen Scheitel, war der Stein ganz blank, wie von vielen Berührungen.

Sie ging schnell hinüber, nahm die Büste in die Hand; vermied es, sich selbst in das reglose Antlitz zu sehen. Sie war ganz leicht, und etwas klirrte leise, als sie sie bewegte. An der Unterseite war Filz auf einer dünnen Holzplatte befestigt. Sie zog versuchsweise daran, drehte dann ein wenig. Die Platte löste sich fast geräuschlos. Der Schlüssel fiel aus der hohlen Büste direkt in ihre offene Hand.

Sie seufzte erleichtert und drehte sich um.

„Soll ich draußen warten?“, fragte Sophie.

„Nein, bitte bleiben Sie.“ Blanka drehte den Schlüssel zwischen den Fingern. „Ich bin so furchtbar ungeschickt in diesen technischen Dingen. Männer haben eben doch einen ganz anderen Verstand als wir. Aber zu zweit werden wir es wohl hinbekommen, meinen Sie nicht?“

„Ganz sicher.“ Sophie lächelte. Es lag etwas Aufmunterndes darin, unangemessen, aber wohltuend. Woher nahm Sophie nur ihre Stärke? Sie musste ein schweres Leben haben, auf sich allein gestellt, immer unterwegs, von Familie zu Familie. Weder Gast noch Angehöriger, weder in einem Rang mit den Herrschaften noch auf einer Stufe mit den Dienstboten. Auf ewig zwischen allen Stühlen. Und jeden Tag umgeben vom Familienglück, während man selbst allein blieb. Ein schweres, einsames Leben. Und doch so voller Tatendrang. Gegen sie, dachte Blanka, plötzlich ganz mutlos, bin ich nur ein fallendes Blatt, das der Wind herumweht. Ohne Kraft, ohne Ziel. Ohne Leben.

Haltung, Blanka!

Sie straffte sich, reckte das Kinn nach oben. Die Korsettstäbe knackten leise.

„Also dann", sagte sie, so forsch, wie sie konnte. „So schwer kann es ja nicht sein."

Ganz leicht, stellte Sophie bald fest, war es aber auch nicht. Das Bild war mit einem kleinen Mechanismus an der Wand befestigt, dessen Auslöser sie zuerst nicht fanden. Als es endlich zur Seite klappte, hatte der schwarze Stahltresor dahinter drei Schlüssellöcher statt einem, versetzt angeordnet, wie Augen und ein zusammengekniffener Mund. Sie mussten in einer bestimmten Reihenfolge geöffnet werden, aber darauf kamen die beiden Frauen nicht gleich. Es gab eine Menge kleine, flache, runde Erhebungen, wie Knöpfe. Sie drückte eine Weile erfolglos an ihnen herum, während Blanka von Rapp mit dem Schlüssel hantierte. Als ihnen fast gleichzeitig aufging, dass es sich nur um Nieten handelte, mussten sie beide lachen. Es tat wohl, nach der langen, entsetzlichen Nacht, und es schien den Bann zu brechen. Beim nächsten Versuch erwischte die Hausherrin auf Anhieb das richtige erste Schlüsselloch, und danach war es nur noch eine Frage des Probierens, bis das Handrad in der Mitte sich endlich drehen ließ und die Tresortür knirschend aufschwang. Sophie wollte bescheiden beiseitetreten, aber Blanka von Rapp schüttelte den Kopf.

„Wir haben das Biest zusammen bezwungen, dann können wir auch zusammen hineinsehen."

Sie steckten die Köpfe zusammen, wie kleine, neugierige Mädchen. Ihre Wangen waren sich so nahe, dass sie sich beinahe berührten. Sophie roch den schwachen Lavendelhauch, der immer von ihrer Herrin ausging. Er hatte etwas Tröstliches, Beruhigendes.

In den beiden Fächern des Tresors stapelten sich Metallkästen und Ordner voller Papiere, alles sehr ordentlich und sachlich und sehr männlich. Sophie sah, wie Blanka zögerte, bevor sie einen der Kästen scheu mit der Fingerspitze anrührte.

„Was meinen Sie, wo wird man so etwas wohl aufbewahren?"

Sophie wandte sich ihr zu. Selbst aus allernächster Nähe war Frau von Rapps Haut so glatt wie Porzellan. So glatt und so weiß, dass man fast erschrak, wenn sich plötzlich Mimikfältchen darin bildeten und der blasse Mund anfing zu sprechen.

„In einem dieser Kästen?", antwortete sie unsicher. Sie hatte vergessen, Willem danach zu fragen. Vielleicht war es ganz gut so. Sie hatte das dumpfe Gefühl, ohnehin keine besonders intelligente Figur gemacht zu haben, mit ihm vor der Tür. Und wenn sie nur an sein Zwinkern dachte …

Blanka von Rapp tippte auf einen der Kästen. „Diesen hier brauchen wir dann nicht anzusehen, den kenne ich. Hier, diese abgeschabte Stelle am Griff – das ist der Kasten mit meinem Schmuck."

Sie schob ihn beiseite, schon ein wenig mutiger, und griff nach einem anderen.

„Offene Forderungen I-XII", las sie laut vor von dem Schildchen, das auf dem Deckel klebte. Sie seufzte und stellte ihn auf dem Boden ab.

Es raschelte im Tresor. Ein Packen Ordner kam ins Rutschen. Sophie griff hastig zu und stieß die Ordner kräftig ins Fach zurück. Etwas klirrte leise, unsichtbar.

Sie sahen sich verwundert an.

„Was war das?", fragte Sophie.

„Ich weiß nicht. Es klang wie Glas. Vielleicht besonders wertvolle Arbeitsmuster aus der Hütte? Oder einige von den alten Weinkelchen, die dort früher hergestellt wurden? Die Hütte war einmal Hoflieferant für die Hannoveraner, wissen

Sie. Aber heute interessiert sich natürlich niemand mehr für so etwas."

Sophie schwieg nachdenklich. Für sie hatte es nicht nach zarten Kelchen geklungen. Tiefer war das Geräusch gewesen, irgendwie voller. Wie wenn man mit dem Fingernagel gegen eines der riesigen Vorratsgläser in der Speisekammer schnippte. Vorratsgläser ... Sie schlug sich gegen die Stirn.

„Lassen Sie uns die Ordner ganz herausziehen", sagte sie. „Ich glaube, ich weiß, wo wir das Zeug finden. Denken Sie an eine Apotheke, gnädige Frau! Wie bewahren die Apotheker ihre Pulver und Mischungen auf?"

Sie griff zu, Blanka von Rapp half ihr verwirrt. Das Fach war tief. Aber hinter der ersten Reihe von Ordnern kam keine weitere zum Vorschein, wie es den Anschein gehabt hatte. Auch keine Metallkästen. In der Tiefe des Tresors schimmerte es schwach.

Sophie zog sich zurück.

„Greifen Sie hinein, gnädige Frau", sagte sie. „Aber kräftig. Sie werden schwer sein, denke ich mir."

Es waren zwei Gläser, die zum Vorschein kamen; große, bauchige, dickwandige Gläser mit wachsversiegeltem Stopfen und sorgfältig geschriebenen Etiketten.

„Arsenicum album", las Sophie laut.

Beide Gläser waren bis zum Rand gefüllt mit einem weißen Pulver. Es wirkte eigenartig vertraut, wie sehr fein gemahlener Zucker – oder wie Neuschnee, wenn der Wind ihn aufwirbelte. Nichts Bedrohliches ging davon aus.

„Ein Fingerhut voll ...", murmelte Sophie.

„Bitte, helfen Sie mir." Blanka von Rapp hatte eines der Gläser weiter vorgezogen, bis zur Kante des Fachs. Jetzt kippte es, und Sophie griff hastig zu. Das Glas war so schwer, dass sie beide Hände brauchte, um es zu halten und behutsam auf dem Boden abzustellen.

„Liebe Güte“, sagte Blanka von Rapp, leicht außer Atem, und zog die eigenen Hände zurück, „Sie hatten recht mit dem Gewicht.“

Sophie schaute noch einmal auf das Etikett.

„Fünf Pfund, gnädige Frau. Die wiegen schon etwas. Obwohl die tüchtige Frau Herrman unten solche Gewichte wahrscheinlich mit dem kleinen Finger stemmt.“

Blanka von Rapp lächelte schwach. „Meinen Sie, eines genügt?“

„Das muss es wohl.“ Sophie nickte. „Willem hat gesagt, dass sie es bisher nur für einige Versuche verwenden. Außerdem kann ich mehr als eines nicht tragen.“

„Willem …?“ Blanka von Rapp ließ die hellen Augen sachte und sehr diskret beiseiteschweifen.

Sophie räusperte sich verlegen.

„Nun, er – der Arbeiter wird sich jedenfalls damit zufriedengeben müssen. Und er muss eine Quittung unterschreiben.“ Sie hatte einen schmalen Stoß Kärtchen entdeckt, mit einem Band zusammengehalten, der neben den Gläsern gesteckt hatte. Sie zog ihn heraus, froh darüber, von ihrem Fauxpas ablenken zu können. Vordrucke, mit Spalten für Namen, Datum und Material. Die unteren waren noch nicht beschriftet. Sie zog eines heraus.

„Ja, das ist mir klar“, sagte Frau von Rapp. „Wenn er denn schreiben kann.“

Sophie musste lachen. „Aber gnädige Frau, die Arbeiter sind heutzutage doch nicht mehr völlig ungebildet! Es gibt die Volksschulen, und Willem ist außerdem ein Facharbeiter. Dafür muss man lange lernen und sicher lesen und schreiben und sehr gut rechnen können.“

„So?“ Es klang kühl. Sophie biss sich auf die Zunge. War die Zeit der Vertrautheit so schnell wieder vorbei? Aber als sie Frau von Rapp ansah, war ihr Gesichtsausdruck nur abwesend, nicht kalt.

„Ich verstehe nicht viel von den einfachen Menschen“, sagte sie schlicht. „Ich hatte nie die Gelegenheit, sie kennenzulernen. Es – es gehörte sich auch nicht für ein Mädchen von Stand. Wenn man es trotzdem tat – wenn man sich zum Beispiel aus dem Schloss stahl und mit Arbeiterkindern spielte – im Wald, wo einen niemand sehen konnte … im Wald …“ Ihre Stimme wurde immer leiser, verschwand in immer größere Ferne. Zum Schluss blieb nur ein Wispern übrig, das sich im Raum verlor.

Im Wald?, dachte Sophie verwundert. Blanka von Rapp fürchtete den Wald. Und sie hatte seit Jahren keinen Fuß mehr vor die Tür gesetzt …

Die Hausherrin schüttelte den Kopf. „Lassen Sie nur. Nehmen Sie das Glas, wenn Sie es wirklich allein tragen können, und bringen Sie es dem Mann. Ich schaffe hier schnell Ordnung.“

Neuschnee, dachte Sophie, zum zweiten Mal, während sie zur Haustür ging, das schwere Glas fest mit beiden Armen umschlungen. Hübscher, zarter, tödlicher Neuschnee … Es schauderte sie unwillkürlich.

Das Gefühl musste ihr noch im Gesicht gestanden haben, als sie aus der Haustür trat. Willem nahm ihr das Glas schnell ab, ganz ohne Mühe, wie es schien; unterschrieb geübt die Quittung und sagte dann erstaunlich sanft zu ihr:

„Es is wohl bei Ihnen hier alles auch nicht so leicht, wie? Vor allem zurzeit. Der Herr nicht da, und dann noch ein Krankheitsfall …“

Sophie hatte sich rasch zurückziehen wollen, kein neues

ungehöriges Zwinkern herausfordern. Die freundliche Art, wie er sie jetzt ansah, verwirrte sie und nahm ihr den Wind aus den Segeln. Zögernd antwortete sie:

„Es ist – es ist nur, weil es ausgerechnet Fräulein Johanna betrifft. Sie ist noch so jung. Und ein so fröhliches, lebendiges Kind …"

Er nickte. „Ich weiß, wie das is. Ich hatte eine jüngere Schwester. Sie bekam Diphterie, wissen Sie, Frollein. Das war nicht schön mitanzusehen."

Er neigte den Kopf leicht zur Seite und nach unten, wie ein trauernder Engel auf einem Grabmal.

Impulsiv legte Sophie ihm eine Hand auf den Arm.

„Wie furchtbar!"

Als ihr klar wurde, was sie tat, wollte sie sie sofort zurückziehen; aber er sah sie dankbar an aus seinen großen blauen Augen und sagte:

„Das is lieb von Ihnen. Kommt nicht oft vor, dass die feinen Leute sich vorstellen können, wie's unsereinem zumute is. Sie sind was Besonderes, Frollein. Das habe ich schon geglaubt, als Sie zu uns nach drüben gekommen sind."

Seine Finger legten sich über ihre. Sie sah es nicht, weil sein Blick ihren umfangen hielt; aber sie fühlte es. Seine Hand war warm, trotz der Kälte, und hart und schwielig. Und so viel größer als ihre … Ja, sie fühlte es. Aber sie konnte es nicht glauben.

„Sie werden sich schon gut um die Kleine kümmern", sagte er, wieder in diesem leisen, sanften Ton, als wären seine Worte ganz allein für sie bestimmt, für niemanden sonst. „Und um die Gnädige, da bin ich sicher. Und der Herr is bestimmt bald zurück. Meinen Sie nicht? Frollein?"

„Ja", murmelte Sophie, als sie ihre Sprache wiedergefunden hatte. „Ja, bestimmt."

Sie wartete auf die Empörung, von der sie wusste, dass sie sie empfinden sollte. Der Zorn über so viel plumpe, unangemessene Vertraulichkeit hätte ihr genug Kraft gegeben, die Hand zurückzureißen, ihm verachtungsvoll den Rücken zuzukehren. Doch stattdessen spürte sie nur – Wärme. Sie kam von seiner Haut, seiner Berührung, die ganz weich war und friedlich. Und irgendwie brachte Sophie es nicht mehr fertig, sich hochmütig abzuwenden …

Er lächelte sie an, nicht das breite, strahlende Lächeln, das er ihr sonst gezeigt hatte; es war klein, beinahe schüchtern, sehr intim und vielleicht ein wenig – wehmütig?

„Ich muss gehen", sagte er leise, bedauernd.

„Ja", murmelte sie wieder.

Er löste ihre Hand sanft von seinem Arm und hielt sie, einen Augenblick lang nur. Dann beugte er sehr schnell den Kopf, und bevor sie verstand, was er tat, streifte sein Mund schon über ihren Handrücken, so leicht, so flüchtig wie die Schneeflocken.

„Bis dann also, Frollein Sophie", flüsterte er gegen ihre bloße Haut. „Bis dann …"

Sie stand reglos, sprachlos. Er richtete sich auf, tippte sich an die Mütze. Etwas glitzerte in seinem Augenwinkel, ein Funken von etwas, das sie nicht einschätzen konnte. War es – Sehnsucht? Traurigkeit? Aber es hatte nichts von dieser Wehmut, die immer noch in seinem kleinen Lächeln lag …

Er ließ ihre Hand los, und sie glitt von seinem Arm herunter, fiel schwer gegen ihren Rock. Mit einem Mal fühlte sie sich leblos und kalt an. Das bauchige Glas fest an sich gedrückt, wandte er sich um. Dann war er fort, sein breiter Rücken verschwand hinter dem Schneeflockenvorhang, die Straße hinauf, zur Glashütte. Sophie brauchte eine lange Weile, bis sie ihre Fassung soweit zurückgewonnen hatte, dass sie ins Haus gehen konnte. Und das Gefühl – die weiche Wärme tief in ihrem Inneren – ging mit ihr, auch wenn sie es nicht verstand. Sie spürte es noch, als sie schon wieder am Kinderbett saß und einen neuen Halswickel vorbereitete.

Beim Abendessen konnte Blanka kaum die Augen offen halten. Das glänzende Porzellan, das schimmernde Kristall, alles verschwamm zu tanzenden Lichtflecken. Mehr als einmal stach sie mit der Gabel ins Tischtuch, anstatt den Teller zu treffen. Sophie rechts neben ihr ging es kaum anders. Lieschen kam, um abzuräumen, sah sie beide dort sitzen, zusammengesunken, und stemmte die Arme in die breiten Hüften.

„Nee, gnä' Frau, so geht das nicht mit Ihnen! Wie wollen Sie sich denn weiter um das kleine Frollein kümmern, wenn Sie vom Stuhl fallen? Nehmen Sie's mir man nicht übel, aber Sie gehören ins Bett. Sie beide, Frollein Sophie! Ich kann mich nach oben setzen zu der Kleinen. Genug gedöst hab ich ja, während Sie aufgepasst haben."

Keine von ihnen protestierte. Sophie nickte nur, und Blanka sagte matt:

„Ich glaube, du hast recht, Lieschen. Wir sollten uns hinlegen, wenigstens für ein paar Stunden. Das Fieber ist nicht wieder angestiegen wie gestern Abend. Es ist vielleicht ein gutes Zeichen. Und morgen ist ein neuer Tag. Ein besserer Tag."

Sie hörte selbst, wie jämmerlich das klang, aber sie konnte es nicht ändern. Und sie musste glauben, dass es stimmte. Morgen – morgen würde Johann endlich zurückkommen und mit ihm Ordnung und – das Coupé. Sollte es Johanna dann immer noch nicht besser gehen ... Aber sie durfte so nicht denken. Ein neuer, *besserer* Tag!

Sie winkte Lieschen, damit sie ihr den Stuhl zurückzog.

Im Ankleidezimmer half das Mädchen ihr aus den Kleidern wie an jedem Abend. Blanka trug immer noch das Tageskleid von gestern; erst, als Lieschen anfing, es ihr auszuziehen, fiel es ihr wirklich auf, auch die Wasserflecken auf dem Samt. Sie schämte sich, ohne es zu zeigen. Sie hätte nicht so nachlässig sein dürfen, bei aller Sorge um Johanna nicht. Nicht einmal morgens ein frisches Kleid anzuziehen! Wäre Johann zu Hause gewesen, er hätte die blonden Brauen gerunzelt, auf diese Art, wie er es manchmal tat, und sie hätte sofort verstanden ... Sie presste die Lippen zusammen, und Lieschen, die mit den Schnüren des Mieders kämpfte, ließ locker, weil sie glaubte, ihr wehzutun. Blanka schüttelte nur wortlos den Kopf und hielt sich an der Türklinke fest. Der glatte Stoff ihrer Handschuhe rutschte auf dem Messing. Als Lieschen endlich Erfolg hatte, zog sie ihr das Mieder über den Kopf, half ihr aus dem schweren Rock und machte sich daran, das Tournürengestell zu lösen, das daruntersaß. Die verbundenen Stahlreifen wippten und sangen. Flüchtig dachte Blanka daran, um wie viel angenehmer diese modernere, schmalere Form war, die den Rock nur noch nach hinten aufwarf – anders als die Krinoline, die sie noch vor wenigen Jahren getragen hatte. Ein kreisrundes Gestell, meistens aus Leinen und Fischbein und Streifen aus gewebtem Pferdehaar, mit dem man kaum durch die Türen passte ... Mit der Tournüre musste man nur wissen, wie man sich hinzusetzen hatte, und der Stahl, der Werkstoff der neuen Zeit, war gleichzeitig elastischer und stärker als alles, was man vorher verwendet hatte.

Stahlstäbe steckten auch in den schmalen Futtertaschen ihres Korsetts. Die lange, zarte Silhouette, die man zeigte, seit die Tournüre in Mode gekommen war, ließ sich damit viel besser herstellen als mit dem alten spröden Fischbein.

Lieschen löste die letzte Befestigung der Tournüre vom Korsett, und Blanka griff selbst nach vorn, an ihre Brust, um die Metallhaken zu öffnen, während sie vorsichtig aus dem zusammengefallenen Rockgestell stieg. Sie ließ das Korsett alle drei oder vier Tage neu von Lieschen schnüren, weil es sich immer wieder lockerte, wenn man es eine Weile trug; in der Zwischenzeit genügten die modernen Haken und Ösen an der Vorderseite, um bequemer und ohne fremde Hilfe hinaus- und hineinzukommen.

Blanka atmete aus, so tief sie konnte, bis ihr Brustkorb um eine Winzigkeit schmaler wurde und das Korsett locker genug saß, um die Haken zu öffnen. Sie tat es schnell, ohne hinzusehen, fand sich mit den Fingerspitzen zurecht. Als das Korsett ganz offen war und sie es Lieschen reichte, damit sie es beiseitelegte, hörte sie das Mädchen erschreckt einatmen.

„Ach, gnä' Frau …!"

„Was ist denn?"

Sie drehte sich um; Lieschen hatte eine Hand vor dem Mund. Blanka sah an sich herunter. Das zarte weiße Hemd, das sie unter dem Korsett trug, hatte rote Flecken über den Rippenbögen. Verwundert strich sie darüber. Als ihre Finger den dünnen Stoff auf ihrer Haut verschoben, schoss ein scharfer Schmerz durch sie hindurch.

„Gnä' Frau haben es mich neulich wieder zu eng anziehen lassen. Jetzt sind Sie wund gescheuert von den Stäben, weil Sie es nicht ausgezogen haben über Nacht. Ach je! Ich hole die Salbe von unten."

„Nein", sagte Blanka schnell. „Nein, Lieschen, ich …" Sie wusste nicht, wie lange sie sich noch auf den Beinen halten konnte. Mit jedem Luftzug, der jetzt frei und ungehindert in ihre Brust strömte, fühlte sie sich wackeliger. Sie war so entsetzlich müde … „Lass nur, Lieschen, es ist nicht so arg. Ich habe es tagsüber ja nicht einmal bemerkt. Geh du zu Fräulein Johanna hinauf und kümmere dich um sie. Es sind bestimmt nur kleine Wunden, morgen sind sie schon verheilt."

„Wenn gnä' Frau meinen." Lieschen klang nicht überzeugt. Aber sie stemmte nicht wieder die Arme in die Seiten, sondern hängte Rock und Mieder sorgfältig in den großen Kleiderschrank und wandte sich dann folgsam zur Tür. Blanka zog das Tonikum aus dem Pompadour und ging nach nebenan, ins Schlafzimmer.

Auf der Türschwelle hätte sie beinahe aufgeschrien. Eine weiße Gestalt schien aus der Wand zu treten, auf sie zuzuhuschen … Zwei, drei klopfende Herzschläge dauerte es, bis sie sich selbst erkannte. Der Spiegel stand so, dass er halb zum Ankleidezimmer blickte. Der Spiegel.

Hatte sie wirklich den ganzen Tag nicht an ihn gedacht?

Langsam, zögernd, ging sie näher. Da stand er, schimmernd und stumm wie immer, als habe er geduldig auf sie gewartet. Sie sah sich auf ihn zuwandern, unförmig in dem Hemdchen, den aufbauschenden Spitzenhosen. Das Licht von der einzigen kleinen Nachttischlampe war sehr schwach. Ihr Gesicht war kaum zu erkennen, konturlos, matt, es verschwand fast zwischen den schwarzen Strähnen, die ihr jetzt lose über die Schultern fielen. Die kleinen Blutflecken auf dem Hemd wirkten dunkel. Wieder strich sie darüber, zwang sich, nicht zusammenzuzucken, als der Schmerz zubiss. Wohin war nur ihre Taille verschwunden? Unter dem Stoff war alles so weich, so schwammig. So verletzlich. Hilfloses weißes Fleisch.

Abstoßend.

Sie stellte das Tonikum auf dem Nachttischchen ab, neben der Bibel, wollte sich vom Spiegel abwenden, unter das Federbett kriechen. Die Augen zukneifen und nichts mehr sehen. Stattdessen richtete sie sich wieder auf und drehte sich seitlich zum Spiegel, fuhr über das Hemd, bis es ganz glatt herunterhing. War das da ihr Bauch, diese unförmige Erhebung? Und was war mit ihren Brüsten geschehen? Niemals hatte sie sie wissentlich betrachtet, und doch – man kam nicht umhin, sie zu bemerken, nicht wahr? Gelegentlich? Wenn man den Arm seitwärts bewegte, sich vorbeugte ... Und immer war es etwas Festes gewesen, was sie gefühlt hatte, etwas Warmes, Rundes, fast wie ein Muskel. Aber was da jetzt unter dem Hemd zu hängen schien ...

Steh nicht so krumm, du bekommst einen Buckel.

Sie fuhr zusammen. Der Spiegel warf ihren erschreckten Blick unter seinen Schleiern zurück.

Halt dich gerade, wie siehst du nur aus! Wie eine Küchenmagd. Die Zofe ist nachlässig mit dir gewesen. Sie zieht die Schnüre nie fest genug an. Aber ich werde nicht zulassen, dass meine Tochter eine Taille bekommt wie ein Bauerntrampel. Halt dich gerade! Und jetzt atme aus.

Ihr blieb die Luft weg, von einem Moment auf den anderen. Ein Keuchen schoss aus ihrer Kehle.

Stärker!

Eiserne Ringe schienen sich um ihren Brustkorb zu schließen und pressten ihre Rippen nach innen. Sie krümmte sich, tastete nach Halt. Da war nur der Spiegelrahmen, ihre behandschuhten Finger berührten ihn. Dieses harte, harte, schwarze Holz ... Ihre Finger zuckten davor zurück, glitten an den Steinen ab. Aber sie schwankte, es blieb ihr nichts anderes übrig. Sie klammerte sich fest, während der Raum um sie her verschwamm.

Haltung ist das Wichtigste. Haltung ist Schönheit, Haltung ist Stärke. Die einzige Stärke einer Frau. Wann wirst du das endlich begreifen, du dummes Ding? Ein Korsett kann niemals zu eng geschnürt sein. Es stützt deinen Rücken, richtet dich auf. Zwingt deinen Hals gerade, dein Kinn in die Höhe. Bis du über den Boden schwebst wie eine Königin. Bis niemand es im Traum mehr wagen würde, dich anzuzweifeln.

Blanka stöhnte auf, als der Druck zunahm. Schwarze und weiße Punkte tanzten vor ihren Augen. Der Spiegelrahmen knackte unter ihrem Klammergriff. Ein Zittern lief in Wellen durch ihren Körper, ein eisiger Schüttelfrost. Das Holz begann zu vibrieren.

Stell dich nicht an. Was gibt es sonst schon, außer Schönheit? Welcher Mann begehrt eine hässliche Frau? Willst du in einer Küche enden, Dienstmagd für einen Ehemann, der nur ans Essen denkt und dich auf dem Dachboden mit den Mädchen betrügt? Sei still, hör auf zu jammern! Du machst mich ganz krank mit deiner dummen Art.

Alles drehte sich. Sie zitterte jetzt so heftig, dass der ganze Spiegel in Bewegung geriet. Er rutschte von ihr weg, verzweifelt krallte sie sich an den Rahmen. Etwas polterte zu Boden, sie sah nicht, was es war. Da war nichts mehr um sie her außer wirbelnden Farbschlieren vor der Finsternis. Es fühlte sich an, als müsste sie ersticken.

„Mutter", ächzte sie tonlos.

Sei still. Steh gerade. Steh gerade!

Sie fühlte, wie ihr Körper gehorchte. Etwas griff ihn und richtete ihn auf, Zentimeter um Zentimeter; etwas stützte ihren Rücken, zwang ihr Kinn nach oben. Die farbigen Schlieren umtanzten sie. Der Druck ließ nicht nach, aber je aufrechter sie stand, desto mehr öffnete sich in ihr ein winziger Hohlraum, ein fingerbreiter Spalt, in den sie Luft hinunterzwingen konnte. Ihre Kehle rasselte. Sie sehnte sich nach Luft, hätte am liebsten den Mund weit aufgerissen. Sie erlaubte es sich nicht. Das unsichtbare Etwas richtete sie weiter auf, und sie atmete in kurzen, flachen, hastigen Stößen durch die Nase.

Gut.

Heiße Dankbarkeit stieg in ihr auf. Sie wollte weinen und hatte doch nicht einmal hierfür genug Luft. Alles, was sie tun konnte, war stillzuhalten, geschehen zu lassen.

Gut. Und jetzt – sieh dich an.

Sie wollte gehorchen, merkte erst jetzt, dass sie die Augen zugepresst hatte. Als sie sie vorsichtig öffnete, zogen die bunten Schlieren an ihr vorbei, öffneten sich wie ein Vorhang, hinter dem Nacht war, Dunkelheit – Dunkelheit, bis auf eine einzige lichte Stelle. Genau dort, wo sie stand. Es gelang ihr, die Hand vom Spiegel zu lösen. Sie trat einen Schritt zurück. Öffnete beide Augen weit und betrachtete sich selbst, ohne zu blinzeln.

Weiß war sie in der Schwärze, die alles andere verschlang. Weiß und leuchtend und kerzengerade. Die eisernen Klammern hielten sie von innen umschlossen, alles, was weich gewesen war, schwammig und abstoßend. Ihre Taille wirkte schlanker als die eines Mädchens, ihre Hüften fest, ihre Brust hoch und rund. Sie stand, ohne jede Mühe, wie in Schwerelosigkeit, ohne zu schwanken, ohne nach Halt tasten zu müssen. Und im Spiegel konnte sie sehen, wie das schmalste, kleinste Lächeln sich auf ihre Lippen wagte.

Haltung, Blanka. Haltung ist alles. Haltung ist Schönheit. Schönheit ist Stärke. Bekämpf nie das, was dich stark macht. Leg niemals ab, was dich schützt.

Sie blinzelte. Mit einem Mal war der Raum wieder da, ihr Schlafzimmer, das sanfte gelbe Licht der kleinen Nachttischlampe. Der Druck verschwand, die eisernen Klammern gaben sie frei. Ihre Lungen füllten sich mit kühler Nachtluft, sie sah, wie ihr Bauch sich unter dem Hemd vorwölbte dabei. Schwäche sackte in ihren Beinen nach unten, das Gewicht ihres eigenen Körpers zog an ihren Schultern. Als sie den Spiegel vorsichtig wieder an seinen Platz zurückschob, musste sie sich an der Wand abstützen, um nicht das Gleichgewicht zu verlieren. Etwas rollte gegen ihren nackten Fuß, sie bückte sich danach und hielt das Fläschchen mit dem Tonikum in der Hand. Es musste vom Nachttisch gefallen sein. Ohne zu überlegen, schraubte sie den Deckel auf und trank. Der Schwindel schüttelte sie kurz; danach fühlte sie sich ruhiger werden.

Haltung. Schönheit. Stärke. Stärke …

Nachdenklich sah sie vor sich hin.

Erst, als sie im Bett lag, zog sie die Handschuhe aus. Sie tat es immer so schnell wie möglich und ohne hinzusehen. Die Handschuhe gehörten zu ihrer Kleidung wie das Korsett und die Tournüre. Sie hatte viele verschiedene Paare davon. Niemand wunderte sich darüber, dass sie sie auch im Haus trug. Das Personal hielt es sogar für besonders vornehm. Einmal, als sie heimlich an der Kellertür gelauscht hatte, wie jede gute Hausherrin das von Zeit zu Zeit tat, hatte sie Erna sagen hören:

„Unsere Gnäf' ist vielleicht ein bisschen etepetete, aber dafür ist sie auch die Schickste in der ganzen Gegend!"

Sie hatte darüber gelächelt, aber es war ein bitteres Lächeln gewesen.

Erna hatte nicht gewusst, was sich unter den Handschuhen verbarg. Niemand wusste es – nicht einmal Johann. Denn selbst, wenn es statthaft gewesen wäre, dass sie ihn von sich aus berührte, wenn er zu ihr kam – selbst, wenn die Vorstellung, sie könnte etwas anderes tun in diesen Momenten, als still liegen zu bleiben und die Augen fest zu schließen, nicht so ungeheuer fremd gewesen wäre – selbst dann hätte sie ihren Ehemann niemals mit diesen Händen angerührt.

Sie hätte sich zu sehr geschämt.

Das Lampenlicht schimmerte auf ihren bloßen, glatten Handrücken, als sie die Handschuhe beiseitelegte, glänzte auf ihrem Ehering, gearbeitet wie eine feine goldene Schlange, die sich selbst in den Schwanz biss und so keinen Anfang und kein Ende hatte. Der einzige Schmuck, den sie alltags trug – ohne dass jemand ihn zu Gesicht bekam. Ein treuer, heimlicher Begleiter … Aber das war es nicht, weswegen sie die Handschuhe trug. Nein, das war es nicht.

Sie fühlte sich unendlich erschöpft. Und vielleicht lag es daran, dass sie vergaß, die Lampe gleich zu löschen, bevor sie ihre Hände zu sich zurückzog. Die Linke drehte sich unwillkürlich. Blanka zuckte zusammen.

Da waren sie, die Flecken. Diese furchtbaren schwarzgrauen Flecken, die ihre Handflächen entstellten. Seit Jahren schon. Sie wusste nicht, wann es angefangen hatte, woher es kam, wie sie es wieder zum Verschwinden bringen konnte. Schwarzgraue, leicht fransige Flecken, wie Regentropfen auf einer staubigen Straße. Die Haut darunter war verdickt und schuppig, wie mit Schwielen bedeckt. Schwielen, als ob sie auf dem Feld arbeitete … Sie hatte schon so vieles versucht. Hatte ihre Hände geschrubbt, bis sie bluteten, hatte sie mit Essenzen getränkt. Mit scharfem Haushaltsreiniger übergossen. Nichts hatte geholfen. Gar nichts.

Im Gegenteil. Ihre Hand lag vor ihr, offen auf der Bettdecke, und weil Blanka nicht anders konnte, als sie anzustarren, sah sie, dass es schlimmer geworden war, seitdem sie sie zuletzt angewidert betrachtet hatte. Mehr Flecken. Größere Flecken. Mehr schuppige Stellen. Wie in Trance legte sie die andere Hand daneben. Das gleiche Bild.

Es gab nichts, was sie tun konnte.

Und sie hatte keine Ahnung, woher es kam.

Sie blieb lange so sitzen. Tränen liefen ihr aus den Augenwinkeln und brannten ihr auf den Wangen. Sie war immer voller Makel gewesen. Immer, ihr ganzes Leben lang. Sie bemühte sich, sie kämpfte, um Haltung, um Würde, um Vollkommenheit, jeden Tag – kämpfte um all die Dinge, die für andere so leicht und selbstverständlich schienen. Aber sie versagte. Immer wieder. Sie konnte nicht aus dem Haus gehen, um Besuche zu erwidern, wie es sich gehörte. Sie hatte es nicht geschafft, so zu wirtschaften, dass Erna bei ihnen hätte bleiben können – hatte nicht einmal gewusst, dass sie hätte sparsamer sein sollen. Sie brachte Johann in Verlegenheit mit unangemessenen Fragen, unangemessener Schwäche. Sie war ihm keine Stütze, wie eine Ehefrau es sein sollte. Sie war nur eine Last. Und er zu freundlich, um sie deswegen zu schelten.

Die Tränen tropften auf ihre Hände. Und nun noch Johannas Krankheit! Sophie war es, die wusste, was zu tun war. Sophie hatte die Halswickel gemacht, dem wimmernden Mädchen mit dem scharfen Jod den Hals ausgepinselt. Alles, was Blanka hatte tun können, war, ihrer Tochter die Stirn abzutupfen und zu hoffen – zu hoffen, dass es besser werden würde, irgendwie. Sie war hilflos. Sie war schwach. Sie wusste es und konnte doch nichts dagegen tun.

Sie konnte nur ihre Makel verstecken, wie die Hände in ihren Handschuhen. Aber auch, wenn sie sie nicht mehr sah, wusste sie doch, dass sie da waren. Immer da sein würden.

Im Halbdunkel neben dem Bett schien ein Luftzug über das Spiegelglas zu wispern. *Haltung,* flüsterte es. *Haltung. Schönheit, Stärke. Haltung …* Wie von selbst ging ihr Kinn ein wenig in die Höhe, ihr Rücken richtete sich um eine Winzigkeit auf.

Leg niemals ab, was dich schützt … was dich stützt … was dich schützt …

Sie schluckte schwer.

Hast du denn wirklich so viel vergessen?

„Nein", flüsterte sie in das stille Zimmer.

Sie hob die Hand, wischte sich die Tränen ab. Löschte das Licht und griff nach dem Tonikumfläschchen auf dem Nachttisch. Das Glas war kühl und beruhigend auf ihrer nackten Haut.

Was dich stützt ... was dich beschützt ...

„Was soll ich tun?", wisperte sie dem Halbdunkel zu. „Was *kann* ich tun? Ich bin doch nur Blanka, die dumme, dumme Blanka ..." Ihre eigenen Worte schnitten ihr wie mit scharfen Glaskanten ins Herz. Aber noch während sie sie wisperte, begannen sich aus dem Irgendwo Gedanken in ihr zu formen. Vielleicht gab es doch Dinge, die sie tun konnte – Dinge, die andere Dinge verändern würden. Vielleicht war sie nicht so vollkommen hilflos, wie sie glaubte. Vielleicht musste sie nur lernen, sich auf die Stützen zu verlassen, die man ihr bot ...

Morgen, dachte sie, schon im Halbschlaf, morgen würde sie Lieschen anweisen, das Korsett neu zu schnüren. Einen Fingerbreit enger als bisher. Und morgen – morgen würde ein *besserer* Tag werden.

Ihre Finger schlossen sich um das Tonikum, als sie langsam in Träumen versank. Ganz sacht klirrte der Ehering gegen das Glas.

Ein paar Türen weiter starrte Sophie vom Bett aus in den fallenden Schnee. Ihr Kopf war voller wirrer Gedanken. Johanna kreiste darin, und Gläser voller tödlichem Schnee, und Willem, und die Berührung von Lippen, die über ihre Haut strichen ... Aber das alles war es nicht, was sie zum Frösteln brachte, während sie schlaflos zum Fenster starrte.

Morgen war Freitag. Zahltag.

Und kein Geld im Haus.

Wind kam auf, brachte den dichten weißen Vorhang draußen in Bewegung. Ein leichter, kalter Wind, der sich durch Ritzen und Spalten ins Herrenhaus tastete. Unter dem Kleid überzogen Sophies Arme sich mit einer Gänsehaut.

Als Elsbeth am nächsten Morgen verschwunden war, fragte das kleine Mädchen nach ihr. Sie war ihm die liebste Spielkameradin gewesen, immer, wenn die Köchin nicht aufpasste. Hatte ihm Lieder beigebracht, so schaurig-schöne, wie sie unten in der Küche gesungen wurden; hatte ihm Kränze geflochten aus Gänseblümchen. Hatte auch nie gepetzt, wenn man sich doch wieder zum Spielen in den Wald gestohlen hatte …

„Ist sie fort?", fragte das kleine Mädchen, beharrlich und immer wieder. „Kommt sie denn nicht zurück?" Es fragte immer weiter, obwohl die Stirn der Mutter sich drohend zu runzeln begann; es war, als ob es nicht aufhören könnte zu fragen. Es fragte so oft und so lange, dass die Mutter schließlich zornig wurde. Sie verbot dem kleinen Mädchen, jemals wieder von Elsbeth zu sprechen. Und als das Mädchen anfing zu weinen und sich nicht beruhigen wollte, schickte sie nach dem Doktor, der ihm eine Tinktur eingab. Da war das Mädchen still.

Nur der Puppe erzählte es, was es niemandem erzählen konnte. Der Puppe, die ja dabei gewesen war. Am Vortag, als die Mutter es aus dem Turmzimmer geschickt hatte. Als es ins Kinderzimmer hatte gehen sollen. Und nicht gegangen war. Wegen der Neugier, der dummen Neugier! Es erzählte der Puppe von der offenen Turmzimmertür, durch die man alles hören konnte, was drinnen gesprochen wurde; erzählte ihr davon, obwohl die Puppe doch längst alles wusste. Erzählte ihr auch von dem schrecklichen Schluchzen, das irgendwann dort drinnen angefangen hatte, und davon, wie man sich gegen kalte Mauersteine schmiegen musste, um nicht entdeckt zu werden, wenn jemand plötzlich aus dem Turmzimmer kam. Jemand, der dann schluchzend die Wendeltreppe hinunterstieg, so schwerfällig wie ein Kranker – und der nicht wiederkehrte.

Aber die Glasaugen der Puppe sahen das Mädchen streng an, und irgendwann verstand es, was sie ihm sagen wollten. Es hörte auf, von Elsbeth zu erzählen. Und es versprach der Puppe, nie wie-

der so ungehorsam zu sein. Dann setzte es sich in einen Winkel und kämmte die Puppe, kämmte sie so lange, bis ihr das kostbare echte Menschenhaar in großen Büscheln ausfiel.

Aber das Versprechen half nicht. Elsbeth kam nicht wieder. Und alles wurde anders im Schloss.

Der Vater kam nur noch ganz selten nach Hause, und wenn er da war, scherzte er nicht mehr mit seiner Tochter wie früher, sondern hielt sie nur ein Weilchen traurig im Arm, ohne ein Wort zu sagen. Das Mädchen verstand seine Traurigkeit nicht. Die Mutter sah niemals traurig aus. Nicht einmal, wenn der Vater sich abwendete, sobald sie einen Raum betrat. Dann lachte sie und tat, als habe er es zum Scherz getan. Der Vater lachte nicht mit.

Die Mutter schalt das Mädchen, wenn er wieder fort war. Es sei zu groß, um noch auf seinem Schoß zu sitzen, zu groß, um in seinen Haaren zu zausen. Zu groß auch längst, um noch an Mutters Rockzipfel zu hängen; zu groß für Wiegenlieder und für Puppenspiele. Die Spielsachen wurden in eine Truhe eingeschlossen, im Turmzimmer, hinter dem Spiegel; nur die eine Puppe mit den ausgekämmten Haaren konnte das Mädchen unter seinem Bett verstecken. Stattdessen wurde jetzt der Hofknicks geübt, das Tanzen und das richtige Bewegen des Fächers auf einem Ball. Das Mädchen bekam einen eigenen, winzig kleinen Fächer, und die Mutter zeigte ihm, wie es ihn halten musste. Wenn das Mädchen es richtig machte, gab es süße Kuchen oder Äpfel. Umarmungen gab es keine mehr.

Irgendwann kam der Vater von einer Reise nicht mehr zurück. Jemand sagte, er sei auf der Jagd vom Pferd gestürzt. Auch das verstand das Mädchen nicht. Aber es begriff doch, dass der Vater nicht wiederkommen würde, gerade so, wie Elsbeth nicht wiedergekommen war, und da weinte und schrie es so furchtbar, dass der Doktor ihm eine neue Tinktur verschreiben musste. Das Mädchen war zu alt für Wiegenlieder und für Puppenspiele; und es war zu alt zum Weinen.

Das Mädchen war kein kleines Mädchen mehr. Und es musste gehorsam sein.

Aber wenn die Mutter es lächelnd mit dem Fächer auf die Finger schlug, weil es sich unbeholfen benahm, dann dachte das Mädchen an den Vater und an Elsbeth und an die schönen Spiele im Wald. Es versteckte sich mit der Puppe und streichelte sie stumm. Und es sehnte sich so sehr, dass es ihm in der Brust wehtat.

Fünf

Blanka erwachte vom Säuseln des Windes. Als sie die Augen öffnete, tanzten draußen vor dem Fenster die Schneeflocken, und dahinter war die Welt in ein trübes, milchiges Weiß gehüllt. Die Wolken zogen langsam, tief über dem Boden dahin; das Licht war so schwach, dass sie keine Schatten warfen. Himmel und Erde, Wolken und Land verschwammen ineinander. Nur die tanzenden Flocken hatten noch Kontur. Und es fielen immer noch mehr aus dem Nichts.

Wie spät es sein mochte, wusste sie nicht. Sie hatte erstaunlich tief geschlafen, so tief, dass es sie nicht gewundert hätte zu erfahren, dass längst der späte Vormittag angebrochen war. Gleichzeitig fühlte ihr Kopf sich so seltsam leicht und wattig an, wie es manchmal vorkam, wenn man viel zu wenig geschlafen hatte – wenn der Körper gar nicht mehr wusste, wie müde er eigentlich war. Ging sie danach, musste es noch sehr früh sein. Hatte Lieschen nicht versprochen, sie nach ein paar Stunden zu wecken?

Sie richtete sich auf, streifte schnell, ohne hinzusehen, die Handschuhe über, und etwas rollte aus dem Bett auf den Fußboden. Sie hob das Tonikum von dem schmalen Läufer neben ihrem Bett auf und betrachtete es nachdenklich. Wie lange nahm sie es eigentlich schon ein? Sie konnte sich nicht an eine Zeit erinnern, in der es das braune Fläschchen mit dem hübschen Etikett nicht in ihrem Leben gegeben hatte. Immer stand eines neben ihrem Bett oder war in ihrem Pompadour. Ein Stärkungsmittel, wie es so viele andere gab. Stärkungsmittel …

Sie warf einen vorsichtigen Blick zum Spiegel hinüber. Das Glas träumte verschleiert im trüben Licht, nichts regte sich, keine Stimme aus der Vergangenheit flüsterte. Und doch war es ihr so, als ob sie die Worte immer noch hörte, wie ein Echo, das nicht verklingen wollte: *Haltung. Schönheit. Stärke …*

Im Bett noch trank sie einen großen Schluck aus der braunen Flasche, wartete den Schwindel ab, drehte sich die Haare auf dem Kopf zu einem losen Krönchen zusammen und stand auf. Sie wusste nicht, ob die Stunden, die Lieschen allein bei der kranken Johanna wachen wollte, schon vorüber waren oder nicht, aber es zog sie nach oben, zu ihrer kranken Tochter. Flüchtig warf sie sich den Morgenmantel um, den weiten, altmodischen aus bestickter Wolle, den sie eigentlich nur trug, wenn sie selbst schwer krank war, und steckte das Fläschchen in die Tasche. Dann verließ sie leise, auf bloßen Füßen, die Schlafkammer.

Im Kinderzimmer oben begrüßte sie ein schon vertrautes Bild. Lieschen war an der Wand zusammengesunken, schlummerte mit leicht geöffnetem Mund, einen ausgewrungenen Halswickel noch in der Hand. Auf dem Tisch neben dem Kinderbett stand die Schüssel mit Wasser, die große Teekanne, die Jodtinktur daneben. Die Luft im Zimmer war schwer und roch nach Krankheit. Einen Augenblick überlegte Blanka, ob sie das Fenster öffnen sollte, obwohl alle Ärzte rieten, dass bei Krankheit nichts so schädlich wäre wie frische Luft von draußen. Wie der leichte, kalte, saubere Wind wohl hineinfahren würde in das Zimmer, alles mit reinen, funkelnden Kristallen bedecken … Sie tat es nicht, weil Lieschen aufgewacht wäre.

Sie wollte mit ihrer Tochter allein sein.

Auf Zehenspitzen näherte sie sich dem Bett, den zerwühlten Laken, aus denen ein unordentlicher schwarzer Schopf hervorsah. Johanna lag auf der Seite, den schmalen Rücken zum Zimmer gekehrt. Je näher Blanka kam, desto deutlicher hörte sie ihren mühevollen Atem. Es schnürte ihr den eigenen Hals zu. Wie lange war es her, dass sie sich Johanna so nahegefühlt hatte wie in diesem Moment, als sie sie dort liegen sah, so zerzaust, hilflos, so voller Leid? Sie hätte in Tränen ausbrechen mögen über ihr armes, gequältes Kind. Aber zum Weinen war sie nicht gekommen. Nein, nicht zum Weinen.

Was wollte sie dann tun? Sie wusste es noch nicht genau. Aber sie spürte, dass sie es wissen würde.

Sie beugte sich über das Bett, drehte Johanna sanft zu sich herum. Das Gesichtchen glänzte immer noch rot und feucht, das Fieber wollte Johanna nicht aus seinen Klauen lassen. Sie murmelte heiser im Schlaf, als Blanka ihr behutsam die Strähnen aus der heißen Stirn wischte.

„Johanna", flüsterte Blanka, setzte sich auf die Bettkante und zog das Mädchen vorsichtig in ihre Arme. „Johanna, Liebling. Du musst aufwachen."

Das Kind krächzte schwach, wie ein kranker kleiner Vogel, ohne die Augen zu öffnen.

„Mama ..."

„Ich bin hier, mein Schatz, mein Augenstern. Sch, sch, nicht so laut. Wir wollen doch Lieschen nicht aufwecken. Komm, mach die Augen auf. Sieh mich an, Johanna, Liebling."

Wie mühsam Johanna die Lider hob. Ihre Augen, die vom Fieber hätten noch stärker glänzen müssen als sonst, waren stumpf und leer. Sie suchten blicklos im Raum, bis sie endlich die Mutter gefunden hatten; erst dann kam ein wenig Leben hinein.

„Mama ... Ach Mama, die schrecklichen Flügel ... die

Hexe … sie lässt mich nicht in Ruhe, Mama. Und mir ist so heiß, so schrecklich heiß …"

„Sch, sch. Nicht sprechen."

Sie nahm eines der Tücher auf, tauchte es in die Wasserschüssel und tupfte behutsam über Johannas Mund, die Wangen. Das Mädchen öffnete die Lippen unter den Tropfen.

„Hast du Durst, mein Liebling?"

Johanna nickte matt. Blanka hob den Deckel der Teekanne an. Auf dem Boden stand noch ein fingerbreiter Rest. Sie goss ihn in die Tasse daneben, für einen Moment erfüllte würziger Kräuterduft den Raum. Johanna sah zu ihr auf, verfolgte jede ihrer Bewegungen. Wie damals, als sie klein gewesen war, ein winziges Bündel Leben, ein Stück ihrer selbst, in flauschige Tücher gehüllt, unerklärlicherweise getrennt von ihr – und doch näher als jedes andere Wesen. Blanka lächelte auf sie herunter, in ihre eigenen hellblauen Augen hinein. Dann sagte sie, aus einem Impuls heraus:

„Noch einen Moment, mein Liebling."

Sie zog das Tonikum aus der Tasche, schraubte den Deckel auf. Aus dem Fläschchen stieg der Geruch von Lavendel ihr wieder in die Nase, beruhigte sie und gab ihr Sicherheit. Ihre Stütze im Alltag, ihr Stärkungsmittel.

Jetzt war es Johanna, die Stärkung brauchte.

Plötzlich wusste Blanka, was sie tun konnte – nur sie und niemand sonst. Weil niemand sonst darauf gekommen war. Und weil niemand sonst diese kleine braune Flasche so oft in der Hand hatte wie sie. Sie drehte sie leicht zwischen den Fingern, bis sie das Etikett sehen konnte.

„… bei Fieber …", las sie lautlos, und ein Lächeln breitete sich in ihrem Inneren aus.

Sie goss nur sehr wenig in die Tasse mit dem Kräutertee, viel, viel weniger als der Schluck, den sie selbst normalerweise nahm. Es hätte kaum ausgereicht, einen Stecknadelkopf zu bedecken. Sie schwenkte die Tasse behutsam mit der Hand, wartete, bis die Gerüche von getrocknetem Lavendel und von Frühlingskräutern sich miteinander vermischt hatten. Dann richtete sie Johanna auf und hielt ihr die Tasse an die Lippen.

„Trink, Liebling, trink nur. Dann wird es dir bald besser gehen."

Johanna schluckte gehorsam.

„Ich kenne das", murmelte sie dabei, „es riecht wie Sie, Mama ..."

Blanka streichelte ihr Gesicht. „Sch, sch. Trink, mein Liebling. Und nicht reden."

Nachdem sie alles ausgetrunken hatte, stellte Blanka die Tasse beiseite und half Johanna, sich wieder auf dem Bett auszustrecken. Als das kleine rote Gesicht sich nach ein paar Minuten plötzlich verzog, war sie darauf gefasst. Sie legte den Arm um Johannas schmale Schultern und hielt sie, bis Schwindel und Übelkeit vergangen waren. Dann streichelte sie ihre Tochter zurück in den Schlaf. Die dünnen Glieder entspannten sich unter dem schweren Federbett; Johannas Atem wurde tiefer. Blanka lauschte ihm eine Weile. Es kam ihr so vor, als ginge er ein wenig leichter als zuvor.

Sie stand auf, glättete noch einmal Johannas Scheitel, nickte dem schlafenden Lieschen zu und ging lächelnd zurück ins Schlafzimmer, so leise, wie sie gekommen war.

Erst, als sie die kalten Füße im warmen Bett ausstreckte, fiel ihr ein, was für ein Tag heute war. Eine wilde Hoffnung durchzuckte sie wie ein plötzlicher Sonnenstrahl aus den dichten Wolken. Johann! Er hatte versprochen, spätestens am Freitag zurück zu sein – am Zahltag für die Arbeiter nebenan. Johann würde wiederkommen!

Aber die Hoffnung bröckelte, als sie vom Bett aus zum Fenster hinsah, auf den dichten Schneevorhang, den der Wind vor der Scheibe hin und her bewegte. So sehr viel Schnee … Und es fiel immer noch mehr vom Himmel. Verzagtheit griff wieder mit klammen Fingern nach Blanka. Das kleine Hochgefühl, das sie im Kinderzimmer gespürt hatte, verflog. Als sie wieder einschlief, bewegten sie unruhige Träume.

Den ganzen Tag über hörte es nicht auf zu schneien. Niemand verlor ein Wort darüber. Es war wie ein stillschweigendes Abkommen zwischen ihnen, von der Hausherrin bis zum Dienstmädchen. Die Frauen wechselten sich ab an Johannas Bett, machten Halswickel, immer mehr Halswickel, weil die Jodtinktur zur Neige ging. Sprachen ein, zwei Sätze über belanglose Dinge, wenn sie sich begegneten, niemals über das Wetter. Und niemals über die Zeiger der Standuhr unten in der Halle, die beharrlich vorwärtstickten. Tickten, tickten, ohne dass auf der Straße Pferdeschnauben laut wurde, ohne dass Kutschenräder über den Schnee knirschten … Das Mittagessen schlangen sie hastig hinunter, eine lauwarme, freudlose Angelegenheit, die Frau Herrman ihnen in aller Eile zubereitet hatte, bevor sie durch die ersten, knöchelhohen Schneeverwehungen zurück ins Dorf stapfte. Sie würde an diesem Tag nicht wiederkommen.

Für Sophie fühlte es sich wie ein Albtraum an. Das bleiche Gespenst eines Wintertages, das mit eiskalten Fingern ihr Rückgrat hinauf- und hinunterstrich, sosehr sie sich auch bemühte, es zu ignorieren. In der Stille, die sie alle wahrten, wurde es nur noch stärker. Zwei-, dreimal setzte sie zu sprechen an, als Blanka von Rapp sie oben im Kinderzimmer ablöste, damit sie sich eine Weile ausruhen konnte; zwei-, dreimal verlor sie den Mut wieder.

Selbst Johanna, die die meiste Zeit schlief, schien das große Schweigen zu spüren. Sie lag ruhiger als sonst, warf sich nicht herum. Redete nicht mehr wirr in Fieberträumen. Sophie bemerkte es mit Erleichterung. Auf das Coupé, das dem Kind einen Arzt herbeischaffen konnte, brauchte heute niemand zu hoffen. Selbst, wenn Herr von Rapp es nach Hause schaffte – kein Arzt der Welt würde sich in diesem Schneetreiben aufmachen, um einem kleinen Mädchen den Hals anzuschauen. Aber – würde er es überhaupt schaffen? Was geschah, wenn er es nicht schaffte? Wie sehr würde er es überhaupt *versuchen,* nach Hause zu kommen?

Sophie grübelte über diese Frage nach, unablässig, während sie am Krankenbett saß oder sich in ihrem Zimmer ausruhte. Als Kaufmann musste Johann von Rapp wissen, dass kein Geld im Tresor war, mit dem seine Frau die Arbeiter notfalls hinhalten könnte, wenn er nicht rechtzeitig zurückkam. Würde er es mit schneeverwehten Straßen aufnehmen, um seiner Frau zu ersparen, dass – ja, was eigentlich? Sophie wusste nicht genau, was es war, das sie fürchtete. Nur die Erinnerung an die Unruhen in der Stadt lauerte in ihr wie ein schlafendes Ungeheuer. Die Bilder von Rauch und Fackeln und schreiend aufgerissenen Mündern ließen sie nicht los, den ganzen Tag über nicht. Konnte Johann von Rapp sie auch sehen? Hatte er überhaupt eine Vorstellung davon, wozu die einfachen Menschen in der Lage waren, wenn man sie in die Ecke trieb? Er hatte die Glashütte von einem entfernten Onkel geerbt, war vorher wohlhabender Kaufmann gewesen. Mit der Glasmacherei hatte er sich nie wirklich befasst; soweit Sophie wusste, kümmerte der Hüttenmeister sich um alle technischen Dinge. Verstand Herr von Rapp von seinen Arbeitern so wenig wie von der Glasherstellung? Sie wusste es nicht, und es trieb sie fast zur Verzweiflung.

Antons Gesicht tauchte vor ihr auf, die feinen, scharfen, spöttischen Züge; die Arroganz, die es immer ausstrahlte, aber auch die besorgte Müdigkeit, die es am letzten Abend gehabt hatte, als sie einander in der Halle begegnet waren. Hatte der Diebstahl der Steine überhaupt genützt? Wie lange brauchte es, bis man für so etwas einen Käufer fand? Lief Anton in diesem Augenblick noch durch die Stadt, von Juwelier zu Juwelier, die blank polierten Stiefel mit Schneeschlamm bespritzt, und suchte verzweifelt nach jemandem, der ihm die Steine abnahm? Oder wartete er an irgendeinem trockenen, warmen Ort, die Augenbrauen spöttisch emporgezogen, während sein Herr mit irgendeinem Halsabschneider verhandelte?

Ihre Gedanken kreisten, überstürzten sich, wirbelten in Spiralen davon wie die grausamen, hübschen Flocken draußen. Es gab nichts, was sie tun konnte. Nichts, außer bei Johanna zu sitzen, einen Halswickel nach dem anderen zu machen und stumm zu warten, während es in ihr stürmte. Und das Licht draußen, das sich kaum über den Horizont gequält hatte, wurde schon wieder schwächer.

Am frühen Nachmittag brachte Lieschen ihr den Tee hoch, in ihre eigene kleine Kammer. Sophie hatte vergeblich versucht, sich mit einem der Bücher ihres Vaters abzulenken; die kühlen, klugen Gedankenkonstrukte der griechischen Philosophen drangen heute nicht zu ihr durch. Den Großteil ihrer kostbaren Ruhepause hatte sie auf dem Stuhl neben dem Fenster gesessen und nach draußen gestarrt. Lieschen stellte das Tablett klirrend auf den Tisch.

„Danke“, sagte Sophie müde. Sie konnte den Blick nicht lösen von den boshaften Flocken, die immer noch aus den Wolken trudelten. Hinter ihr blieb es einen Moment lang still.

„Ach, Frollein Sophie …"

Mit steifem Rücken drehte sie sich um. Lieschen knetete ihre Schürzenzipfel. Die schlaflosen Nächte hatten ihr Schatten ins runde Gesicht geschrieben. Sie sah Sophie hilfesuchend an.

„Frollein Sophie, es ist man nur … Ich mag es der Gnädigen nicht so recht sagen, aber …" Sie senkte die Stimme, bis sie nur noch flüsterte. „Es sind viele Männer heut oben bei der Hütte. Viel, viel mehr als sonst. Ich hab es gesehen, als ich hinten im Holzschuppen war. Sie haben sich ein Feuer gemacht auf dem Vorplatz, in einer alten Tonne, und sie – ich glaube, sie warten, Frollein."

„Jetzt – jetzt schon?", fragte Sophie, während es in ihr kalt wurde. „Aber es ist doch noch früh …"

Lieschen seufzte und knetete die Schürzenbänder. „Ach, Frollein, sie wissen doch oben auch, dass der gnädige Herr noch nicht zurück ist. Kann sein, dass sie sich Sorgen um ihn machen und deshalb schon alle beisammen sind, auch die, die keine Schicht haben. Vielleicht wollen sie helfen, wenn er ankommt und sie sehen, dass er Schwierigkeiten hat im Schnee. Mein Willem würde so denken. Ich kenn ihn gut."

Ach, dachte es in Sophie, unerwartet boshaft, und gleichzeitig durchzuckte sie die Erinnerung an das Gefühl seiner Lippen auf ihrer Hand. Sie schüttelte den Gedanken hastig ab.

„Glaubst du das?", fragte sie das Mädchen stattdessen. „Glaubst du, sie sind deswegen da?"

Lieschen senkte den Blick.

„Ich weiß es nicht", flüsterte sie stockend. „Ich weiß es wirklich nicht, Frollein Sophie. Deshalb rede ich ja mit Ihnen. Kommt denn der gnädige Herr nicht bald zurück? Dann wäre alles gut, oder nicht?"

Woher soll ich das wissen, du dumme Gans, wollte Sophie sie anfahren. Ich sitze auch nur hier drinnen, den ganzen grässlichen Tag, woher soll ich wissen, ob jemand kommt, der uns hilft, wenn die Arbeiter sich doch nicht aus lauter Hilfsbereitschaft da oben versammeln?

Sie biss sich auf die Lippen, wartete, bis sie sich wieder in der Gewalt hatte. Lieschen konnte nichts dafür. Es hatte keinen Sinn, das Mädchen zu verschrecken.

„Ich denke", sagte sie schließlich, „Frau Herrman hat Sandwiches hergerichtet, bevor sie gegangen ist. Für das Abendessen, mit Zunge und kaltem Braten und dergleichen. Sie macht immer viel zu viel, die gnädige Frau isst nur wie ein Spatz. Pack einen großen Korb damit voll, und koch auch eine neue Kanne heißen Tee. Bring beides zu den Männern nach oben, wenn du es dir zutraust – tust du das?"

Lieschen nickte tapfer. Sophie zögerte kurz.

„Nimm meinen Mantel", sie stand auf und holte ihn aus dem Schrank, „deiner ist zu dünn. Es schneit so sehr. Bring ihnen die Sachen, schick Grüße mit vom Herrenhaus und – und versuch, ob du nicht etwas herausfinden kannst. Vielleicht ist Willem dabei, er wird bestimmt mit dir reden. Kannst du das, Lieschen?"

„Jawoll, Frollein", sagte Lieschen. „Das kann ich wohl tun. Und wenn ich das man sagen darf … Ich glaube, es ist sehr klug von Ihnen, das mit dem Essen. Und mit dem Tee. Es muss ungemütlich sein da oben."

„Ja", sagte Sophie, starrte auf die Flocken vor dem Fenster und zog die Schultern zusammen. „Das glaube ich auch."

Sie legte Lieschen den Mantel über den Arm. Er war nichts Besonderes, gar nichts im Vergleich zu den pelzbedeckten *Visiten* und samtenen türkischen *Dolmans*, die in Blanka von Rapps Kleiderschrank hingen – und die die Hausherrin doch niemals benötigte. Aber das Hausmädchen fuhr mit den Fingern durch den spärlichen Fuchspelz am Kragen, als wäre es feinster Nerz.

„Danke, Frollein Sophie."

Sophie gelang ein kurzes, freudloses Lachen. „Da nicht für, Lieschen, da nicht für. Sieh zu, was du herausbringen kannst. Und, Lieschen – mach aus zwei Sandwiches eines, hörst du? Kein Mann wird von den dünnen Schnitten satt, die an Damentafeln serviert werden."

Lieschen lächelte sie an, und für den Augenblick verschwanden die Schatten aus ihrem Gesicht.

„Ich weiß schon, Frollein. Ich werd alles richtig machen. Sie können sich auf mich verlassen."

Dann ging sie und ließ Sophie allein zurück, mit einem kalt gewordenen Tee und mit düsteren Gedanken, durch die Fackelschein geisterte.

Es dauerte nicht lange, bis das Mädchen zurück war. Sophie hörte unten die Haustür gehen, und auch wenn es nicht den guten Sitten entsprach, lief sie ihm entgegen.

„Oh, Frollein", schnatterte Lieschen, während sie den Mantel ablegte und noch einmal, wie zum Abschied, über den Fuchspelz strich, „es ist wirklich hundekalt da draußen!"

Schneekristalle glitzerten auf ihrem Häubchen. Sophie zog es ihr behutsam vom Kopf.

„Komm, ich bringe dich nach unten in die Leutestube, da kannst du dich aufwärmen."

Sie stiegen die knarrende Kellertreppe hinunter, in den Bauch des Hauses, wo es still war, seit Frau Herrman gegangen war. In der Leutestube hinter der Küche hockte das Spülmädchen am Tisch und schlief, den Kopf auf die Arme gelegt. Der Kachelofen in der Ecke bollerte.

„Wir müssen sie nicht aufwecken", flüsterte Sophie. „Frau Herrman scheucht sie sicher genug herum. Rück dicht an den Ofen, Lieschen, dann wird dir schnell wieder warm."

Sie setzten sich nebeneinander an den Tisch.

„Oh Frollein, das tut gut", seufzte Lieschen leise, aber aus tiefstem Herzen. Sie rieb die Hände dicht vor den glühheißen Kacheln.

„Ja, ja", sagte Sophie ungeduldig, „ich weiß schon, Lieschen, es war unangenehm, und ich bin dir sehr dankbar, dass du trotzdem gegangen bist, aber – sag, hast du etwas herausgefunden? Warum sind sie alle da oben?"

Das Spülmädchen murmelte im Schlaf. Lieschen beugte sich zu Sophie herüber und wisperte:

„Mein Willem war nicht dabei, er arbeitet brav drinnen. Die anderen sagen, es stimmt was mit einem Schmelzofen nicht … Mit dem neuen, wissen Sie. Ich habe das nicht richtig verstanden."

„Diese neue Schmelzwanne?" Sophie runzelte die Stirn. Das wusste sie schon, von Willem, von gestern. „Konntest du nicht mehr herausfinden?"

„Doch", Lieschens Augen funkelten auf. „Ich hatte doch meinen Auftrag von Ihnen, Frollein. Und den hab ich nicht vergessen. Die Männer haben sich sehr gefreut über die Brote und den Tee – die meisten von ihnen. Ein paar waren auch dabei, die haben mich nicht einmal angeguckt, mir den Rücken zugedreht, als hätte ich wer weiß was im Gesicht."

Sie schnaufte in rechtschaffener Empörung. Einer Ahnung folgend, fragte Sophie:

„War auch dieser Marek dabei?"

Lieschen nickte eifrig. „Ja, Frollein, der stand mit am Feuer. Weiß gar nicht recht wieso, wenn er doch eh nur noch Hilfsdienste verrichten darf, was hat er da dann zu suchen? Aber ja, er war da und hat mich finster angeschaut aus seinen schwarzen Zigeuneraugen. Huh, er ist unverschämt! Mich gruselt vor ihm, Frollein. Vor all diesen Roten, und dann noch aus dem Osten! Das habe ich neulich auch Willem gesagt."

„Ich weiß, was du meinst." Sophie wusste es wirklich. Sie brauchte nur an ihn zu denken, an diesen Blick voller Missgunst, dieses hämische Lachen – diese krächzende Stimme, diesen Atem voller Bierdunst! Und sie gruselte sich, wie Lieschen sich gruselte. Es war kein gutes Zeichen, dass Marek draußen bei den Männern stand. Sie fühlte es wie ein schwarzes Omen.

„Ein Freund von Willem", berichtete Lieschen weiter, „hat mir gesagt, es wäre am letzten Zahltag vor Weihnachten eigentlich üblich, dass es das Geld etwas früher gibt. Und etwas mehr als sonst. Alle wollen ja einen guten Braten für das Fest erwischen … Es wäre wohl eigentlich schon Zeit dafür. Sie warten jetzt, und ich schätze, sie hoffen, dass die gnädige Frau sie auszahlt, wenn der Herr nicht rechtzeitig zurück ist."

Sophie flatterte das Herz in der Brust. Auszahlen, ja. Aber mit welchem Geld?

„Natürlich", sagte sie und versuchte, sich nichts anmerken zu lassen. „Wenn der gnädige Herr nicht rechtzeitig hier ist, wird – wird sie sich wohl darum kümmern."

„Das ist gut", sagte Lieschen inbrünstig und so laut, dass das Spülmädchen sich wieder regte. „Oh Frollein, dann ist ja alles gut."

Sophie lächelte, obwohl ihr nach nichts weniger zumute war.

Es war Zeit, mit Blanka von Rapp zu sprechen.

Blanka stand am Fenster im Damenzimmer und presste die Stirn gegen die kalte Scheibe. Sie wollte sie nicht mehr sehen, die Milliarden Schneeflocken draußen, die der Wind im Park hin und her wiegte, als sei alles nur ein Spiel. Hatte sie noch Hoffnung gehabt, vor einer Stunde, vor zweien? Oder war auch das schon Fassade gewesen, für sich selbst, für Johanna, für das Personal? Was auch immer da gewesen sein mochte, es war zerbröckelt, zerfallen unter der Last der Flocken, die vorbeitanzten in einem endlosen, tödlichen Reigen. Sie konnte sich nicht mehr wünschen, dass Johann heute zurückkommen würde. Sie konnte nur beten, dass er nicht so töricht gewesen war, sich auf den Weg zu machen. Die Straßen mussten längst unpassierbar sein.

Sie war froh, dass sie Lieschen am Morgen gebeten hatte, das Korsett enger zu schnüren. Stoff und Stahlstäbe gaben ihr Halt. Die kleinen Schürfwunden darunter spürte sie nicht mehr.

Als Fräulein Sophie leise hinter ihr ins Zimmer trat, drehte sie sich um. Ihre eigene Müdigkeit spiegelte sich im Gesicht der Gouvernante. Sie machte es ihr leicht, winkte ab, als sie sich noch räusperte.

„Ich weiß, Fräulein Sophie. Ich weiß, was Sie mir sagen wollen. Er wird nicht kommen. Es ist mir längst klar."

Sophie nickte stumm.

„Für einen Arzt", stellte Blanka fest, „ist es heute ohnehin schon zu spät. Es wird dunkel. Aber wir werden die Arbeiter auszahlen müssen. Es ist Freitag."

Sophie warf ihr einen verwunderten Blick zu. Blanka lächelte, spürte die Kraft des Korsetts im Rücken.

„Ich bin vielleicht nicht sehr bewandert in den geschäftlichen Angelegenheiten meines Mannes, aber einen Kalender kann ich schon noch lesen, Fräulein Sophie."

Die Gouvernante senkte den Kopf.

„Verzeihen Sie, ich wollte nicht ... Sie haben natürlich

recht. Und die Arbeiter – sie warten wohl schon, oben bei der Hütte. Vielleicht noch auf den gnädigen Herrn, eher aber einfach auf ihr Geld."

„Oh", sagte Blanka, leicht irritiert; dann fasste sie sich wieder. „Nun, wir haben ja schon den Schlüssel zum Tresor. Ich werde sie eben anstelle meines Mannes bezahlen. Ich glaube, sie werden nicht warten wollen, bis das Wetter sich bessert und er zurückkommen kann."

„Nicht warten *können*, gnädige Frau", sagte Sophie. „Die meisten leben doch von der Hand in den Mund. Und viele haben Familien … Da reicht das Geld genau bis zum nächsten Zahltag, wenn überhaupt. Aber das – das ist es nicht." Sie machte eine unbehagliche Geste mit den Schultern. „Es gibt ein anderes Problem, gnädige Frau. Es – ich glaube, es ist kein Geld da."

„Wie meinen Sie das?", fragte Blanka und fühlte sich jetzt ernsthaft verwirrt. „Denken Sie, weil uns gestern beim Suchen in den Kästen keines begegnet ist …? Aber wir haben ja längst nicht alle angesehen, Fräulein Sophie. Ich bin sicher, dass …" Sie verstummte. Sophie hatte den Kopf wieder gehoben. Ihr Blick war fest und sehr müde, und es lag etwas wie eine Bitte um Verzeihung darin, die Blanka nicht verstand.

„Nein", sagte die Gouvernante, „nein, gnädige Frau, wir werden keines finden. Ich weiß es. Von Herrn Anton. Der gnädige Herr ist in die Stadt gefahren, um Geld für die Löhne zu beschaffen. Weil keines mehr da ist, gnädige Frau. Es ist alles fort."

Blankas Knie wurden wacklig, trotz des Korsetts. Sie fasste nach dem Pompadour.

Sophie verschränkte die Hände vor dem Schoß. Mehrmals öffnete sie den Mund und schloss ihn wieder, auf der Suche nach Worten. Aber sie schien keine zu finden.

„Es war etwas – knapp in der letzten Zeit", sagte Blanka leise, mehr zu sich selbst, „wegen der Börsen und alldem … Knapp, aber doch nicht so knapp. Er ist ein guter Kaufmann, er würde nicht so schlecht kalkulieren, dass es nicht einmal mehr für die Löhne reicht …"

„Nein", sagte Sophie, „das würde er sicher nicht. Aber auch der beste Kaufmann kann überrascht werden. Von – unvorhergesehenen Ausgaben."

„Unvorhergesehenen Ausgaben?" Blanka forschte in Sophies Miene. Die Gouvernante biss sich auf die Lippen.

„Die Beerdigung", antwortete sie tonlos, „der Pastor, das Essen für all die Gäste, die nicht kamen … Und es gab wohl auch andere Posten, die offen waren … Gehälter … Rechnungen …"

Blanka umfasste den Pompadour so fest, dass sie den Stoff auf dem braunen Fläschchen knirschen hörte. Das war nicht möglich. Es durfte nicht möglich sein. Das Schloss stieg in ihr auf, die gewaltige Anlage, die stolzen Türme. Die Seidentapeten in jedem Raum, die kostbaren Teppiche, die Leuchter, wie Wasserfälle aus Kristall. Es war nicht möglich!

„Der Börsenkrach", sagte Sophie, „ist auch an den Adeligen nicht spurlos vorbeigegangen, gnädige Frau. Und die Landwirtschaft leidet ohnehin seit Jahren. Ich weiß es nicht genau, ich kann nur wiederholen, was Herr Anton mir sagte. Aber ich glaube ihm, ich habe keinen Grund, es nicht zu tun. Der gnädige Herr muss geahnt haben, was da vielleicht auf ihn zukommen würde. Deshalb hat er wohl so viel Bargeld mitgenommen wie möglich. Und nichts davon mit zurückgebracht. Es – es tut mir sehr leid, gnädige Frau."

„Wie lange wissen Sie schon davon?" Blanka hörte einen zischenden Unterton in ihrer eigenen Stimme, der sie erschreckte. Sie schluckte, drängte den Geschmack von bitterer Galle zurück, der ihr den Mund füllen wollte. Spürte die Stäbe des Korsetts an ihrem warmen Fleisch und zwang sich, ganz ruhig weiterzusprechen. „Vergessen Sie meine Frage. Es ist nicht wichtig."

Nein, wichtig war etwas ganz anderes. Wichtig war, dass Johann fortgefahren war und sie ohne einen Pfennig hier zurückgelassen hatte. Dass er darauf spekuliert hatte, rechtzeitig wieder zurück zu sein – spekuliert und verloren. Wie schon einmal – wie schon einmal … Zorn wollte heiß in ihr aufsteigen, ein ganz ungewohntes Gefühl, aber sie schluckte ihn hastig hinunter. Sie war seine Ehefrau. Sie durfte ihn nicht kritisieren. Ihm nicht in den Rücken fallen, nicht einmal in Gedanken. Wenn er es nicht konnte, weil das Schicksal es ihm nicht erlaubt hatte, dann musste sie einen Weg aus dieser Misere finden.

Aber welchen nur?

„Können wir den Arbeitern nicht die Wahrheit sagen?", fragte sie. „Niemand kann etwas für das Wetter. Und es ist auch bestimmt nicht meine Schuld, dass kein Geld im Tresor liegt."

Oh doch, wisperte eine boshafte Stimme in ihr. Es war ja deine Mutter, oder nicht? Deine Mutter, die Schulden angehäuft hat, die dein Mann jetzt bezahlen musste. Sie ist tot. Du hast ihre Schulden geerbt wie ihren Spiegel.

„Nein, natürlich nicht", sagte Sophie. „Niemand ist schuld, es sind einfach unglückliche Umstände. Aber ich fürchte … Ich kann es Ihnen nicht wirklich empfehlen, gnädige Frau, den Männern da oben zu sagen, dass sie kein Geld bekommen werden. Zumal wir nicht genau wissen, wann Herr von Rapp denn dann zu uns durchkommen wird. Ich habe – habe die Wut der einfachen Leute erlebt, gnädige Frau …"

Sie kniff die Augen zusammen, als wollte sie dunkle Bilder

verjagen. Es machte Blanka Angst, sie so zu sehen – das tüchtige, resolute, tatkräftige Fräulein Sophie. Wenn sie sagte, dass die Wahrheit ihnen hier nicht helfen konnte, dann war es so.

Aber es gab noch einen Ausweg. Den Ausweg aller Ehefrauen mit wohlhabenden, liebenden Ehemännern.

„Mein Schmuck", sagte sie, obwohl es ihr im Innern wehtat. „Ich habe ein paar Dinge, Anhänger, Ketten, Geschenke meines Mannes. Manche sind wohl recht wertvoll. Wir könnten etwas auswählen und den Männern als Pfand geben, oder als Bürgschaft für den Dorfladen, damit sie dort erst einmal anschreiben lassen können. Ginge das nicht?"

„Gnädige Frau, das wäre wunderbar!"

Das Aufleuchten in Sophies Augen tat Blanka wohl, es legte sich wie Balsam auf den Schmerz, eines von Johanns Geschenken hergeben zu müssen – wenn auch nur für kurze Zeit. Sie schaffte es sogar, leichthin zu sagen: „Ach, wissen Sie, ich trage sie ja ohnehin nur selten. Ich werde gar nicht merken, dass eines fehlt. Und morgen oder übermorgen ist Herr von Rapp zurück, und es liegt wieder in der Schatulle, als wäre es nie weg gewesen."

Sie fanden den Schmuckkasten schnell wieder. Blanka zog ihn aus dem Tresor; er war merkwürdig leicht, und schon während sie ihn auf den Boden stellte, beschlich sie eine düstere Ahnung. Der Deckel war nicht verschlossen. Sie hob ihn an, und darunter kamen Stapel von kleinen samtbezogenen Schatullen zum Vorschein. Sie brauchte sie nur anzusehen, und schon erinnerte sie sich an jede einzelne Gelegenheit, bei der er sie ihr übergeben hatte: Die herzförmige da, sie enthielt den Topasanhänger, den er ihr zu Johannas Geburt geschenkt hatte. Noch im Wochenbett hatte er ihn ihr auf den Nachttisch gelegt, mit strahlendem, schiefem Lächeln. In der länglichen darunter schlummerte das Saphirarmband von ihrem letzten Hochzeitstag. Und in dieser dort …

Sie riss sich zusammen, zwang sich, aufs Geratewohl eine der Schatullen in die Hand zu nehmen. Auch hier spürte sie kaum ein Gewicht. Die Ahnung wurde heftiger, fast fürchtete sie sich davor, die Schatulle zu öffnen.

„Gnädige Frau …“ Sophies Stimme klang beruhigend, aber sie hatte einen drängenden Unterton.

Blanka gab sich einen Ruck.

Die Schatulle war leer.

Da waren nur ein Abdruck im Samt von Kettengliedern und der goldfarbene Prägestempel des Juweliers.

Sonst nichts.

Blanka stockte der Atem.

„Gnädige Frau …!“ Sophies entsetztes Flüstern drang wie aus großer Ferne zu ihr. Sie legte die Schatulle beiseite, nahm eine andere.

Der Abdruck eines Ringes diesmal, und ein anderer Stempel.

Sonst nichts. Wieder nichts.

Gar nichts.

Wie in Trance öffnete Blanka eine Schatulle nach der anderen, wusste schon, wenn sie sie federleicht in der Hand spürte, was sie finden würde, wenn sie den Deckel hob – nichts. Nichts. In keiner von ihnen.

Ihr Schmuck war fort.

Sie empfand nichts, keinen Zorn, kein Entsetzen. In ihr herrschte dieselbe Leere wie in den kleinen Samtschachteln.

„Oh Gott“, flüsterte Sophie hinter ihr, „wenn nun Willem – er hat uns am Tresor gesehen …“

Ein dunkles, spöttisches Lachen wehte unhörbar durch den Raum.

Männer, wisperte es in Blankas Ohren, *Männer! Häng nie dein Glück an sie. Sie sind so schwache Geschöpfe, und noch schwächer, weil sie es nicht wissen. Männer! Was wissen sie schon von Liebe. Was weißt du schon von der Liebe, du armes, dummes Kind … Du wirst es lernen, ja, du wirst es lernen. Du wirst erkennen, wie sie sind. Und ich bete für dich, dass es dann noch nicht zu spät sein wird.*

Mit einem Knall schloss Blanka den Deckel der letzten Schatulle.

„Nein", sagte sie laut, „es war nicht Willem. Er weiß nicht, wo der Schlüssel versteckt ist, und er hätte auch nicht unbemerkt ins Haus schleichen können. Mein Mann muss in großer Verzweiflung gewesen sein. Und ich habe es nicht bemerkt …" Reue wallte scharf in ihr auf, füllte die Leere, verdrängte das Lachen, das böse Wispern. Sie biss sich auf die Unterlippe, bis sie Blut schmeckte. „Ich bin seine Ehefrau. Nach dem Gesetz ist alles, was mir gehört, in seiner Verfügungsgewalt. Aber ich bin sicher, er hätte mit mir gesprochen, wenn er mich nicht hätte schonen wollen. Ich kenne meinen Mann. Ich *kenne* ihn!"

Sophie zuckte zusammen, beeilte sich zu nicken. Blanka warf die leeren Schachteln achtlos in den Kasten zurück, schob ihn in den Tresor, knallte die Tür zu, dass das Metall vibrierte. Einen Augenblick stand sie da, heftig atmend, ratlos, unsicher.

„Vielleicht", sagte sie zögernd, „habe ich oben noch eine Kleinigkeit, im Schlafzimmer. Manchmal bewahre ich dort etwas Bargeld auf, für Lieferanten, und ich meine mich auch zu erinnern, dass ich nach dem letzten Besuch der von Arpstens eine Brosche erst oben abgenommen habe …" Sie versuchte, sich zu erinnern. Der Besuch war schon ein paar Wochen her. Man bekam irgendwann nicht mehr viele Visiten, wenn man sie niemals beantworten konnte … „Warten Sie, Fräulein Sophie. Ich will gleich nachsehen."

Ein besserer Tag, dachte sie, während sie nach oben stieg. Ein *besserer* Tag? Ich kann mich bemühen, wie ich nur will. Die Dinge gehen doch ihren Gang. Und ich stehe daneben und ringe die Hände …

Das dunkle Lachen in ihr begleitete sie die Stufen hinauf.

Träge blinzelte ihr der Spiegel entgegen. Blanka ging an ihm vorbei, durchsuchte den Nachttisch. In den beiden kleinen Schubladen lagen Puderheftchen, *Sachets* mit Kopfschmerzmittel. Ein paar Pfennige in einer Emailledose. Ihr fröhliches Blinken kam ihr höhnisch vor. Was sollte sie mit Pfennigen? Sie wusste nicht, wie viel die Arbeiter eigentlich bekamen. Aber mehr als Pfennige würde es schon sein. Nur – mehr war nicht da. Kein Geld, keine Brosche. Überhaupt kein Schmuck.

Angst stieg in ihr auf. Sie lief ins Ankleidezimmer hinüber, öffnete den Kleiderschrank. Tastete zwischen den Stoffen herum, all den Tages- und Nachmittags- und Ausgehkleidern. Zog vor allem die Empfangskleider hervor, die rüschenumwölkten kostbaren Roben mit dem tiefen Ausschnitt. Hatte sie nicht irgendwann einmal irgendetwas an einem davon vergessen? Eine winzige Schmucknadel wenigstens? Sollte denn wirklich *alles* fort sein?

Sie fand nichts, auch in den Schubladen zwischen den Strümpfen und der Wäsche nicht. Aus der Angst wurde etwas wie Panik. Sie lief ins Schlafzimmer zurück, ratlos, sinnlos; am liebsten hätte sie sich auf die Bettkante sinken lassen und geweint. Johann! Was sollte sie nur tun?

Lose Haarsträhnen kitzelten sie an den Wangen. Sie mussten bei der wirren Suche herausgerutscht sein. Blanka tastete danach, versuchte, sie wieder in die Frisur zurückzuschieben. Einer ihrer Kämme löste sich und fiel vor dem Spiegel zu Boden.

Hastig ging sie in die Knie, so gut die Tournüre es zulassen wollte. Sie streckte die Hand nach dem Kamm aus, der dicht vor dem dunklen Rahmen lag, nahm ihn auf. Dann stockte sie.

Ihr Blick hakte an etwas fest. Sie sah hin, starrte auf den unteren Teil des Spiegelrahmens, ohne gleich zu verstehen, *was* es war, das sie sah.

Da waren die blinden Fassungen, wo einige der blassen Steine fehlten. Aber – da war noch etwas. Etwas, das sie vorher nicht bemerkt hatte. Weil sie nicht nah genug herangegangen war.

Kratzspuren. Es waren Kratzspuren in den leeren Fassungen. Sie glänzten heller als das nachgedunkelte Metall, das sie umgab.

Frische Kratzspuren.

Ihre Gedanken überstürzten sich. Kratzspuren! Woher kamen sie? Wer hatte sie gemacht? Das sah nicht aus wie Schäden, die von rauen Brettern verursacht wurden, oder von einem Sturz. Die Fassungen waren an manchen Stellen verbogen, aufgedrückt und zerschrammt. Ganz so, als hätte jemand mit einem schmalen harten Gegenstand mit scharfen Kanten versucht, die Steine, die darin gesessen hatten – die Steine – herauszuhebeln …

Sie sackte nach vorn auf die Knie, die Stahlbänder der Tournüre verschoben sich knirschend. Sie nahm es kaum wahr. Nur ihr Herz hörte sie klopfen, mit lauten, hastigen, entsetzten Schlägen. Es war nicht möglich. Es konnte nicht möglich sein. Und doch gab es keine andere Erklärung.

Jemand hatte den Spiegel absichtlich beschädigt.

Gesichter jagten an ihrem inneren Auge vorbei. Lieschens plumpe Miene, Antons schmales, hochmütiges Lächeln. Der Schrecken in Johannas Augen, als sie sie vor dem Spiegel entdeckt hatte – Johanna?! Nein, es war unvorstellbar. Und sie hätte ein Werkzeug bei sich haben müssen. Ein Werkzeug, und Kraft in den dünnen, zierlichen Armen … Kraft. Es kam nur ein Mann in Frage. Aber warum, um Gottes willen? Wozu? Was wollte irgendjemand mit diesen Steinen? Für wen außer ihr selbst hatten sie denn irgendeinen Wert?

Der letzte Gedanke ließ sie zusammenzucken. Er brachte eine Erinnerung mit sich, Wortfetzen, vor gar nicht langer Zeit gesprochen. „Den Spiegel verkaufen … Morgen ist es noch früh genug, ihn hochzuschaffen …" Wer hatte sie gesagt? Johann, mit seinem schiefen, freundlichen Lächeln. Johann, dessen Blick so merkwürdig über den Spiegel gestreift war, als er noch unten in der Halle stand. Johann, der gleich danach Anton zu sich rufen ließ, wegen einer wichtigen Besprechung, und der am nächsten Morgen mit dem Diener ganz plötzlich wieder auf Reisen ging.

Johann.

Sie wollte die Hände vors Gesicht schlagen, wimmern, als der Gedanke sich nicht mehr abweisen ließ. In den weichen Stoff ihrer Handschuhe weinen, bis keine Tränen mehr kamen. Es war kein Entsetzen in ihr gewesen, als sie entdeckt hatte, dass ihr Schmuck verschwunden war. Jetzt – jetzt zerriss es sie beinahe.

„Wie konnten Sie das nur tun …"

Es war ihr Spiegel, *ihr Spiegel*! Das einzige Erbstück ihrer Mutter, das Einzige, was sie für sich allein wollte. Ihr Eigen. Ihr *Eigen*! Er hatte es gewusst, er musste es gewusst haben. Und hatte trotzdem getan, was er für richtig hielt. Ohne auch nur eine Silbe mit ihr darüber zu sprechen.

Sie schlang sich die Arme um den Leib, wiegte sich auf den Knien vor und zurück. Als könnte sie ihn so lindern, den furchtbaren Schmerz. Die harten Zinken des Kamms in ihrer Hand gruben sich durch den Stoff in ihre Haut, aber das war nichts, gar nichts, gegen das, was in ihrem Inneren wütete.

Sie hatte ihm vertraut.

Er hatte sie hintergangen.

Es gab keine Worte, keine Gedanken, die diese beiden Sätze so miteinander verbanden, dass sie einen Sinn ergaben, den sie hätte ertragen können.

Wie lange es dauerte, bis sie sich wieder aufrichten konnte, wusste sie nicht. Der Schmerz im Innern hielt sie immer noch gepackt, wollte sie nicht aus seinen Klauen lassen. Vielleicht würde er es niemals wieder tun. Erschöpft starrte sie sich selbst ins eisblasse Gesicht, das der Spiegel ihr verhalten zurückgab.

„Was soll ich nur tun", flüsterte sie gegen das schweigende Glas. „Oh Gott, was soll ich nur tun?"

Etwas wie Wellen schien einen Herzschlag lang über ihr Spiegelbild zu laufen. Ihr Atem stockte. Bevor sie verstand, was geschah, rollte die Erinnerung aus den Tiefen des Spiegels heran, überspülte sie wie eine kalte Meereswoge. Zog sie mit sich in die Tiefen, wo die Stimme schon auf sie wartete. Die kühle, ruhige, grausame Stimme. Sie konnte ihr nicht entkommen. Nicht einmal jetzt.

Du hast sie wieder nicht ordentlich festgesteckt. Halt den Kopf oben. Jetzt dreh ihn nach links. Du sollst nicht wegzucken! Die Kämme müssen fest sitzen. Sehr fest. Wenn sie nicht an der Kopfhaut kratzen, sind sie zu locker. Willst du Strähnen um den Kopf stehen haben wie eine Fischfrau? Diese Stelle ist wieder nicht richtig ausgekämmt. Du gibst dir keine Mühe, nicht wahr? Komm her, knie dich hin. Knie dich hin, sage ich. Ich werde dir deine Zotteln auskämmen.

Spitze Zinken schienen durch ihre Haare zu fahren, ihr die Kopfhaut zu zerschneiden. Der Schmerz grub sich in sie hinein. Scharf war er und beißend und sehr kalt. Blanka hielt still, ganz still, und wehrte sich nicht.

Wage es nicht zu weinen. Du bist kein Wickelkind mehr, Blanka. Eine Frau zeigt niemals ihre wahren Gefühle. Sie beherrscht sie, was immer auch geschieht. Haltung! Wenn eine Frau keine Haltung hat, hat sie nichts, gar nichts. Und niemand wird dich trösten, wenn du weinst.

Der scharfe, kalte Schmerz drang tiefer in sie ein – wie Messerschneiden aus Eis. Wo sie sie berührten, gefroren alle anderen Gefühle. Selbst das schreckliche Wüten in ihr, das große Weh, das sie auf die Knie gezwungen hatte. Es loderte noch einmal auf und zerrte an ihr, wie ein Tier in seinem Käfig an den Gitterstäben zerrt. Dann verlosch es.

So ist es besser. Jetzt stecken wir sie neu auf. Mit einer gut und sicher gesteckten Frisur kannst du allem begegnen. Halt den Kopf oben! Sonst verrutschen die Kämme.

Ihre Hand hob sich, die Hand, die den Kamm gehalten hatte, die ganze Zeit über. Seine Zinken hatten blutige Punkte auf dem weißen Handschuh hinterlassen. Sie schob den Kamm in ihre Haare, so fest, dass sie sich beim ersten Versuch eine Strähne ausriss. Sie spürte es nicht. Sie spürte nichts mehr.

Steck sie gut fest, so fest, dass du glaubst, du könntest es nicht ertragen. Lass niemanden sehen, wie weich und verletzlich du bist. Die Männer wollen deine Haare nur ansehen, um sich vorzustellen, wie sie sich vor ihnen auf dem Kissen ausbreiten. Und wenn sie es tun, achten sie dich nicht mehr. Männer! Häng nie dein Glück an sie. Was wissen sie schon von Liebe. Was wollen sie schon von ihr wissen! Du wirst es lernen, ja, du wirst es lernen. Du wirst erkennen, wie sie sind.

Der Kamm saß fest. Blanka richtete sich auf. Ihr Gesicht war glatt und weiß und zeigte keine Spuren. Sie strich sich über den Rock. Dann ging sie zur Tür, ohne sich noch einmal umzusehen.

Mit einer gut gesteckten Frisur kannst du allem begegnen.

Niemals in ihrem Leben hatte Sophie sich so elend gefühlt wie in jenen Minuten, als sie im Damenzimmer ihrer Herrin von Antons Diebstahl berichten musste. Als Blanka von Rapp wieder herunterkam mit sehr bleichem, sehr gefasstem Gesicht, sagte sie nur einen einzigen Satz:

„Erzählen Sie."

Und Sophie wusste sofort, was sie meinte. Sie würgte an den einzelnen Worten wie an schlechtem Essen, quälte sie heraus wie Brocken von Gift. Sie stammelte und stotterte, suchte nach Erklärungen, Beschönigungen, die es nicht gab. Als Blanka von Rapp ihr irgendwann mit einer Handbewegung Schweigen gebot, verstummte sie beschämt.

„Es ist gut, Fräulein Sophie. Es ist gut."

„Ich hätte es Ihnen sagen müssen", murmelte Sophie. „Aber ich wusste nicht, wie. Und ich wollte Sie nicht beunruhigen, gnädige Frau. Bitte glauben Sie mir. Es war kein böser Wille."

„Nun, *jetzt* bin ich beunruhigt", sagte Frau von Rapp, immer noch so erstaunlich gefasst, wie sie die ganze Zeit über ausgesehen hatte, seit sie wieder heruntergekommen war. In ihrem Gesicht bewegte sich nichts, nur der Mund, der sprach, mit einer ganz ruhigen, klaren Stimme.

„Es ist nicht mehr zu ändern. Man hätte mit mir sprechen können – man hätte mit mir sprechen sollen. Niemand hat es getan, vor lauter Sorge, ich würde zerspringen wie eine

Porzellanschale. Nun, ich zerspringe nicht, Fräulein Sophie. Ich tue, was getan werden muss. Über alles andere ..." Ihre Stimme wurde kalt. Der Klang war so ungewohnt aus ihrem Mund, dass er Sophie frösteln machte. „Über alles andere werde ich mir Gedanken machen, wenn ich die Zeit dafür finde. Jetzt habe ich sie jedenfalls nicht. Schicken Sie Lieschen zu den Männern nach oben. Der Hüttenmeister soll herunterkommen, Paulsen heißt er, glaube ich. Ich werde mit ihm sprechen."

„Natürlich – natürlich", stammelte Sophie.

Der Hüttenmeister kam; aber er war nicht allein. Als es an der Haustür klopfte und Blanka von Rapp und Sophie beide so schnell nach vorn gingen, wie es der Anstand gerade noch erlaubte, leuchtete ihnen roter Fackelschein durch die Milchglasscheibe entgegen, und Sophie hörte Stimmengewirr. Zu ihrem grenzenlosen Erstaunen riss Frau von Rapp ohne zu zögern die Haustür auf.

Der leichte Wind trieb den Vorhang aus Schneeflocken in die Halle, sie bestäubten ihren Samtrock mit kühlem Geglitzer. Sie blieb auf der Türschwelle stehen, das Licht aus der Halle strömte an ihr vorbei. Die Stimmen verstummten. Minutenlang geschah nichts.

Vorsichtig stellte Sophie sich auf die Zehenspitzen und sah ihrer Herrin über die Schulter.

Der Vorplatz war voller Männer. Alle hatten die Mützen abgenommen. Sie erkannte Willem, Willem und – Marek. Und ganz vorn stand ein kleiner, älterer Mann, der seine Mütze in den Händen drehte.

„Tjä, gnä' Frau", sagte er etwas hilflos, machte einen schiefen Diener, und Sophie begriff, dass es der Hüttenmeister sein musste. „Sie haben woll nach mir geschickt ..."

„Ja", sagte Blanka von Rapp kühl. „Nach Ihnen, Herr Paulsen. Nicht nach der ganzen Belegschaft."

Ein Tuscheln ging über den Platz. Der Hüttenmeister richtete sich ein wenig höher auf.

„Tjä, watt soll man machen, gnä' Frau … Meine Männer warten schon den ganzen Tag. Sie kriegen allmählich Hunger."

„Und Durst!", grölte jemand weiter hinten. Einige der Männer lachten. Der Hüttenmeister winkte ab.

„Und Durst", wiederholte er friedlich, als das Gelächter verstummt war. „Mehr Hirn könnten einige man woll auch gebrauchen, aber das ist für Geld leider nicht zu kriegen. Was das andere betrifft – nun, wir sind hier, gnädige Frau. Bereit für die Auszahlung."

Oh Gott, dachte Sophie. Mit dem Hüttenmeister allein hätte sie ja vielleicht reden können – ihn überzeugen zu warten, irgendetwas. Aber mit dieser Menge …

„Ich verstehe Ihr Anliegen", sagte Blanka von Rapp ruhig, ohne Zögern. „Aber zu meinem Bedauern kann ich ihm nicht entsprechen."

Wieder entstand Unruhe.

„Was soll das heißen", rief einer, „was ist mit unserem Geld? Das steht uns zu, gnä' Frau!" Es gab Sophie einen Stich, als sie feststellen musste, dass der Rufer Willem war, nicht Marek.

„Natürlich steht es Ihnen zu", sagte Frau von Rapp unbewegt, „es soll Ihnen auch nicht vorenthalten werden. Aber es ist nicht hier. Herr von Rapp hat es mit sich genommen, und wie Sie sicher schon bemerkt haben, ist er bisher noch nicht zurückgekehrt."

Die Unruhe wurde stärker. Der Hüttenmeister Paulsen kratzte sich am Kopf.

„Je nun, gnä' Frau. Das ist nicht so gut."

„Ich kann Ihnen kein Geld aushändigen, das ich nicht habe."

Klar und kräftig schwebte ihre Stimme über dem Tuscheln und Scharren. Blitzartig überfiel Sophie der Gedanke, dass sie sie in diesem Moment an Johanna erinnerte, Johanna, die sanfte, helle, kleine Trompete. Nur dass in Frau von Rapps Stimme jede Sanftheit fehlte.

„Ach, kommen Sie, Gnädigste", rief jemand aus dem rötlichen Halbdunkel. „Sie haben doch das ganze Haus voller Ringe und Ketten und Klunker! Die sind so gut wie Geld, noch besser!"

„Ja", sagte Marek halblaut, „so kostbare Klunker wie die Dinger an dem hässlichen alten Spiegel."

Sophie zuckte zusammen, aber von der Hausherrin kam kein einziger Laut. Stattdessen brachen mehrere der Arbeiter in ein wieherndes Gelächter aus, das sie nicht verstand.

„Ich habe keinen Schmuck", sagte Blanka von Rapp schneidend, und das Gelächter erstarb. „Wollen Sie vielleicht das Haus durchsuchen, um sich davon zu überzeugen?"

Oh Gott, durchfuhr es Sophie wieder. Oh du mein Herrgott!

Bei den Arbeitern rührte sich niemand. Aber Blanka von Rapp trat plötzlich einen Schritt vor und riss ihre rechte Hand in die Höhe. Die Bewegung kam so plötzlich, so unerwartet, dass mehrere der Männer zurückwichen.

„Alles, was ich derzeit habe", sagte sie, so kalt wie der Wind, „ist der Trauring an meinem Finger."

Sie hielt ihren Arm vor sich hin, in den leeren Raum zwischen den Arbeitern und dem Herrenhaus, unwirklich elegant, wie eine Dame beim Ball, die ihren Tanzpartner einlädt. Schneeflocken sanken lautlos auf ihren Ärmel nieder, auf den Handschuh, der ihre Haut bedeckte. Über dem vierten Finger wölbte sich der dünne Stoff um eine Winzigkeit. Alle Augen starrten auf diese Stelle. Die Hand zitterte nicht.

„Mein Ehemann hat ihn mir bei unserer Hochzeit angesteckt. Das ist Jahre her. Inzwischen sitzt er so fest, dass ich ihn nicht einmal mit Seife herunterbekomme. Wollen Sie", ihre Stimme wurde leiser, leiser und noch kälter, „wollen Sie ihn mir vielleicht mit dem Finger zusammen abschneiden, um zu Ihrem Lohn zu kommen?"

„Oh Gott, Gnädigste", murmelte Paulsen erschreckt und trat mehrere Schritte zurück, „so haben wir es doch nicht ..."

„Tun Sie's, wenn Sie es fertigbringen!"

Sophie stockte der Atem, und die Zeit schien einzufrieren. Niemand regte sich. Nur die Schneekristalle fielen weiter herab, setzten sich auf den Handschuh, bis es aussah, als wäre er ganz mit winzigen, funkelnden Edelsteinsplittern übersät. Es war das Schönste und das Eigenartigste, was Sophie seit langer Zeit gesehen hatte.

Endlich, nach Stunden oder Jahren, brach Blanka von Rapp das Schweigen.

„Wenn Sie es nicht können, dann gehen Sie jetzt zurück an Ihre Arbeit. Oder nach Hause zu Ihren Familien. Ich kann Ihnen nicht mehr geben als mein Wort, dass Sie Ihren Lohn erhalten werden. Früher oder später. Bescheiden Sie sich damit – oder holen Sie ein scharfes Messer."

Langsam zog sie ihre Hand zurück. Etwas wie ein Aufatmen ging durch die Menge. Die Männer murmelten, scharrten mit den Füßen. Keiner brüllte, keiner lachte. Keiner riss den Mund auf zu einem schwarzen, schreienden Loch. Der Hüttenmeister brummelte irgendetwas, das nach beschämter Zustimmung klang. Nach und nach zog sich die Menge zurück. Schnee knirschte unter vielen Stiefeln.

Dann war der Vorplatz leer, und der Fackelschein wanderte langsam die Straße hinauf.

Sophie atmete zitternd aus.

„Sie werden heute nicht mehr wiederkommen“, sagte Blanka von Rapp und ging in die Halle. „Ich kenne die *Canaille.* Sie hat kein Durchhaltevermögen. Und was morgen ist … Wir werden sehen. Wir werden sehen, Fräulein Sophie.“

„Ja“, sagte Sophie, eingeschüchtert wie ein Schulmädchen. Sie wagte es nicht einmal, darauf hinzuweisen, dass Blanka von Rapp eben einen ganzen Schritt aus dem Haus getreten war, ohne es überhaupt zu bemerken.

Schaudernd schloss Sophie die Haustür.

Das Mädchen war nie wieder ungehorsam. Es wuchs heran, und von der Mutter lernte es all die Dinge, die ein junges Mädchen von Stand wissen musste: wie man vor Grafen knickste und wie vor Herzoginnen; wie man Konversation machte und wie man eine Tanzkarte führte; und wie man immer ein Lächeln auf den Lippen behielt, auch wenn es einem die Brust zerriss. Die Gäste, die kamen, sagten, dass es schön war, mit schneeweißer Haut und Haaren, so schwarz wie Ebenholz. Bald gab es viele Gäste, und immer waren auch junge Männer dabei. Sie streiften das Mädchen mit schüchternen Blicken, die es nicht deuten konnte und die es doch seltsam befangen machten. Die Mutter schickte sie alle wieder weg, einen nach dem anderen. Das Mädchen spürte vage, das mit ihnen etwas fortging, eine Gelegenheit vielleicht, eine Möglichkeit für etwas, das anders war als das Leben im Schloss. Aber es verbarg alle Fragen hinter sittsam niedergeschlagenen Lidern.

Nur manchmal, wenn die Mauern des Schlosses so drückend auf ihm zu lasten schienen, dass es glaubte, keine Luft zum Atmen mehr zu haben, schlich es sich heimlich davon, im Morgengrauen, wenn selbst die Mägde noch schliefen. Im bloßen Nachthemd unter dem Mantel lief es dann zum Wald hinunter, verbarg sich zwischen den Bäumen, atmete die klare, frische Luft in tiefen Zügen. Und wenn dann das Morgenlicht weich durch die Zweige fiel und die ersten Vögel erwachten, vergaß es das Schloss und die Mauern für eine kleine, selige Weile. Dann warf es den Mantel ab, hob die Arme über den Kopf, drehte sich und tanzte zu der Musik, die der Wald ihm spielte, ohne Schrittfolgen, ohne Takt, ganz allein, nur für sich selbst. Und manchmal, ganz selten, fühlte es sich dabei fast so, als ob es glücklich wäre.

An einem Frühlingsmorgen, als das Mädchen wieder so tanzte, verstummten die Vögel plötzlich und es raschelte in den Zweigen. Das Mädchen erschrak und wollte flüchten, aber eine Stimme sprach es von den Bäumen her an, und diese Stimme war so sanft und so freundlich, dass es innehielt.

„Bleib doch", bat die Stimme, „ich will dich nicht verjagen. Ich könnte es mir nie verzeihen."

Das Mädchen wickelte sich hastig in den Mantel und spähte ängstlich zwischen die Stämme.

„Dein Tanz ist so wunderschön", sagte die Stimme, „ich glaube, er ist das Schönste, was ich je gesehen habe. Dabei war ich erst gestern auf einem Schloss, von dem man sagt, dass das schönste Mädchen der Gegend dort wohnt. Aber ich habe sie lange nicht so schön gefunden wie dich."

„Wer sind Sie", rief das Mädchen voller Furcht, „und was reden Sie da? Es gibt nur ein Schloss in diesem Teil des Landes, und dort lebe ich, und ich bin nicht schön."

Da trat ein junger Mann auf die Lichtung, und als sie sich gegenüberstanden, rief er erstaunt: „Du bist es ja, du bist – Sie sind das Mädchen vom Schloss!"

Er riss den Hut vom Kopf, verbeugte sich tief.

„Verzeihen Sie", sagte er dabei, plötzlich ganz steif. „Das war sehr ungehörig von mir. Meine einzige Entschuldigung ist, dass ich es wirklich nicht besser wusste."

Noch nie hatte sich ein junger Mann bei dem Mädchen entschuldigt. Es wusste nicht, wie es darauf antworten sollte. Aber er klang so unglücklich, und er hatte recht; jetzt, als das Mädchen ihn vor sich sah, erinnerte es sich, dass er zu den Gästen beim Abendessen gehört hatte. Verwirrt murmelte es nur:

„Wie konnten wir uns denn nicht gleich erkennen?"

„Ach, das ist leicht", sagte er eifrig, den Hut immer noch in der Hand. „Sie hielten die ganze Zeit den Kopf gesenkt, und ich sprach Sie nicht an, weil ich es nicht wagte. Ich wusste, Ihre Frau Mutter wünschte es nicht. Ich bin auf Reisen in dieser Gegend. Mein Vater ist Kaufmann, und er war ein Freund Ihres Vaters, als er noch lebte. Er schrieb Ihrer Frau Mutter und bat sie, mich freundlich aufzunehmen, und sie tat es, weil sie es ihm nicht abschlagen konnte. Aber da

ich nur eines Kaufmanns Sohn bin, verachtete sie mich, ich spürte es wohl. So blieb ich stumm wie ein Fisch."

Das Mädchen schämte sich furchtbar, weil ein Gast es im Nachthemd tanzen gesehen hatte. Aber es hörte doch, wie freundlich er sprach, und seine Augen leuchteten so warm; und ihre Väter waren befreundet gewesen … Es spürte einen Stich, als es an den Vater dachte, und dieser Stich war es vielleicht, warum es nicht weglief, sondern leise fragte: „Und jetzt – jetzt müssen Sie gleich wieder fahren und Ihre Reise fortsetzen?"

„Ja", sagte der junge Mann, „in einer Stunde muss ich aufbrechen. Ich kam nur, um mir den Wald einmal anzusehen. Aber nun habe ich …" Er brach ab, und verwundert sah das Mädchen, dass Schamröte in seinem Gesicht aufstieg. Er schluckte. „Nun habe ich – Sie darin gefunden. Ich wusste nicht, dass Sie so – so sein können …"

Er blickte das Mädchen an. Bewunderung lag in diesem Blick, so klar und so offen, dass es ungehörig war. Aber das Mädchen schlug die Augen nicht nieder, weil unter der Bewunderung noch etwas anderes war, etwas, das mit ihr zusammenhing und gleichzeitig viel tiefer, viel wichtiger war. Verwundbar, dachte das Mädchen staunend, ohne selbst zu verstehen, was es damit meinte. Er ist so verwundbar, wie ich es bin …

Sie senkten beide die Köpfe und schwiegen eine Weile.

„Geschäfte gibt es viele", sagte er schließlich zögernd, „an allen Orten, wenn man weiß, wie man sie findet. Ich – ich könnte wiederkommen, in diese Gegend. Ich könnte es, wenn Sie es wünschen."

Das Mädchen wagte nicht aufzusehen. Es spürte, wie sich etwas in ihm zu regen begann, etwas Neues, Fremdes, das beunruhigend war. Beunruhigend und – und was? Das Mädchen wusste es nicht. Aber es wollte nicht, dass das Gefühl wieder verschwand.

„Ja", flüsterte es, ohne ihn anzusehen, obwohl es wusste, dass es das Ungehorsamste war, was ein junges Mädchen tun konnte. „Ja, ich glaube, das wünsche ich."

Sechs

Im fahlen Morgenlicht saß Blanka allein an Johannas Bett. Mechanisch beugte sie sich alle paar Minuten vor, um einen neuen Halswickel auszuwringen und dem Mädchen umzulegen; mechanisch richtete sie sich wieder auf und legte die Hände in den Schoß, bis es Zeit war für das nächste Mal. Die kleinen Schürfwunden an ihren Rippenbögen mussten sich im Lauf der Nacht wieder geöffnet und geblutet haben; der Stoff des Hemdes unter dem Korsett blieb manchmal hängen und löste sich nur zögernd, wenn sie sich vorbeugte. Sie empfand keinen Schmerz, obwohl sie wusste, dass die Wunden eigentlich wehtun mussten, genau wie der Rücken nach dem stundenlangen aufrechten Sitzen, wie die Beine von der harten Stuhlkante und der Kopf vom wieder fehlenden Schlaf. Sie spürte es nicht. Seit sie die winzigen Kratzspuren am Spiegel entdeckt, seit sie verstanden hatte, was sie bedeuteten, fühlte sich ihr Inneres an wie ein Stück totes Holz, mit Eis überzogen.

Aber ihre Gedanken kreisten unaufhörlich.

Manchmal klopfte es an der Tür, wenn Lieschen kam oder Sophie, die sie ablösen wollten. Sie schickte sie wieder fort. Sie brauchte die Stille hier oben im Kinderzimmer, das Alleinsein neben der schlafenden Johanna. Niemals zuvor war ihr so sehr bewusst geworden, dass es tagsüber im ganzen Herrenhaus keinen einzigen Platz gab, an den man sich zurückziehen konnte, wenn man ungestört sein wollte, unbeobachtet. Wenn einem so vieles durch den Kopf ging, dass man es nicht mehr fertigbrachte, darauf zu achten, dass nichts von all dem sich in den eigenen Zügen widerspiegelte. Nur hier oben und nur jetzt hatte sie einen Ort gefunden, der eine kurze Zeitlang ihr ganz allein gehörte.

Es waren nicht die Arbeiter, über die sie grübelte. Sie bedeuteten nichts. Ihr Zorn, ihre Unverschämtheit hatten sich geduckt und waren vor ihr zurückgewichen, gestern Abend, als sie vor sie hingetreten war. Sie wusste nicht mehr, was ihr den Gedanken eingegeben hatte, den Ehering anzusprechen, die Hand so dramatisch in die Höhe zu reißen, ihre Hand, die sie doch so sorgsam versteckte. Es spielte keine Rolle. Sie hatte nichts dabei empfunden, keine Furcht, keine Scham. Nein, nicht einmal Scham, die sie sonst so fest im Griff hielt.

Nur Kälte.

Mochten sie wiederkommen, ihre sinnlosen Forderungen stellen. Es war nur der Pöbel, der unten ans Schlosstor hämmerte, der Plebs, der nicht mehr Entschlossenheit hatte als Spucke im Wind. Sie bedeuteten nichts, gar nichts. Sie konnten sie nicht berühren. Nichts konnte sie mehr berühren.

Nur das Fauchen störte sie, das unterschwellige Zischen, das unablässig durch das undichte Fenster von draußen hereinströmte. Es konnte der Wind sein, der die Flocken vor der Scheibe durcheinanderwirbelte; wahrscheinlich war es der Wind. Aber darunter schien wieder jenes andere Geräusch zu liegen, das sie so oft hörte und das niemand anderes je hatte zur Kenntnis nehmen wollen: die Stimmen der Schmelzöfen aus der Glashütte, das gierige Schlürfen, mit dem die Luft ins Feuer gesogen wurde. Es war lauter geworden in der Nacht – sehr viel lauter. Sie bekam es nicht aus dem Kopf, so sehr sie sich auch konzentrierte. Und es beunruhigte sie. Fast so sehr wie die Gedanken, die sich nicht abschütteln ließen. Die Gedanken an Johann.

Sie hatte ihm vertraut.

Er hatte sie hintergangen.

Blanka stand auf, schob leise den Stuhl zurück und trat ans Fenster. Sie schaute weit nach rechts hinüber, verdrehte fast den Hals. Aber die Werkshalle und der rote Turm verbargen sich hinter dem Schneegestöber. Es gab keine Farben. Die Welt war trübweiß und schwarz und wie erstarrt unter den tanzenden Flocken.

Nur in der Nähe der Hintertür schien sich etwas zu regen, der Hintertür, die aus einem kleinen Vorbau in den Park führte, und auf die Rückseite des Hauses, zu den Schuppen. Die Dienstboten benutzten sie gewöhnlich; sie bewahrten Gartengeräte in dem Vorbau auf, Stiefel, Ascheimer. Blanka nahm die Bewegung nur zufällig aus dem Augenwinkel wahr: ein Schemen, ein dunkler Flecken, der sich auf einen anderen dunklen Flecken zubewegte.

Blanka runzelte die Stirn, als sie erkannte, dass der eine Schemen Lieschen war, Lieschens wollenes Schultertuch, das sie sich über den Kopf gezogen hatte. Gegen den Schneewind oder gegen neugierige Blicke? Was tat sie draußen, bei dieser Kälte?

Blanka beugte sich vor und presste die Stirn gegen die Scheibe. Eine Böe rauschte am Fenster vorbei. Unten, auf dem Weg, zog sie etwas mit sich und wirbelte es durch die Luft. Etwas Kleines, Dunkles.

Eine Schirmmütze.

Die beiden Schemen begegneten sich und schienen miteinander zu verschmelzen. Helle Gesichter leuchteten auf, ein Schopf blonder Haare, aber es waren nicht Lieschens Zöpfe.

„Willem", murmelte Blanka erstaunt.

Sie umfingen sich, nur ganz kurz, aber hingebungsvoll. Ein Körper presste sich an den anderen.

Blanka schluckte trocken. Der Anblick stieß sie ab, aber gleichzeitig berührte er etwas in ihr, kein Gefühl, vielleicht die Erinnerung an eines. Etwas, das vor langer Zeit gestorben war. Es hatte mit dem zu tun, was da draußen bei der Hintertür geschah, und mit der stickigen Dunkelheit im Schlafzimmer, wenn die rosa Marmorampel ausgelöscht wurde und die einzigen Geräusche, die man noch hörte, das Rascheln des Federbetts und heftige Atemzüge waren. Und es war doch etwas vollkommen anderes. Es hatte keinen Namen, keine Bezeichnung. Aber vielleicht hatte sie einmal gewusst, wie es hieß.

Es bewegte sich jetzt in ihr, ganz sacht. Wie die Blätter an den Bäumen, wenn der Wind durch den Wald streicht.

Der Wald ...

Eine schwarze, schwere Wolke senkte sich über ihre Gedanken.

Nein, nein, nicht der Wald. Nicht der Wald. Niemals mehr der Wald.

Sie wischte das Gefühl hastig beiseite, was auch immer es war, konzentrierte sich auf den anderen Gedanken, den kalten, harten.

„Er hat mich hintergangen", flüsterte sie gegen die Scheibe. „Ich bin ihm ganz gleichgültig."

Unten lösten sich die Gestalten voneinander. Lieschen hielt etwas in die Höhe, eine kleine, weiße Emaillekanne. Willem griff danach, so gierig, wie er nach ihr gegriffen hatte; und gierig trank er auch, bevor er Lieschen die Kanne zurückgab und das Hausmädchen wieder an sich zog. Mochte es gestohlene Suppe gewesen sein oder gestohlener Kaffee; Blanka kümmerte es nicht. Sie nahm es kaum wahr.

Es ist nicht immer so gewesen, flüsterte es in ihr. Nicht immer so – widerwärtig …

„Genug!", sie presste die Hände gegen die Schläfen. Abrupt wandte sie sich vom Fenster ab und ging zurück zum Kinderbett, in dem Johanna unschuldig schlief.

Sophie starrte in die endlos fallenden Flocken und verfluchte sie stumm. Sie fühlte sich furchtbar erschöpft. Stundenlang hatte sie wach gelegen, hatte auf jedes noch so leise Geräusch gelauscht. Es war schrecklich gewesen, als die Männer zum Herrenhaus gekommen waren; noch schrecklicher war es jetzt, da sie wusste, dass sie wieder dort oben in der Hütte waren und sie nicht einmal mehr ahnen konnte, was sie taten. Was sie planten. Was sie vielleicht vorbereiteten … Wenn irgendjemand gestern noch wirklich geglaubt hatte, dass Herr von Rapp bald zurückkehren und alles sich in seiner gewohnten Ordnung auflösen würde, hatte der verhangene Himmel ihn längst eines Besseren belehrt. Schnee, immer nur noch mehr Schnee. Es konnte nirgendwo mehr ein Durchkommen sein.

Sophie stützte die Hände aufs Fensterbrett. Die Stickarbeit, die sie sich vorgenommen hatte, lag längst müßig in ihrem Schoß. Sie würden wiederkommen. Die Arbeiter würden wiederkommen. Sie hatten ja keine andere Wahl. Sie brauchten das Geld, ihre Familien, ihre Kinder brauchten es. Und wenn sie wiederkamen – mit welcher unerwarteten, beeindruckenden Pose würde Frau von Rapp sie dieses Mal in ihre Schranken weisen? Wie seltsam er gewesen war, dieser Moment gestern, dort draußen im Schnee. Dieser harte, unnahbare Glanz, der von der Hausherrin ausgegangen war, der die Arbeiter bezwungen hatte, mit nur ein paar Worten, einer Geste. Unerwartet und beeindruckend, ja.

Aber nicht alles davon war klug gewählt gewesen.

„Wollen Sie vielleicht das Haus durchsuchen …?"

Sophie strich ein Schauer das Kreuz hinunter. Oh Gott, warum hatte sie diesen einen Satz nur gesagt! Er würde die Arbeiter noch auf ungute Gedanken bringen. Wenn sie die nicht längst schon hatten. Wenn sie nicht schon Dinge planten, da oben, in der Hütte …

Schritte polterten durch den Flur. Sophie richtete sich hastig auf und strich sich die Bluse glatt. Einen Augenblick später kam Lieschen ins Damenzimmer, blieb verdutzt stehen, als sie Sophie am Fenster sah.

„Oh, Frollein, da sind Sie. Hat die Gnädige sich denn immer noch nicht ablösen lassen?"

„Nein", antwortete Sophie und nahm pflichtschuldig den Stickrahmen wieder auf. Als sie sich eben darüberbeugen wollte, blieb ihr Blick an ein paar Schneekristallen hängen, die langsam in einer Strähne über Lieschens Stirn vor sich hinschmolzen.

„Habe einen Aschekasten draußen geleert, Frollein Sophie", sagte Lieschen und zuckte die Achseln. „Muss öfter sein, wenn die Kachelöfen so stark ziehen wie jetzt."

Sophie verstand nicht allzu viel von Öfen. Man tat Holz oder Kohle hinein und bekam Wärme heraus. Sie nickte Lieschen zu.

„Dann sieh nur zu, dass du dich wieder aufwärmst."

„Mach ich, Frollein", Lieschen knickste. Sophie wandte sich der Stickarbeit zu. Nach der kleinen Kanne, die Lieschen seltsamerweise unter dem Arm trug, fragte sie gar nicht mehr. Ihre eigenen sorgenvollen Gedanken hüllten sie schnell wieder ein.

Das Tonikum schien inzwischen gut zu wirken. Johanna lag viel ruhiger als in den Tagen zuvor, sie warf sich nicht mehr herum, murmelte nicht mehr im Schlaf. Ihr Kopf fühlte sich noch sehr warm an, aber nicht mehr glühheiß, und die fiebrige Röte in ihrem Gesicht schien allmählich zurückzugehen. Blanka nahm die Hand von ihrer Stirn und strich sich nachdenklich über die eigene Wange. Sie fühlte die Berührung kaum, aber sie wusste, dass ihre behandschuhten Finger eine Haut berührten, die weißer und glatter war als der Schnee. Das Wissen beruhigte sie. Immer schon war sie so gewesen, weiß und glatt und damenhaft. Wie die wunderbare Haut ihrer Mutter … Wie Johannas Haut sein würde, wenn sie heranwuchs, wenn sie sich von einem Kind zum Mädchen verwandelte und schließlich zu einer jungen Frau. Weiß und glatt und rein. Blanka würde dafür sorgen. Das war ihre Pflicht. Kein solches Herumtollen mehr im winterlichen Park, wo der Frost nur darauf lauerte, in die zarten Wangen zu beißen und sie so hässlich zu verfärben. Kein unbedachtes Spiel mehr auf dem Rasen im August, ohne Sonnenhut, ohne Schirm. Sommersprossen waren selbst mit Buttermilch und Bleiche so schwer zu bekämpfen. Und diese schmutzig wirkende Bräune, wie bei Bauernkindern – *Bauernkinder … lachende braune Gesichter … blitzende Augen, flinke Glieder im Spiel, im Tanz … Sonnenflecken und Blätterschatten …*

Unwillig schüttelte sie den Kopf. Würde sie ihre Gedanken denn heute gar nicht unter Kontrolle bringen?

Sie griff nach dem Fläschchen mit Tonikum, das auf dem Nachttischchen stand. Als sie es an die Lippen setzte, rann nur ein einzelner, zögernder Tropfen daraus auf ihre Zunge. Erstaunt betrachtete sie die Flasche. Hatte sie so viel daraus getrunken in der Nacht? Sie war sicher, dass sie Johanna das Tonikum immer nur in winzigen Dosen eingeflößt hatte, alle Stunde zwei Tropfen, niemals mehr. Immer, wenn sie schwach die Standuhr unten in der Halle hatte schlagen hören. Und sie selbst nahm stets einen einzigen Schluck, sie musste nicht einmal mehr darüber nachdenken, es war wie ein Mechanismus. Wie konnte die Flasche also leer sein?

Unbehagen erfasste sie. Als Hausherrin kannte sie alle Vorratsschränke und Kammern, und sie wusste genau, was sich wo befand. Erst recht, seit sie keine Mamsell mehr hatten. Es gab immer nur eine einzige Flasche im Haus, die, die sie bei sich trug oder auf ihren Nachttisch stellte. Johann orderte sie wohl, er hatte immer schon alles geordert, was aus der Apotheke kam – wie Kopfschmerzpulver oder Riechsalz oder Borax. Aber Blanka wusste immer, wie viel in der Flasche noch vorrätig war, damit sie ihn an die Bestellung erinnern konnte, falls er es einmal vergaß.

Hatte er es diesmal vergessen? Oder saß das Tonikum mit ihm zusammen in der Stadt fest?

Sie drehte die leere Flasche zwischen den Fingern. Das war nicht gut. Nein, das war nicht gut.

Um die Mittagszeit begriff Sophie, dass Blanka von Rapp den ganzen Tag nicht herunterkommen würde. Es gab hier unten ja auch nichts zu tun. Der Schnee hielt das Haus wie im Winterschlaf gefangen. Aber die Herrin musste essen, und das kranke kleine Mädchen auch.

Sie legte den Stickrahmen beiseite, drückte das Kreuz durch gegen die Lethargie, die sie wieder in den Sessel sinken lassen wollte. Griff nach dem Klingelzug an der Wand. Als Lieschen kam, mit wieder trockenem Haar, befahl sie ihr, Frau Herrman in der Küche heute ein Tablett mit dem Mittagessen beladen zu lassen, statt dass es wie sonst im Esszimmer serviert wurde. Sie mussten froh und dankbar sein, dass die Köchin auch heute den kalten Weg vom Dorf hoch zum Haus auf sich genommen hatte … Und essen mussten sie alle, ganz gleich, was die Arbeiter nun taten oder nicht taten. Praktisch denken! Das half, wenn auch nur ein wenig.

Als Lieschen zurückkam, nahm sie ihr das Tablett ab und trug es selbst die Bodentreppe hinauf. Aus den Suppentellern stieg köstlicher Dampf auf und erinnerte sie daran, dass sie beim Frühstück auch nur an einem Toast geknabbert hatte. Das Gefühl des Hungers belebte sie auf eigenartige Weise.

Weil sie keine Hand frei hatte, rief sie vor der Kinderzimmertür:

„Ich bin es, gnädige Frau. Ich bringe das Essen für Sie und Fräulein Johanna."

Einen Moment lang blieb alles still. Nur der Wind seufzte draußen an der Hauswand entlang.

„Bitte", sagte Frau von Rapp schließlich drinnen, und Sophie klinkte mit dem Ellenbogen die Tür auf.

Die Hausherrin saß auf dem Kinderstuhl, als hätte sie sich die ganze Nacht nicht bewegt. Jedes Haar ihrer Frisur saß an seinem Platz, ihr Rücken war kerzengerade, der Rock faltenlos. Ihr Gesicht war noch bleicher als sonst, aber das ließ die feinen Züge nur noch deutlicher hervortreten. So ebenmäßig … So ebenmäßig und so ausdruckslos, wie das Gesicht der kleinen Alabasterbüste, unten im Arbeitszimmer. Nur die hellen Augen unter den schwarzen Brauen strahlten mit einer kühlen Intensität, die Sophie noch nie in ihnen gesehen hatte.

Sie stellte das Tablett auf dem Tisch ab, und Frau von Rapp bedankte sich mit einem Nicken.

„Johanna geht es besser", sagte sie.

Sophie sah zum Bett. Das kleine Mädchen lag still auf dem Rücken. Der schmale Brustkorb hob und senkte sich unter der Bettdecke, regelmäßig, aber sehr langsam. Etwas an dieser Langsamkeit, an dieser Stille gefiel Sophie nicht. Hatte das Fieber den schmalen Körper schon so sehr zerrüttet, dass Johanna in eine Art stumpfe Apathie gefallen war?

Sie ließ das Essen stehen und ging zum Bett hinüber, vorbei an Blanka von Rapp, die ihre Bewegung wohlwollend zu genehmigen schien und die beinahe betäubend nach Lavendel duftete. War das Gesichtchen in den Kissen tatsächlich blasser geworden? Die Wangen schimmerten immer noch tiefrot. Aber um Mund und Kinn herum waren hellere Stellen. Es sah ein wenig fleckig aus.

Sophie legte ihr die Hand auf die Stirn. Sie schien wirklich kühler zu sein als gestern. Aber dieser hellere Bereich … Er erinnerte sie an etwas, etwas, das sie schon einmal gesehen hatte. Vor langer Zeit, in der Warteschule. Etwas, das nichts Gutes bedeutete.

Konnte es – konnte es ein Milchbart sein?

Sophie kniff die Augen zusammen. Sie bückte sich, versuchte festzustellen, ob die Röte auf Johannas Wangen nur ein farbiger Hauch war, oder ob sich darunter Pusteln verbargen. Es war nicht sicher zu erkennen. Als sie darüberstrich, schien die Haut sich glatt anzufühlen.

Sie warf Frau von Rapp einen entschuldigenden Blick zu, zog dann Johannas Nachthemd am Ausschnitt nach unten, soweit es ging. Nein, keine Pusteln hier, nur blasse weiche Kinderhaut über den zarten Knochen.

Aber der Verdacht, der Sophie ergriffen hatte, wollte sie nicht wieder loslassen.

Sie ließ das Nachthemd zurückrutschen, öffnete dem schlafenden Mädchen behutsam den Mund. Die Zunge war immer noch sehr rot. Zu rot? Wie sollte man das abschätzen?

„Gnädige Frau", sagte Sophie schließlich zögernd und drehte sich um, „ich glaube … Es ist vielleicht möglich, dass – dass Johanna Scharlach hat."

Es schauderte sie selbst, als sie es aussprach, das Wort. Scharlach. Der rote Tod im Kinderzimmer. Und die Jodtinktur war schon zur Neige gegangen …

Blanka von Rapp schüttelte den Kopf.

„Nein, Fräulein Sophie. Ich bin sicher, dass Sie sich irren. Es geht ihr besser. Das sehen Sie doch."

Sophie räusperte sich. „Verzeihen Sie, gnädige Frau, aber – solche Zwischenphasen gibt es beim Scharlach auch. Johanna hatte die ganze Zeit über sehr hohes Fieber und furchtbares Halsweh. Und diese Stellen da", sie deutete auf Johannas Mund, „diese weißen Bereiche, sie haben eine ungute Form. Eine ungute, möglicherweise typische Form. Ich fürchte, dass es das ist, was man einen Milchbart nennt. Ich kann noch keine Pusteln entdecken, aber …"

„Nein", sagte Blanka von Rapp wieder, erstaunlich ruhig. „Das Fieber ist gesunken. Ich weiß es. Ich habe die ganze Nacht bei ihr gesessen und ihr ein Fiebermittel eingegeben. Es wird ihr bald besser gehen."

„Ein Fiebermittel? Woher …"

Sophies suchender Blick fiel auf den Tisch, auf das braune Fläschchen, das dort stand. Das Fläschchen mit dem Tonikum. Die Fowlersche Lösung.

Sophie räusperte sich wieder. „Ich – ich bin nicht sicher, ob das wirklich klug war, gnädige Frau. Solche Mittel sollten doch von einem Arzt verabreicht werden. Er kennt die richtige Dosis. Johanna ist ja immerhin noch ein Kind …" Der Satz verblasste hilflos.

„Wollen Sie vielleicht zum Ausdruck bringen, ich wüsste nicht, was gut ist für mein eigenes Kind?"

Schärfe vibrierte in den Worten, so überraschend, dass Sophie zusammenzuckte.

„Nein – nein, natürlich nicht, aber …" Sie wusste, sie

musste sich jetzt zurückziehen, demütig den Kopf neigen. Aber in ihr regte sich Widerspruchsgeist. Johanna war ihr Schützling. Sie hatte lange Jahre in der Warteschule gelernt, wie man sich um Kinder kümmerte, auf welche Zeichen man achten musste. Es gab keinen Grund, ihr Urteil so in Frage zu stellen. Noch dazu in einem solchen Tonfall.

Sophie hob das Kinn. „Natürlich nicht, aber sicher bemerken Sie dann auch, wie apathisch das Mädchen daliegt."

„Apathisch?" Blanka von Rapp lachte auf einmal, ein ganz unpassendes, klingendes, funkelndes Lachen, wie über eine besonders amüsante Bemerkung, die jemand auf einem Ball zu ihr machte. Es jagte Sophie eine Gänsehaut die Arme hoch.

„Sie ist nicht apathisch, sie ruht sich nur aus. Sie ist meine Tochter. Glauben Sie, so ein bisschen Fieber zwingt mein Kind in die Knie? Schauen Sie, Sophie. Schauen Sie."

Sie stand auf, beugte sich über das Kinderbett. Berührte sacht Johannas Wange.

„Wach auf, mein Liebling", sagte sie leise und glasklar. „Wach auf."

Johanna murmelte im Schlaf. Blanka von Rapp fasste ihre magere Schulter.

„Wach auf." Ihre Stimme wurde nicht lauter, aber etwas veränderte sich im Tonfall. Dunkler, voller. Gebieterisch. Johannas Wimpern begannen zu flattern.

„Mama", murmelte sie und öffnete langsam die Augen.

„Ich bin hier, mein Liebling. Du darfst dich jetzt nicht länger gehen lassen. Hörst du? Es ist Zeit aufzustehen."

„Gnädige Frau", fuhr Sophie dazwischen, „ich glaube, das ist jetzt wirklich nicht …"

„Schweigen Sie!" Das eisige Zischen traf sie wie eine Ohrfeige. Blanka von Rapp sah auf sie herunter, und da war keine Freundlichkeit, keine Sanftmut in ihrem Blick. Die hellen

Augen strahlten kalt und fern wie Sterne. „Sie ist *meine* Tochter! Gehen Sie aus dem Weg!"

Sophie gehorchte, sie wusste nicht, was sie sonst tun sollte. Sie wich an die Wand zurück, beobachtete mit einer Faszination, in die sich Entsetzen mischte, wie Frau von Rapp ihre Tochter im Bett aufrichtete, ihr befahl, sich hinzusetzen. Das kleine Mädchen schwankte vor und zurück. Die verschwitzten Haare standen ihm vom Kopf ab, das Nachthemd war voller blasser Flecken von den Halswickeln.

„Steh auf", verlangte Frau von Rapp. Johannas Augen hingen an ihrem Gesicht. Sie schaffte es, die Füße auf den Boden zu setzen.

„Mama", flüsterte sie heiser, „Mama, mir ist so schwindelig."

„Ich weiß, das vergeht. Nimm dich jetzt zusammen, hörst du? Steh auf! Komm zu mir! Du kannst es, ich weiß, dass du es kannst."

Sie trat ein paar Schritte zurück, und Johanna tat es wirklich: Sie stemmte sich schwerfällig vom Bett hoch, sackte halb in die Knie, richtete sich wieder auf und taumelte auf ihre Mutter zu, einen Schritt nach dem anderen. Blanka von Rapp hielt ihr die Hand entgegen, und Johanna streckte beide Arme danach aus. Bevor sie sie erreichen konnte, gaben die Beine unter ihr nach und sie fiel polternd zu Boden.

„Mama ...!"

Von einem Moment zum anderen verzerrte sich Blanka von Rapps Gesicht. Sie beugte sich über das Kind und fauchte:

„Nimm dich zusammen, habe ich gesagt! Hast du mich nicht verstanden? Was denkst du, wie du aussiehst? Jämmerlich, unerträglich!" Die Worte strömten ihr wie Gift aus dem Mund. „Steh auf, steh auf! Wo bleibt deine Haltung? Wie kann man sich nur so gehen lassen! Bist du ein Wickelkind?

Ich weiß schon, was ich mit dir machen werde! Ich will dich zum Spiegel bringen, er soll dir sagen, wie widerwärtig du aussiehst! Dann wirst du wohl begreifen, dass ich nur dein Bestes will. Steh endlich auf! Und wag es nicht zu weinen."

Johanna begann zu schluchzen. Sophie biss die Zähne aufeinander, stieß sich von der Wand ab und kniete sich neben das Mädchen auf den Boden.

„Alles ist gut", flüsterte sie so beruhigend, wie ihr wild klopfendes Herz es zulassen wollte, „alles ist gut, komm, ich bringe dich zurück ins Bett."

„Was tun Sie da!"

Sophie zog Johanna in ihre Arme. Der kleine Körper zitterte. Wut stieg in ihr hoch, kalt schäumende Wut, wie Meeresgischt.

Sie blickte auf, direkt in Blanka von Rapps Augen hinein.

„Gnädige Frau", sagte sie so beherrscht wie möglich, „das Kind ist krank, es gehört ins Bett. Ich bringe Fräulein Johanna jetzt dorthin zurück."

„Wagen Sie es nicht", zischte Blanka von Rapp. Ihre Augen funkelten eisig auf Sophie herunter. Unter ihrem Blick fühlte sie sich plötzlich ganz klein, klein wie Johanna, unbedeutend, hilflos. Ein hässliches Insekt unter einem Stein, den jemand boshaft umgedreht hatte. Wie gebannt starrte sie in die zwei strahlenden Augen über sich. Ein Lächeln glitt über Blanka von Rapps Lippen. Es war voller Grausamkeit.

Sophie presste die Kiefer aufeinander.

„Doch." Sie stieß das Wort zwischen den Zähnen hindurch, und im gleichen Moment brach der Bann. Sie riss den Blick weg, zog Johanna mit sich hoch, trug und schleppte sie zum Bett hinüber.

„Ich werde Sie entlassen", sagte Blanka von Rapp. Sophie half Johanna, sich auszustrecken, und drehte sich dann zu ihr um. Ihr Gesicht war wieder glatt, glatt und ebenmäßig, als wäre nichts geschehen. Aber das grausame Lächeln war noch da, lauerte in den Mundwinkeln. Sophie war zu erschöpft, um noch Furcht zu empfinden.

„Nein", sagte sie ruhig und breitete die Decke über Johanna aus, „das werden Sie nicht. Der gnädige Herr hat mich angestellt, er ist mein Arbeitgeber. Wenn Sie deswegen mit ihm sprechen wollen, sobald er zurück ist – meinetwegen." Der kleine Koffer lag in ihrer Kammer unter dem Bett. Ihr kleiner Koffer, in den alles passte, was sie zum Leben brauchte. Nichts war leichter, als fortzugehen. Sie hatte es schon so viele Male getan.

Johanna sah sie vom Bett aus an, mit großen, tränenglänzenden Augen. Sie bewegte stumm die Lippen. Sophie ahnte, was sie sagten. Sie erinnerten sie. An ein Versprechen, gegeben vor endloser Zeit, unter dem stumpfen, steinernen Blick einer leblosen Prinzessin. Ja, es war leicht fortzugehen. Aber ein Versprechen ließ sich dabei nicht zurücklassen. Es würde mit einem gehen, wohin auch immer. Bis man es erfüllte.

Sie seufzte, streichelte beruhigend Johannas Wange.

„Ich könnte mir vorstellen", sagte sie zu Frau von Rapp, ohne sich umzudrehen, „dass Ihr Gatte diesmal nicht ganz Ihrer Meinung sein wird. Wenn Sie es auch vergessen zu haben scheinen – er liebt seine Tochter, da bin ich mir sicher."

„Er liebt sie, so. Und ich, meinen Sie, liebe sie nicht?" Etwas bebte in Blanka von Rapps Stimme, etwas, das den harten metallischen Klang mit feinen Rissen durchzog. Stoff raschelte. Sophie wusste, ihre Herrin tastete nach dem Fläschchen im Pompadour, das leer auf dem Tisch stand. Das Rascheln verstummte wieder. Einen Augenblick lang blieb alles still. Jetzt erst hörte Sophie wieder den Wind, der unter den Dachpfannen ächzte. Er war lauter geworden.

„Vorhin", sagte Frau von Rapp leise und ganz ohne Schärfe, „vorhin sagte ich Ihnen schon einmal, dass Sie sich irren. Sie glaubten mir nicht und glauben mir auch jetzt nicht. Und doch irren Sie sich wieder. Sie irren sich furchtbar. Aber auch das werden Sie wohl nicht glauben. Sie können es vermutlich nicht. Kinder sind durch Ihre Hände gegangen, und ich bin sicher, Sie haben Sie alle nach bestem Wissen betreut. Aber Sie haben niemals eines geliebt. Sie haben nie empfunden, wie sich in Ihrem eigenen Leib ein winziges Wesen rührt, das Fleisch ist von Ihrem Fleisch, Seele von Ihrer Seele. Sie kennen den unendlichen Schmerz nicht, wenn man es dann von Ihnen trennt – und nicht die Seligkeit, die folgt, wenn Sie verstehen, dass Sie beide doch auf ewig miteinander verbunden sind. Sie sind eine Gouvernante, Fräulein Sophie. Keine Mutter."

Etwas klirrte schwach dicht hinter ihr: das Fläschchen wurde vom Tisch genommen. Dann klangen Schritte, und die Tür wurde geöffnet. Als sie sachte wieder ins Schloss fiel, sog Sophie Luft in ihre Lungen, als habe sie seit Stunden nicht geatmet.

„Mama", murmelte Johanna heiser in den Kissen. „Mama."

Sophie strich die Decken glatt.

„Es ist gut, alles ist gut. Ich bin hier, ich kümmere mich um Sie."

„Mama", flüsterte Johanna wieder. „Warum sind Sie so böse, Mama? Es tut mir so leid. Alles tut mir so leid."

„Sch, sprechen Sie nicht mehr. Alles ist gut, glauben Sie mir. Schlafen Sie. Schlafen Sie nur wieder ein."

Johanna öffnete die Augen wieder, einen Spaltbreit nur. In den schwarzen Wimpern hingen immer noch Tränen.

„Warum ist sie so böse?"

Sophie nahm ein Taschentuch und wischte ihr behutsam über die Augen.

„Ich weiß es nicht", antwortete sie.

Sophie blieb an Johannas Bett sitzen, als das Mädchen wieder eingeschlafen war, machte Hals- und Wadenwickel und starrte in den fallenden Schnee hinaus. Sie verbot es sich, aufzustehen und nach rechts aus dem Fenster zu sehen, zur Hütte hoch; trotzdem zuckte sie bei jedem lauteren Geräusch von unten zusammen, ängstlich und gleichzeitig hoffnungsvoll. Aber niemand kam und klopfte wild und fordernd gegen die Haustür; und niemand schloss sie leise mit dem eigenen Schlüssel auf. Zeit verstrich schwerfällig wie das Ticken der Standuhr in der Halle. Nichts geschah. Nur der Wind nahm weiter zu. Und langsam, ganz allmählich, hatte Sophie das Gefühl, vor lauter hilfloser Warterei wahnsinnig zu werden.

Irgendwann hielt sie es nicht mehr aus. Es musste etwas geben, irgendetwas, das sie tun konnte. Sie klingelte nach Lieschen, schärfte dem Hausmädchen ein, bei Johanna zu bleiben, bis sie wieder zurück war. Dann stieg sie nach unten, in den ersten Stock, in ihr Kämmerchen, wo die griechischen Philosophen noch aufgeschlagen auf sie warteten.

Sie schloss die Tür, klappte das Buch zu und stellte es ins Regal zurück. Keine klugen, über allem schwebenden Gedanken heute über den Zustand der Welt, das Wesen des Menschen, den Sinn der Liebe. Heute brauchte sie etwas Bodenständigeres. Sie forschte zwischen den Bänden, fand schließlich einen, quer über die anderen ins Fach geschoben, und zog ihn heraus. *Gesundheitsbuch* stand darauf, aber es war keines dieser verschämten Bücher mit zart kolorierten, unrealistischen Stichen, die man hysterischen jungen Müttern in die Hand gab, damit sie aufhörten, bei jeder Erkältung den Arzt zu rufen. Sie hatte es auch nicht in der Warteschule bekommen. Dort beschränkte man sich normalerweise darauf, den Frauen die immer gleichen Anweisungen so lange in die Ohren zu schreien, bis sie sie im Schlaf beherrschten. Warum und wozu sie was zu tun hatten, erklärte man ihnen nur selten.

Ein Sammelwerk für die praktischen Heil- und Pflegeberufe lautete der Untertitel. Sophie setzte sich und legte sich das schwere Buch auf den Schoß. Ein Doktor hatte es ihr geschenkt, einer der Herren, die die Abschlussprüfung abgenommen hatten. Die Abschlussprüfung, die sie mit Höchstnoten bestanden hatte. Unauffällig, hinterher, hatte er sie im Gang zu sich gewinkt und ihr das Buch in den Arm gedrückt.

„Nehmen Sie's", hatte er gemurmelt und verlegen auf seine Schuhspitzen gesehen, „das war eine ausgezeichnete Prüfung, die Sie da abgelegt haben. Wenn Sie ein Mann wären, müsste man Sie für die Aufnahme an der medizinischen Fakultät vorschlagen. Aber so ..."

Aber so. Sie hatte stumm geknickst und den Stachel nicht zu spüren versucht, und das Buch hatte von diesem Tag an in ihrem kleinen Koffer immer einen Ehrenplatz gehabt.

Sie schlug es auf, blätterte bis zum Buchstaben S. Scarlatina, das Scharlachfieber. Mit dem Finger huschte sie die enggeschriebenen Zeilen hinunter, überflog, was sie ohnehin schon wusste. Mit jeder Zeile fühlte sie sich niedergeschlagener.

Hatte sie wirklich geglaubt, sie würde etwas Neues darin finden? Etwas, das ihr helfen würde, Johanna zu helfen? „Jod ... Bettruhe ... Halswickel ... fiebersenkende Mittel ..."

Sie stutzte, las den letzten Satz noch einmal. Blätterte dann aus einem plötzlichen Impuls heraus nach vorn zu F. „Fieber ... fiebersenkend ... Fowler's Solution."

Fowlersche Lösung. Das Tonikum im braunen Fläschchen. Sie beugte sich tiefer über das Buch und las:

„1%ige Lösung von Kaliumarsenit $KAsO_2$, gewonnen durch Auflösung des Diarsentrioxids As_2O_3 oder Arseniks in Wasser und Vermischung mit Kalilauge für bessere weitere Löslichkeit. Versetzt mit Lavendelwasser für einen angenehmen Geschmack.

Verbindungen der arsenigen Säure sind seit den Forschungen von Dr. Fowler, gegen Ende des letzten Jahrhunderts, allgemein als wertvolles Antipyretikum (Fiebermittel) angesehen. Aber auch bei Neuralgien, Epilepsien und, äußerlich angewandt, verschiedenen Hauterkrankungen leisten sie gute Dienste. Verdünnt und/oder in Verbindung mit anderen Stoffen (siehe auch Bleiweiß, schädliche Auswirkungen von) wurden sie noch vor einiger Zeit auch bei Akne oder als reines Kosmetikum verwendet. Von solcher Benutzung ist jedoch aufgrund der schweren möglichen Nebenwirkungen dringend abzuraten.

Die Fowlersche Lösung muss in sehr kleinen Dosen verabreicht werden, da sich sonst die unerwünschten Nebeneffekte sehr schnell einstellen können. Man beginne mit fünf Tropfen dreimalig am Tag für einen Erwachsenen, steigere die Dosis langsam, bis die Symptome der Erkrankung nachlassen oder erste Vergiftungserscheinungen sich zeigen. Im Anfangsstadium werden vor allem der Magen und alle Schleimhäute angegriffen; es kommt zu Übelkeit, starkem Erbrechen und Durchfall, gefolgt von großer Schwäche. Bei zu hoch dosierter oder zu lang andauernder Anwendung können Halluzinationen, Auszehrung und Anämie (Blutarmut), die sich durch große Blässe äußern kann, als Anzeichen einer akuten Vergiftung auftreten.

Auch chronische Vergiftungen werden berichtet von Patienten, die ohne ärztlichen Beistand die Fowlersche Lösung teils über mehrere Jahre hin einnahmen, sowie auch solchen, die Verbindungen der arsenigen Säure anderweitig langfristig ausgesetzt waren. Symptome können sein: brüchige Haare und/oder Fingernägel; gelegentlich weiße Bänder in den Fingernägeln (siehe auch Mees'sche Bänder). Ganz typisch sind dunkle, ungleichmäßige Verfärbungen, Verdickungen und Aufschuppungen der Handflächen und Fußsohlen (Melanosen, Keratosen, siehe dortselbst) und, bei äußerlicher Anwendung, der behandelten Hautpartien, die auch auf den restlichen Körper übergreifen können.

Nach einer Latenzzeit von etwa zwanzig Jahren können im schlimmsten Fall verschiedene Krebsarten auftreten, unter anderem Haut- und Magenkrebs, die sich auf die übersteigerte Einnahme oder Anwendung der Lösung zurückführen lassen. Solches ist auch bei anderweitigem langfristigen Kontakt mit Arsenverbindungen häufig beobachtet worden."

Sophie schluckte gegen die plötzliche Enge in ihrem Hals. „Ein wertvolles Fiebermittel ..." Aber zu welchem Preis. Sie erinnerte sich an Johannas Übelkeit, gestern, oder war es vorgestern gewesen? Die Zeit verwischte unter dem ewig fallenden Schnee ... Ihre Übelkeit und der Schwindel, über den sie auch heute wieder geklagt hatte. Wenn sie daran dachte, was ihr noch alles hätte geschehen können - Grauen tastete mit kalten Fingern ihren Rücken hinunter. Sie schüttelte sich unwillkürlich. Und Blanka von Rapp nahm diese Lösung seit Jahren ein. Ohne Messbecher, ohne irgendeine Dosierungshilfe. Seit *Jahren*. Und sie trug immer diese Handschuhe ...

Mein Gott, dachte Sophie erschüttert. Mein Gott, die arme Frau.

Einen Herzschlag lang wollte sie aufspringen, nach unten laufen, ins Damenzimmer, wo Blanka von Rapp vermutlich saß und handarbeitete. Wollte ihr das Buch vors Gesicht halten, vor das schöne, bleiche, *bleiche* Gesicht, wollte sie zwingen, den schauerlichen Text zu lesen, immer wieder zu lesen, bis sie ihn restlos verstand. Zuckten nicht irgendwelche Muskeln in ihr, genau das zu tun, genau jetzt? Aber sie stand nicht auf. Sie blieb sitzen, mit dem schweren Buch auf dem Schoß.

Vielleicht wäre es an anderen Tagen, zu anderen Zeiten möglich gewesen, mit ihr darüber zu sprechen. Vorsichtig, behutsam, tastend. Aber die Blanka von Rapp, die sie heute im Kinderzimmer gesehen hatte, war nicht die Blanka von Rapp, die sie kannte.

„Warum ist sie so böse auf mich?", hörte sie wieder Johanna fragen.

Konnte es mit dem Tonikum zusammenhängen, seinen giftigen Wirkungen, über so viele Jahre? Ratlos schüttelte Sophie den Kopf. Sie wusste es nicht. Ein Arzt hätte es herausfinden können, jemand, der an der Universität studiert und alle möglichen Fälle gründlich unter fachkundiger Anleitung untersucht hatte. Ein Arzt würde auch Johanna helfen können. Den Scharlach besiegen, den Frau von Rapp einfach verleugnete.

Johanna helfen …

Aber sie war kein Arzt.

Wieder ritzte sie der feine Stachel, den sie vorhin in ihrer Erinnerung gespürt hatte. Frauen studierten nicht. Und wenn sie ihre praktischen Examen noch so gut ablegten. Frauen wurden keine Ärzte, und auch als Lehrerinnen ließ man sie nur an die Volksschulen, niemals an die Gymnasien. Denn Frauen studierten nicht. Frauen saßen stattdessen da und warteten hilflos, bis ein Mann kam und es besser wusste.

Das Furchtbare war, dass sie sich in diesem Moment nach Anton sehnte. Sie wollte es nicht, sie verachtete sich dafür, dass sie es tat. Aber sie war zu ehrlich mit sich selbst, um zu verleugnen, dass es so war. Sie sehnte sich nach seiner kühlen, überlegten Art, nach seinem feinen Spott und seinen klaren Gedanken. Er hatte sie niemals als Frau gesehen, immer nur als eine „vernünftige Person". Hatte sie niemals auf ihre weiblichen Schwächen gestoßen, niemals versucht, ihr den Hof zu machen, sie nie in Verlegenheit gebracht wie – ein gewisser anderer Mann. Anton hatte mit ihr geredet wie mit seinesgleichen, zumindest glaubte sie das. Anton würde sie anhören, ohne zu belächeln, was sie sagte. Er würde verstehen. Er würde einen Weg finden – einen Weg, Hilfe zu holen, die Hilfe, die sie brauchten. Und dieses Mal würde er nicht spotten.

Nein, er würde nicht spotten. Er *konnte* ja nicht spotten, denn er war nicht da. Er war nicht da, und Gott allein wusste, wann er zurückkommen würde.

Sophie legte die Hände flach auf das Buch. Die Seiten waren kühl und glatt unter ihrer Haut. Sie spürte das Papier, die Schwere des gesammelten Wissens auf ihrem Schoß. Draußen tanzte der Schnee, und in ihrem Kopf wirbelten die Gedanken. Sie schloss langsam die Augen. Der Schnee – kein Durchkommen für Kutschen – keine Hilfe von außen. Weißer Schnee vor dem Fenster, roter Scharlach im Kinderzimmer ... Sie atmete ganz ruhig. Nur eine Frau – nur eine Frau ... Ganz allein. Hilflos. Frauen. Frauen und Männer. Kein Durchkommen für Kutschen, Schnee, Schnee und Scharlach ... Männer, Männer und Frauen. Ein Zwinkern. Eine Hand über einer anderen. Ein sehnsüchtiger Blick aus großen blauen Augen ... Ein Arm, der ein schweres Glas ganz mühelos trug. Männer. Kraft. Schnee. Keine Kutsche. Kein Arzt. Keine Kutsche ...

Sie presste die Hände auf das Buch. Langsam, ganz langsam, schien das Wirbeln sich zu ordnen. In ein seltsames, überraschendes Muster. Ein Muster, in dessen Zentrum nicht das Herrenhaus stand. Sondern die Glashütte. Die Hütte. Dunkle Gestalten, feuriger Lärm. Das große Tor, und dann – ein Karren. Ein Karren und ein altes graues Pferd. Ein Pferd. Männer, Kraft. Kein Durchkommen für eine Kutsche. Kein Durchkommen für eine Frau. Aber für einen Mann? Aber für ein Pferd? Willem ... Ein Zwinkern ... ein Blick ... Was konnte sie tun? Was würde Anton tun? Was hatte Anton getan?

Männerdinge - Frauendinge.

Vielleicht konnte sie beides tun.

Sophie öffnete die Augen.

Ja, sie konnte es tun. Sie musste nur sehr leise sein. Sehr leise und sehr schnell.

Und sehr mutig.

Irgendwann am späten Nachmittag, als das schwache Licht schon wieder in die Dämmerung versickerte, legte Blanka den Stickrahmen beiseite. Sie lauschte nach oben, zum Dachboden hin, obwohl sie wusste, dass sie durch die dikken Böden und Decken nichts würde hören können. Sophie war dort oben, oder Lieschen, bei Johanna, die ganze Zeit, als müssten sie sie vor ihr beschützen. Vor ihrer eigenen Mutter ... Sie lächelte schwach. Was spielte es schon für eine Rolle. Sie hätte sich nicht so gehen lassen dürfen, vorhin. Hätte nicht so außer sich geraten sollen. Was hatte sie so furchtbar wütend gemacht? So wütend, dass das vereiste Holz in ihr plötzlich angefangen hatte zu knistern, aufzulodern wie im Fegefeuer? Es musste Johannas Schuld gewesen sein. Johanna, die sich nicht hatte zusammenreißen, ihr nicht hatte folgen wollen, wie sie es ihr befohlen hatte.

Kinder mussten ihren Eltern gehorchen. Wie hieß es doch? „Oh süßer Gehorsam, der du niemals Leid erfährst! Du bringst die Menschen, Tote, zum Leben und zum Laufen, weil du den eigenen Willen tötest; und je mehr er gestorben ist, desto schneller läuft er …“ Woher stammte das? Sie erinnerte sich nicht mehr. Aber sie wusste, dass sie es oft gehört hatte, früher. Es klang wie aus einer Predigt oder einem Andachtsbuch. In den protestantischen Kirchenschriften, die seit ihrer Hochzeit auf ihrem Nachttisch lagen, standen solche Dinge nicht. Aber redete man nicht auch bei der preußischen Armee darüber? Kadavergehorsam, so nannte man es dort wohl. Ein schauerliches Wort. Aber zutreffend. Kinder hatten keinen eigenen Willen zu haben, Mädchen ganz besonders nicht. Johanna war schon viel zu lange viel zu sehr verzogen worden. Das würde sich ändern müssen.

Wenn nur das Tonikum nicht zur Neige gegangen wäre! Es hatte Johanna schon so gut geholfen. Wenn sie es ihr weiter geben könnte – notfalls so, dass Sophie es nicht bemerkte …

Blanka hatte das eigenartige Gefühl, dass es dringlich war. Ein Gefühl, das sie sich nicht erklären konnte. Aber es war da, wurde allmählich stärker, und sie wusste, woher es kam: vom Fauchen und Zischen der Öfen oben auf dem Hügel. War es wirklich nur das Geräusch der Luft, die dort verschlungen wurde? Was verbrannte, damit neue, glänzende Flaschen produziert werden konnten? Batterien von Flaschen, alle gleich, alle makellos, immer mehr und mehr? Zeit … Es fühlte sich so an, als sei es die Zeit, die gierig ins Feuer gesaugt wurde. In die glühenden Schmelzöfen, ins rote Nichts, schneller und schneller. Die Glasmacher früher mussten noch davon gewusst haben – von dem geheimnisvollen Zusammenhang zwischen der Zeit und dem Glas. Die alten Kelche in der Vitrine des Speisezimmers erzählten davon:

keiner wie der andere, alle vollkommen, aber alle mit einem winzigen Lufteinschluss dort, wo der Stiel in das eigentliche Glas überging. Luft, Zeit … Eine sichtbare Erinnerung waren diese Einschlüsse, an jenen einen, in Ewigkeit erstarrten Moment, in dem eine glühende, formlose, stinkende Masse sich in kristallene Reinheit verwandelte … Aber niemand interessierte sich heute mehr für so etwas. Die Hütte produzierte nur noch die gewöhnlichen Flaschen und billigen Gläser, die jeder brauchte und jeder herstellen konnte. Und die gierigen Öfen, im Dauerbetrieb, durch keine kundige Hand mehr in ihrem Hunger gebremst, fraßen jetzt in unvorstellbaren Mengen. Die Zeit fauchte und zischte dort drüben; die Zeit verbrannte, ohne dass irgendjemand es zur Kenntnis nahm. Bis keine mehr übrig war …

Blanka fröstelte.

Oben knarrte eine Diele, und aus den Gedanken gerissen, hob sie den Kopf. Kam die Gouvernante vom Dachboden herunter? Oder war es Lieschen? Sie lauschte, aber nichts rührte sich mehr. Keine Schritte auf der Treppe. Es kam ihr seltsam vor. Jammerte das Haus im Wind? Aber so hatte es nicht geklungen. Es waren die Dielen des Flurs im ersten Stock gewesen, sie kannte ihr Geräusch. Wer war dort oben, um diese Zeit?

Es war vielleicht Neugier, die sie aufstehen ließ. Neugier und das unbestimmte Gefühl, dass sie wissen sollte, was in ihrem Haus vor sich ging. Sie ließ die Stickerei liegen. In der Halle tickte die Uhr, und die Treppe lag ganz verlassen da. Sie stieg die Stufen hinauf, langsam, leise.

Im ersten Stock war niemand zu sehen. Aber eine der Türen auf der linken Seite stand halb offen, weiter hinten, wo es dann zur Mädchenstiege ging - der schmalen Wendeltreppe, die vom Erdgeschoss, bei der Hintertür, bis auf den

Dachboden führte. Blanka ging darauf zu. War es eins der kleineren Gästezimmer, oder …?

Sie öffnete die Tür ganz, ohne anzuklopfen. Sophies Schlafkammer, das erkannte sie mit einem Blick. Und es war niemand darin. Man brauchte nicht zu suchen, um das festzustellen, so klein war das Zimmer. Hatte sie es vorher überhaupt schon einmal betreten? Blanka wusste es nicht genau.

Zögernd trat sie ein. Da war ein schmales Bett, der dunkle Überwurf sorgfältig glatt gestrichen. Eine Kommode mit schmucklosen Griffen. Ein Waschtisch mit Krug und Schüssel aus billigem, dicken Porzellan, beides sauber ausgeleert und getrocknet. Und am Fenster ein kleiner Tisch, nicht größer als ein ausgebreitetes Taschentuch, und ein Stuhl dazu, einer der ausgedienten Esszimmerstühle, die im vorletzten Jahr gegen eine neue Kollektion ausgetauscht worden waren.

Nichts anderes als das, was man erwarten würde. Aber über der Kommode hing ein Regal an der Wand, und es lagen keine Schleifen darin oder Schmuckdöschen oder Puderblättchen. Das Regal war voller Bücher. Richtige Bücher, keine Hefte wie das *Töchteralbum* oder die *Gartenlaube* mit ihren unzähligen Nummern. Sie sahen aus, als gehörten sie eher in das Arbeitszimmer eines Mannes als in eine Frauenkammer.

Auch auf dem Tisch lag ein aufgeschlagenes Buch. Hatte die Gouvernante eben hier noch gesessen und gelesen? Aber das Licht war schon so schwach …

Blanka stellte sich neben den Tisch. Nein, man konnte die Buchstaben gerade noch erkennen. Was war es, ein Fachbuch für Erziehungsfragen? Sie bückte sich, ließ die Augen über die Zeilen gleiten. Aber was sie sah, schien mit Erziehung nichts zu tun zu haben.

Etwas wie ein kleiner elektrischer Schlag fuhr durch sie hindurch.

„Fowler's Solution.

1%ige Lösung von Kaliumarsenit $KAsO_2$, gewonnen durch Auflösung des Diarsentrioxids As_2O_3 oder Arseniks in Wasser und Vermischung mit Kalilauge für bessere weitere Löslichkeit. Versetzt mit Lavendelwasser für einen angenehmen Geschmack."

Funken schienen in der Luft zu knistern, ihre Haare hinauf, bis eine Gänsehaut ihren Körper überlief. Sie las es noch einmal, halblaut.

„Auflösung des Di – Diarsen ..." Sie konnte das Wort nicht aussprechen, hatte es noch nie in ihrem Leben gehört. Aber das, was folgte. Es war noch gar nicht lange her. „Auflösung des ... Arseniks in Wasser ..."

Es war ein Rezept. Ein Rezept für die Herstellung ihres Tonikums.

Mit angehaltenem Atem, gegen die Wand gepresst, stand Sophie hinter der Tür von Blankas Schlafzimmer. Sie lauschte, lauschte auf die Schritte – die Schritte, die aus ihrem eigenen Zimmer klangen. Wer, um alles in der Welt, hatte dort etwas zu suchen? Dann war es plötzlich still, und eine endlose Zeit verging, bis die Schritte wieder aus ihrem Zimmer kamen, viel schneller als zuvor, bis sie über den Flur gelaufen waren und schließlich die Vordertreppe hinunter. Zitternd atmete sie aus. Der blasse Edelstein, den sie in der Hand gehalten hatte, fiel ihr dabei fast herunter. Sie fing ihn noch, gerade rechtzeitig, und der große Spiegel neben Blanka von Rapps Bett gab ihr die Bewegung als schwaches Flirren zurück. Ihre

Knie waren weich. Wenn sie hier entdeckt worden wäre ... Sie durfte nicht einmal daran denken. Die Schritte hatten nicht nach Lieschen geklungen.

„Oh Gott", flüsterte Sophie, aus schierer Erleichterung. Mit bebenden Fingern steckte sie eine lange Hutnadel wieder in den Mantelaufschlag zurück. Wie gut, dass sie ihn schon vorher angezogen hatte! Und wie gut, wie unendlich gut, dass die Schritte abgelenkt worden waren, von was auch immer.

Sie holte das große rotkarierte Taschentuch heraus, das Willem ihr gegeben hatte, legte den Edelstein in die Mitte und wickelte ihn sorgfältig ein, bevor sie beides in die Manteltasche steckte. Ihr Gewissen stach sie heftig, als ihr Blick dabei wieder in den Spiegel fiel.

So sieht also eine Diebin aus, dachte es in ihr, und sie musste sich schnell abwenden. Es half ja nichts. Sie hatte sich entschieden. Sie musste Johanna helfen. Johanna beschützen. Und nur ein einziger Weg war ihr eingefallen, ihr Versprechen zu halten.

Sie schlich sich aus dem Schlafzimmer, auf Zehenspitzen über den Flur. Nach hinten, zur Mädchenstiege. Und zur Hintertür.

Draußen war es windig, sehr kalt und schon beinahe dunkel. Sophies Herz klopfte, als sie den Weg zur Vorderseite des Hauses entlanghuschte – zur Straße, die nach oben führte. Der Wind zischte in ihren Ohren, die Flocken umtanzten sie, als wollten sie sie vor neugierigen Blicken verbergen. Auf dem Boden türmte der Schnee sich schon wadenhoch, und darunter war er so glatt und hart, dass sie immer wieder ausrutschte. Sie schlitterte auf der Straße, kämpfte sich mühsam die Steigung hoch, auf das unterschwellige Dröhnen der Hütte zu. Der Schnee vor ihren Stiefeln verfärbte sich schwach rötlich. Also brannten sie dort immer noch, die Fackeln ... Sie biss sich auf die Unterlippe, senkte den Kopf gegen den Wind, zwang sich, weiterzugehen.

„Hoho, wen haben wir denn da?"

Der Platz vor der Hütte war voller Männer, sie lief beinahe in sie hinein. Plötzlich war sie umgeben von dunklen Gestalten, von rotem Licht und Hitze; sie standen um ein Feuer herum, das in einem Metallfass loderte. Sophie schrak zurück und fiel beinahe hin. Ein fester Griff packte sie am Arm.

„Na, langsam, gnädiges Frollein. Sonst passiert Ihnen noch was."

Es war Willem. Sophie wurden die Knie wacklig vor Erleichterung. Er schien es zu merken, denn er ließ ihren Arm nicht wieder los.

„Ver- verzeihen Sie, dass ich – aber ich habe – ich muss", stammelte sie und brach ab, schalt sich selbst eine unbeholfene Idiotin. Er lächelte sie mit hochgezogenen Augenbrauen an. Sie holte Luft, versuchte es dann noch einmal: „Können – können wir vielleicht ein paar Schritte zur Seite gehen?"

Jemand johlte im Kreis der dunklen Gestalten.

„Na, Willem, jetzt aber ran! Die ist doch was viel Besseres als dein dickes Lieschen!"

„Maul halten", versetzte Willem grob und schob sich die Mütze in den Nacken. „Natürlich können wir das, Frollein", er beugte sich galant zu ihr und nahm ihren Arm fester, wie um zu verhindern, dass sie ausglitt und stürzte. „Kommen Sie man, wir gehen hinter den Turm. Da isses auch nicht so windig. Was laufen Sie hier nur rum, bei dem Schneetreiben? Und ganz allein? Is was Schlimmes passiert?"

„Ja – ja", murmelte sie unsicher und mit brennenden Wangen, während er sie von den Männern wegführte. „Ja, das heißt: nein, nicht eigentlich, aber ich bin – ich", sie brach wieder ab. Willem machte ein beruhigendes Geräusch, drückte ihren Arm und führte sie um den wuchtigen Ziegelkegel herum, bis der Hüttenvorplatz nicht mehr zu sehen war – und sie beide nicht von dort aus. Neben einem schneebedeckten Stapel ausrangierter Metallteile blieb er stehen.

„Was is denn los, Frollein? Sie zittern ja richtig …"

Jetzt umfasste sie auch sein anderer Arm. Sein Gesicht war plötzlich dicht über ihrem – so sehr dicht, wann, wie waren sie denn so nahe zusammengerückt? Instinktiv wollte sie zurückweichen, aber sie zwang sich dazu, stillzuhalten. Die Wärme nicht abzuwehren, die von seinem Körper zu ihrem zu wehen schien, sie berührte wie mit sanften, fragend tastenden Fingern. Es gehörte alles zum Plan, versuchte sie sich selbst zu beruhigen.

„Ich – ich wollte", murmelte sie und sah zu ihm auf. Selbst in diesem schwachen Licht strahlten seine Zähne, seine Augen. Das Blut fing an, in ihren Ohren zu rauschen.

„Ja …?"

Mit einem Mal lagen ihre Hände auf seiner Brust, ohne dass sie wusste, wie sie dorthin gekommen waren. Der Stoff seiner Jacke war kalt und rau, und die Muskeln darunter erschreckend breit.

„Ich muss Sie – muss Sie um einen Gefallen bitten", flüsterte sie eingeschüchtert. Er neigte sich noch tiefer zu ihr herunter.

„Ja", sagte er leise, „das hatte ich gehofft … Hätte nicht gedacht, dass du so ein mutiges und wildes Ding bist, Sophie. Einfach hier heraufzukommen ..."

Die vertrauliche Anrede ließ sie unwillkürlich zusammenzucken. Er zog sie fester an sich.

„Is dir so kalt, mien Deern?", murmelte er in ihre Haare hinein. „Soll Willem dich vielleicht ein wenig … wärmen?"

„Ach Gott", wisperte sie, verwirrt wie ein ganz junges Dienstmädchen, und das *war* sie, sie war verwirrt bis in die Fingerspitzen, die auf seiner Jacke seltsam kribbelten. Was geschah nur? Ja, sie hatte nachgiebig sein wollen, nachgiebig und vielleicht sogar ein wenig – entgegenkommend. Aber warum um Gottes willen war es so – so *leicht*? Warum passte sie in seine Arme, als hätte sie immer schon dort hineingehört? Warum fühlte er sich nicht fremd an, gefährlich, abstoßend? Warum erschreckte sie der Gedanke nicht, dass er den Kopf ein wenig weiter senken könnte – so, wie er es jetzt gerade tat …

Bartstoppeln kratzten über ihre Haut, und dann berührte sein Mund ihren.

„Nein, nicht", flüsterte sie, wie alle Mädchen es zu allen Zeiten flüsterten. Und es nützte nichts, wie es niemals etwas nützte. Er lächelte wortlos, sie spürte es auf den Lippen. Und dann küsste er sie.

Als sie wieder Luft bekam, hing sie mehr in seinen Armen, als dass sie noch selber stand. Er drückte sie an sich, seine Knie berührten ihre durch den Rock hindurch.

„Mien sööte Deern", brummte er, ganz tief und weich. Die Vibrationen seiner Stimme übertrugen sich durch seine Brust direkt in ihre. Es kitzelte und kribbelte, wie tausend Ameisen – und doch ganz anders. Sie hörte sich selbst aufseufzen. Wenn er doch noch einmal …

Johanna, sagte eine leise, eindringliche Stimme in ihr. Du bist Johannas wegen gekommen. Und eine noch leisere Stimme fragte: Und was ist eigentlich mit Lieschen?

Sie schaffte es, den Kopf ein klein wenig zur Seite zu drehen, als er sich wieder über sie beugen wollte.

„Das war es nicht – nicht direkt, worum ich Sie … dich … bitten wollte …"

„Nein? Wie schade. Und wie gut, dass ich es nicht gleich wusste. Nich?" Er strahlte sie an, so heiter und so siegessicher wie ein junger griechischer Gott. Sie wollte ihm so gerne nachgeben. Nur mit innerem Zwang gelang es ihr, die Hände gegen seine Brust zu drücken, sodass er ein paar Zentimeter zurückweichen musste.

„Es ist etwas sehr Wichtiges. Du musst mich bitte anhören."

Er runzelte die Stirn. Sie versuchte, charmant mit den Wimpern zu flattern und bekam dabei Schneeflocken in die Augen. Er wischte sie vorsichtig mit dem Daumen weg.

„Es geht um Johanna." Sie holte tief Luft. „Das kranke kleine Fräulein im Herrenhaus. Es geht ihr sehr schlecht. Die Herrin glaubt es zwar nicht, aber ich meine, dass Johanna Scharlach haben könnte. Ich wollte dich bitten, ob …"

„Scharlach?" Er fuhr von ihr zurück, als habe sie ihn mit einer Nadel gestochen. Ihre Arme fielen herab. Plötzlich spürte sie den eisigen Wind wieder.

„Keine Sorge", sie lächelte beruhigend und, wie sie hoffte, süß, „ich war immer sehr vorsichtig mit ihr. Ich habe mich sicher nicht angesteckt. Aber sie – du weißt, wie gefährlich Scharlach ist. Wir brauchen einen Arzt, so dringend wie nur möglich. Wer weiß, wann der Herr bei diesem Wetter endlich zurückkommen kann? Eine Kutsche schafft es nicht bei diesem Schneefall. Aber ein einzelner Mann auf einem Pferd könnte …"

„Watt?" Er starrte sie an. „Watt?!"

Etwas sackte in ihr zusammen. Verzweifelt bemühte sie sich, es nicht zu bemerken.

„Ich weiß", sagte sie hastig, „ich weiß, ihr seid alle sehr wütend, wegen des Lohns … Ich verstehe das, und ich habe – ich habe …" Sie fummelte in der Manteltasche herum, bekam den Stein nicht heraus.

„Lohn?", fuhr er dazwischen, „Lohn? Du denkst wohl, darum geht es mir, watt? Und wenn du mir jetzt irgendein Tüdelkram von dir gibst, stürz ich mich deinetwegen in dieses verdammte Schneetreiben und bring mich um? Herrgott! Düwel ook!"

„Nein", flehte sie und zerrte an dem Taschentuch, „nein, natürlich nicht! Aber die Hütte hat doch ein Pferd, oder nicht? Und du bist ein Mann vom Land, du kannst sicher wenigstens etwas reiten. Genug, um bis nach Osterwald zu kommen. Es gibt dort einen Doktor, und es ist gar nicht weit, vielleicht eine Stunde!"

So lange hatte sie darüber nachgedacht, hatte Entfernungen geschätzt, gerechnet, überlegt. Aber er sah sie nur kalt an, verständnislos. Sie hätte genauso gut Chinesisch mit ihm sprechen können.

„Ach so", sagte er nur, „und in einer Stunde kann man nicht erfrieren oder wie? Ich bin ein wichtiger Mann in der Hütte, *Fräulein Sophie*. Ich riskier doch nicht mein Fell! Schon gar nicht jetzt, wo wir genug Probleme haben. Das Herrenhaus muss sich um sich selber kümmern. Das tut es sonst doch auch."

Tränen stiegen ihr in die Augen. Sie schluckte, presste die Lippen aufeinander. Nur nicht weinen. Nur nicht jetzt vor ihm auch noch weinen.

Er verschränkte die Arme vor der Brust, missverstand ihre Geste vielleicht. „Das war also alles nur Lug und Trug, ja? Nur ein schlauer Plan, um mich rumzukriegen?" Sie öffnete den Mund, aber er drehte den Kopf zur Seite. „Na, was kann man auch anderes erwarten von einer aus dem Herrenhaus."

„Der Betrüger sieht immer selbst überall Betrug." Es war ihr herausgerutscht, sie hätte sich am liebsten die Zunge abgebissen. Er starrte sie an, lange, wortlos.

„Fein", sagte er endlich irgendwann. „Fein, fein. Dann sieh man zu, wie du zurechtkommst. Und unseren Lohn", ein Funkeln trat in seine Augen, die plötzlich scharf und lauernd aussahen, wie bei einem gefährlichen Tier, „unseren Lohn bekommen wir schon, so oder so."

Damit drehte er sich auf dem Absatz um und ließ sie stehen.

Die Tränen ließen sich nicht mehr zurückhalten. Sie schluchzte auf, spürte die Feuchtigkeit ihre Wangen herunterlaufen. Presste sich den Mantelärmel gegen das Gesicht und wühlte mit der freien Hand weiter in der Tasche herum. Dieser verfluchte, verfluchte Stein! Ihr eigenes Taschentuch steckte gerade darunter. Um nichts in der Welt hätte sie sich ihre Tränen mit seinem Tuch abgetrocknet.

Sie zerrte, es gab einen Ruck, und der eingewickelte Edelstein flog durch die Luft, ein blassrotes Bündel im schwindenden Licht. Schnee stäubte auf, als er irgendwo hinter dem schneebedeckten Abfallberg landete.

Etwas regte sich dort. Ehe sie es noch richtig wahrgenommen hatte, tauchte schon eine Gestalt auf, schmaler, kleiner als Willem, aber immer noch viel größer als sie selbst. Schwacher Bierdunst wehte sie an. Etwas krächzte hohl, wie eine weit entfernte Krähe.

„Schmeißense nich nach mir, wennse ihm böse sind."

Marek. Ausgerechnet Marek.

Er hustete noch einmal, bückte sich dann und hob den Stein im Taschentuch auf. Sie wischte sich fahrig über das Gesicht, schluckte die Tränen hinunter. Richtete sich auf und hob das Kinn an.

„Behalten Sie das nur", sagte sie mit zittriger Stimme. „Es sollte eine Geste sein – eine versöhnliche Geste an die Belegschaft. Ein Zeichen des guten Willens, bis der gnädige Herr zurück ist. Geben Sie es dem Hüttenmeister, sagen Sie ihm, die – gnädige Frau schickt mich. Dann bin ich wenigstens nicht umsonst durch die Kälte gelaufen."

„Die Gnädigste schicktse, Frolleinchen?" Er kam langsam auf sie zu, eine leicht gebückte, schwarze Gestalt, wie ein lebendig gewordener Teil der Schatten. Sie musste sich zwingen, still stehen zu bleiben. „Hätt ich nich von ihr gedacht ..."

Oh Gott, wie lange stand er schon da? Sophies Gesicht fing an zu brennen, und nicht wegen der Hitze, die die Hütte ausstrahlte. Sie wäre am liebsten davongerannt, mit fliegenden Röcken. Stattdessen hob sie das Kinn noch weiter und starrte ihn so hoheitsvoll an, wie sie nur konnte.

„Glauben Sie doch, was Sie wollen", versetzte sie kalt, aber er zuckte nur die Achseln.

„Vielen Dank auch, Frolleinchen. *Das* glaub ich jedenfalls nich. Ich glaub eher, dass Sie auf eigene Faust hergekommen sind. Wegen dem kranken Mädchen. Sindse nich die Gouvernante? Sehr mutig, das muss ich schon sagen. Und sehr dumm. Und mit dem Ding hier wolltense wohl Ihren weiblichen Reizen sicherheitshalber 'n bisschen aufhelfen, was?" Er warf den eingewickelten Stein in die Luft und fing ihn wieder auf. Die Art, wie er sprach, erinnerte sie plötzlich an Berlin, obwohl noch etwas anderes darin mitschwang, ein härterer, rauerer Ton. Erst jetzt, als sie ihn zum ersten Mal länger reden hörte, fiel es ihr auf. Aber was half ihr das schon? „Frolleinchen", sagte er jetzt, „ich bin nur'n einfacher Glasmacher und weiß nicht viel, aber über eins bin ich mir wirklich sicher: Bei diesem Wetter kriegense keinen Doktor vor die Tür, der was taugt. Nicht wegen ei'm kleinen Mädchen, das *vielleicht* Scharlach hat, vielleicht aber auch nur ein bisschen Halsweh. Das könnense vergessen. Also, ganz umsonst, Ihr großes Opfer hier. Wenn's denn ein Opfer war."

Er war jetzt nah genug, dass sie sein Gesicht sehen konnte. Es verzog sich zu einem schmalen Grinsen.

„Was erlauben Sie sich“, fauchte sie ihn an. Er ignorierte sie wieder, blieb stehen und betrachtete das kleine rote Bündel in seiner Hand.

„Jetzt frag ich mich ja doch, wasse uns denn mitgebracht ham …“

„Nicht“, rutschte ihr heraus, aber er hatte das Taschentuch schon auseinandergewickelt. Der blasse Edelstein fing die letzten Lichtstrahlen ein und glitzerte matt auf dem karierten Stoff.

Marek musterte ihn, und etwas wie Überraschung schien über seine Miene zu ziehen. Das Grinsen flackerte kurz auf und verschwand dann. Er hob den Kopf, seine dunklen Augen bohrten sich in ihre. Sie konnte den Ausdruck darin nicht deuten.

„Frolleinchen“, sagte er leise und unvermittelt ernst, „nehmense mal einen guten Rat von mir an. Wickelnse das – Ding wieder ein, verstauense's in Ihrem feinen Mäntelchen und rennense damit zurück zum Herrenhaus. Is besser für Sie, glaubense mir.“

Der abrupte Wechsel verwirrte Sophie.

„Warum sollten Sie mir einen guten Rat geben wollen?“, fragte sie spitz.

„Weilse so'n nettes kleines Frolleinchen sind“, antwortete er mit einem ironischen Augenfunkeln.

„Und Sie sind ein grässlicher, herumschnüffelnder, unhöflicher, schrecklich übelriechender Mann!“, entfuhr es ihr. Sie schlug sich auf den Mund. „Oh – oh Gott, verzeihen Sie, das – das wollte ich nicht sagen!“

Er senkte den Blick, als wäre er verlegen, aber sie hörte sein leises, heiseres Lachen. „So, wolltense nich? Man soll sich nie für die Wahrheit entschuldigen, Frolleinchen. Aber da Sie es nun schon einmal getan ham, nehm ich die Entschuldigung an. Ich schätze, ich werd so schnell nicht wieder in den Genuss kommen."

Er blickte wieder auf, das Lachen immer noch im Gesicht, und dieses Mal war es breit und echt und ohne Häme. Als sie es ansah, zuckte es in ihren eigenen Mundwinkeln. Meine Güte, das war alles viel zu bizarr, um wahr zu sein ... Sie räusperte sich, um nicht hysterisch aufzukichern. Sie hätte nicht gewusst, wann sie wieder damit hätte aufhören können.

„Wollense auf mich hören?", fragte er. „Auf den grässlichen, übelriechenden Mann?"

Sie senkte den Kopf und er lachte wieder über ihre Verlegenheit. Er wusste nicht, dass es nicht die Worte waren, die sie dazu gebracht hatten, wegzusehen.

Es war die Scham in seinen Augenwinkeln, während er sie aussprach.

„Bitte", sagte sie, zu ihren Schuhspitzen gewandt, „wollen Sie mir nicht sagen, was mit dem Stein nicht stimmt? Sie haben", erst, während sie es sagte, erinnerte sie sich daran, „Sie haben schon einmal darüber gelacht, nicht wahr? Als Sie halfen, den Spiegel nach oben zu bringen. Warum? Was ist damit?"

Er schwieg einen Moment.

„Nee, Frolleinchen, ich glaub nich, dass ich Ihnen das sag. Irgendwann, irgendwie wer'nse schon drauf kommen. Ich bin eben ein grässlicher Kerl."

„Sagen Sie das doch nicht immer wieder", bat sie.

Er hustete. „Gut, wenn's Sie so stört ... Hörense jetzt auf mich, Frolleinchen? Oder wolln wir beide hier am Fleck festfrieren?"

Sie hob den Kopf. „Warum sollte ich Ihnen trauen?"

„Es gibt kein' Grund", sagte er und zuckte die Achseln. „Bloß den, dass es für mich auch kein' gibt, Ihnen hier Unsinn zu erzählen. Trauense also nicht mir. Trauense einfach Ihrem Verstand."

Er schlug den Stoff wieder um den Stein. Das letzte Glitzern erstarb.

„Meinem Verstand?", fragte sie, als sie ihn entgegennahm, und das Wort hatte einen bitteren Geschmack. „Ausgerechnet dem? Sie haben auch etwas Unfreundliches gesagt vorhin, wie ich, und Sie hatten auch recht damit: Es war dumm, hierher zu kommen. Dumm, mir einzubilden, ich könnte ihn – ihn überreden, für ein Fräulein vom Herrenhaus sein Leben zu riskieren. Für welches auch immer."

Er trat einen Schritt zurück. „Manchmal isses dumm, was man tut. Aber nichts zu tun, ist meistens noch dümmer."

Sie versuchte ein Lächeln. Es gelang ihr nicht gut. „Werden Sie alle ein zweites Mal zum Herrenhaus kommen? Werden Sie versuchen, sich zu holen, was Ihnen – zusteht?"

„Versuchen?" Er legte den Kopf schief. „Meinense denn, eine von Ihnen könnte uns aufhalten?"

Sie krampfte die Hände umeinander. „Wir würden es wenigstens versuchen."

„Ja", sagte er, „das würdense wohl. Sie ganz bestimmt, Frolleinchen."

Er machte einen weiteren Schritt rückwärts, und dann verschwand er im Dunkeln hinter der Werkshalle.

Im Arbeitszimmer zündete Blanka die Lampe an. Sie stellte das leere braune Fläschchen auf den Schreibtisch, daneben ein Glas mit Wasser. Aus der Rocktasche nahm sie einen kleinen Trichter, den sie in der Kellerküche gefunden hatte. Dann ging sie zu der kleinen Alabasterbüste, die ihr leblos entgegensah, drehte sie um und holte den Tresorschlüssel heraus. Als sie das Jagdbild beiseiteklappte, lächelte sie und zog mit der anderen Hand einen der Kämme aus ihren Haaren.

Sie trafen sich wieder, das Mädchen und der junge Mann, im Wald, der sie an niemanden verriet. Sie taten es, obwohl sie wussten, dass sie es nicht hätten tun dürfen. Vielleicht taten sie es auch ein wenig – deswegen. Sie dachten sich ein kompliziertes System geheimer Nachrichten aus, um sich zu verabreden. Dann schlich das Mädchen sich davon, zwischen die Bäume, obwohl ihm schauderte bei dem Gedanken, was geschehen würde, wenn die Mutter davon erfuhr. Schande! Das Wort stand ihm oft so drohend vor Augen, aber es verblasste jedes Mal wieder, sobald sie zusammentrafen. Alles andere verblasste, wenn der junge Kaufmannssohn das Mädchen anlächelte. Niemand hatte jemals so gelächelt … Im Frühling setzten sie sich auf das Gras der Lichtungen; im Sommer wanderten sie unter den duftenden Bäumen. Sie sprachen und schwiegen miteinander und wurden bald so vertraut, als hätten sie sich schon immer gekannt. Und jedes Mal wurde es schwerer für beide, wieder auseinanderzugehen.

Als der Herbst kam, geschah es zum ersten Mal, dass sie sich küssten. Sie wussten beide nicht, wie es gekommen war. Nur, dass ihre Lippen sich plötzlich schüchtern berührten, und dass es sich anfühlte wie Sommer und Frühling zusammen, das spürten sie, aber sie sprachen es nicht aus. Dieses Mal weinte das Mädchen, als der junge Mann es wieder verließ.

„Alles ist nur grau und kalt, wenn Sie nicht bei mir sind. Nun ist es schon Herbst, und vielleicht schneit es, wenn Sie das nächste Mal kommen. Wie sollen wir uns dann im Wald noch miteinander treffen?"

Der junge Mann nahm das Mädchen bei den Händen und küsste es, bis seine Tränen getrocknet waren. Eine andere Antwort wusste er nicht. Es gab auch keine; und das wussten sie beide.

Und grausam schnell rauschte der Herbst vorbei in seinen bunten Farben, seinen Nebelschleiern, die sich auf die Baumwipfel legten, bis die Zweige kahl geworden waren. Ein Morgen kam, klar und kalt, und der Wald und das Schloss und die Wiesen und Felder waren mit dem ersten Schnee bedeckt. Sie trafen sich wieder, in dicke Pelzmäntel gehüllt; der Schnee knirschte leise unter ihren Füßen, als sie sich auf einer Lichtung tief im Wald an den kalten Händen fassten.

Vielleicht standen sie enger beisammen, als sie es sonst taten, weil sie so froren, und vielleicht geschah es deshalb, dass, irgendwann, seine Arme sich um das Mädchen legten und ihre Körper unter den Mänteln einander sacht zum ersten Mal berührten.

Das Mädchen schloss die Augen. Sie standen ganz still und atmeten kaum.

„Mach die Augen auf, Liebste“, bat der junge Mann. Ein ganz neuer Ton war in seiner Stimme. Er brachte etwas in dem Mädchen zum Zittern.

„Ich kann nicht“, flüsterte es, „ich fürchte mich so sehr …“

Sieben

Die Stunden trieben an Johanna vorbei. War es Tag, war es Nacht? Das Licht ging und kam und ging. Manchmal, wenn sie blinzelte, konnte sie das Fenster erkennen, die Wolken dahinter, manchmal nicht. Aber immer beugte sich dann Sophie über sie, Sophie oder ab und an Lieschen, lächelte sie an und strich ihr über die Haare. Und sie ließ sich zurücksinken in die seltsame verschwommene Wärme, in der nichts irgendeine Bedeutung zu haben schien.

Sie hatte die Kirchenglocken aus dem Dorf gehört, ganz schwach, einmal und dann noch einmal. Es musste Sonntag sein, und sie hatten den Gottesdienst versäumt. Aber das machte nichts, nichts machte irgendetwas. Nur das Bett war wichtig, ihr warmes, weiches Bett, und Sophie, die über ihr wachte.

Johanna wusste, dass sie krank war, aber so fühlte es sich nicht an. Nicht mehr, seit die schreckliche Hitze nachgelassen hatte, die ihr die Haut von innen verbrannt hatte. Auch übel wurde ihr nicht mehr. Sie schwebte in einem Traum, einem freundlichen, verwischten Traum, eigenartig, aber nicht beunruhigend. Und wenn andere Träume sich hineindrängen wollten – andere, *böse* Träume – dann strich Sophie ihr über die Haare und weckte sie auf, und das Böse verging wie Rauch über dem Schornstein. Johanna fühlte, dass sie noch lange so liegen könnte, warm und geborgen, wie ein kleines

Tier in seiner Höhle unter dem Schnee. Vielleicht, bis der Winter vorbei war und die Frühlingssonne ihr Gesicht durch das Fenster kitzelte.

„Wach auf", flüsterte eine Stimme in ihren Traum hinein. „Johanna, wach auf. Wir haben nicht viel Zeit."

Zeit? Hatte sie ihn schon verschlafen, den Frühling? Aber die Stimme klang nicht nach Sonne und jungem Gras und duftender Erde. Sie klang wie der endlose Schnee draußen, sanft und eiseskalt. Johannas Augenlider gehorchten der Stimme von allein, wie sie es schon einmal getan hatten. Ihre Wimpern fingen an zu flattern, grau und verschwommen tauchte das Kinderzimmer um sie her auf; und da war eine Gestalt auf dem Stühlchen neben ihrem Bett, und es war nicht Sophie.

„Johanna, mein Kind", sagte ihre Mutter.

Der warme Traum zerplatzte. Johanna erschrak und vergrub sich unwillkürlich tiefer unter den Decken.

„Ich bin ganz brav", flüsterte sie heiser, „ganz brav, nicht schimpfen!"

„Ich bin nicht gekommen, um mit dir zu schimpfen. Hab keine Angst. Ich war streng mit dir, ich weiß. Aber ich will dir nur helfen."

Ihre Mutter stellte etwas auf das Tischchen neben dem Bett. Es war die kleine braune Flasche, aus der sie ihr zu trinken gegeben hatte, viele Male. Mutters kleine braune Flasche. Sie schraubte sie vorsichtig auf, und der Duft von Lavendel stieg auf, schwer wie Nebel. Sofort wurde es Johanna wieder übel.

„Lieber – lieber nicht", murmelte sie zaghaft.

Die Mutter lachte leise. „Mein kleines dummes Mädchen. Es hat doch geholfen gegen das Fieber, oder nicht? Und es kann noch viel mehr als das. Du musst es jetzt trinken, wir haben nicht viel Zeit."

Sie setzte sich und stieß dabei leicht gegen das Tischchen. Die Flüssigkeit in der braunen Flasche bewegte sich. Sie war sehr trüb, selbst durch das dunkle Glas hindurch. Es sah nicht aus wie etwas, das man trinken wollte.

Die Mutter war Johannas Blick gefolgt. „Die Mischung ist mir nicht so gut gelungen, fürchte ich. Aber ich habe es probiert und ich weiß, dass es nicht zu stark sein wird für dich. Und ich habe dir auch noch etwas anderes mitgebracht."

Sie legte einen Apfel neben das Fläschchen auf den Tisch.

„Eine Belohnung für ein braves kleines Mädchen."

Der Apfel leuchtete im schummrigen Licht. Rund, rot und glänzend. Wie süß er wohl schmecken würde ... Es musste einer der letzten Augustäpfel sein, die noch übrig waren. Man bekam sie im Winter nur zu ganz besonderen Gelegenheiten.

Johanna lief das Wasser im Mund zusammen. Seit Tagen hatte sie nicht solchen Appetit gehabt. Sie wollte den Apfel, aber etwas warnte sie. Etwas, das mit Mutters Stimme zu tun hatte, diesem weichen, kühlen Ton. Und mit dem Blick, mit dem sie Johanna ansah. Woran erinnerte er sie? Die Gedanken in Johannas Kopf bewegten sich nur langsam.

„Wo – wo ist denn Fräulein Sophie?", fragte sie. Die Mutter bekam eine kleine, steile Falte auf der weißen Stirn. Aber sie schimpfte nicht. Sie sagte nur ruhig:

„Sie ruht sich in ihrem Zimmer aus. Du brauchst sie jetzt nicht. Ich bin bei dir."

„Und Lieschen?"

Die Falte wurde tiefer. „Lieschen ist ein dummes, unzuverlässiges Ding, wie alle Dienstmädchen. Sie hat sich", die Mutter verzog die Mundwinkel, „aus dem Haus geschlichen, um ihren Galan zu treffen. Wieder einmal. Ich habe sie beobachtet, wie sie draußen vorbeihuschte. Sie sind alle so. Denk nicht mehr an sie."

Johanna wusste nicht, was ein *Galan* sein mochte, und sie wagte nicht, danach zu fragen. Das unbehagliche Gefühl wurde stärker. Die Mutter schimpfte nicht wie beim letzten Mal. Aber ihre Stimme war noch kälter geworden. Und ihre Augen ... Was war das nur mit ihren Augen? Johanna spürte, dass es wichtig war. Sie versuchte, sich zu konzentrieren, aber sie war so benommen, ihr Kopf fühlte sich an wie mit warmer Watte ausgestopft.

„Komm", sagte die Mutter, „es wird dir gut tun." Sie beugte sich über Johanna, ihr Gesicht war plötzlich ganz nah. Die behandschuhten Hände zogen Johanna an den Schultern nach oben, bis sie mit dem Rücken am Bettgestell lehnte. So groß, so unendlich groß, diese hellen, glänzenden Augen ... Johanna starrte zu ihnen auf.

Glasaugen, durchfuhr es sie. Die sehen aus wie die Glasaugen meiner Puppen!

Sie zuckte zurück, sie konnte nicht anders, und sie stieß sich den Hinterkopf am Bettgestell. Es tat weh, der Schmerz fuhr wie ein greller Blitz in ihre verschwommenen Gedanken hinein. Mit einem Mal fühlte sie sich hellwach.

„Ich möchte das lieber nicht trinken", sagte sie noch einmal und sah zu der trüben Flüssigkeit im Fläschchen hinüber.

„Du bist eigensinnig, Johanna", antwortete die Mutter, und ihr Mund verzerrte sich leicht. „Aber du wirst lernen. Wenn du erst wieder gesund bist, wirst du lernen, wie sich eine junge Dame benimmt. Ich helfe dir dabei. So, wie ich dir auch jetzt helfe." Sie schien zu überlegen. „Wir werden beide davon trinken, du und ich. Dann siehst du, dass du dich nicht fürchten musst. Ich hatte kein Lavendelwasser mehr, aber es schmeckt eigentlich nach nichts. Und nachher essen wir gemeinsam den Apfel. Wäre das nicht schön?"

Sie lächelte mit farblosen Lippen und stand auf. Ihr Rock rauschte. Das Geräusch ließ Johanna frösteln. Es erinnerte sie an ihre Träume, die bösen schwarzen Träume … Sie zog die Bettdecke höher und sah ihrer Mutter zu, wie sie die oberste Schublade der Kommode öffnete, in der Johannas Malstifte lagen, das Seidenpapier, mit dem sie manchmal Blumen bastelte, und ihre Ausschneidebögen. Als sie zurückkam, hatte sie das alte schmale Federmesser in der Hand, das Johanna nicht alleine benutzen durfte. Sophie schnitt ihr damit die schwierigen Stellen aus, die Bänder an den Kleidern von Balldamen oder das feine Häubchen einer Mamsell. Sophie! Wenn sie nur bei ihr wäre! Als die Mutter sich wieder an den Tisch neben dem Bett setzte, das scharfe Messer in der Hand, überlegte Johanna einen Augenblick lang, ob sie nicht nach der Gouvernante rufen sollte. Aber die Mutter und Sophie hatten sich gestritten. Sie waren nicht miteinander *d'accord*, wie es bei den Erwachsenen hieß. Es würde die Mutter zornig machen, sehr zornig. Und selbst, wenn sie sich getraut hätte, trotzdem zu rufen: Ihre Stimme war immer noch so geschwächt und heiser, niemand hätte sie im nächsten Stock gehört.

Johanna blieb still sitzen. Die Mutter nahm den Apfel in die freie Hand.

„Ich schneide ihn für uns auf."

Aber sie tat es nicht. Die kleine Falte sprang wieder in ihre Stirn, sie sah auf einmal verwirrt aus, schaute vom Apfel zum Messer, vom Messer zum Apfel – und auf die Handschuhe, in denen sie beides hielt. Johanna verstand, dass sie sich fragte, *wie* sie den Apfel schneiden sollte. Wenn sie die Handschuhe anbehielt, würde der Saft Flecken darauf machen. Wenn sie sie auszog – undenkbar! Johanna hatte ihre Mutter niemals ohne Handschuhe gesehen. Nicht einmal auf Bildern. Und sie hatte irgendwann Lieschen mit Erna tuscheln gehört, dass sie sie sogar zum Schlafen nicht auszog.

Aber sie tat es jetzt. Sie legte Apfel und Messer hin, fing an, leise zu summen, ein altes Wiegenlied, dessen Melodie Johanna vage erkannte, und dabei öffnete sie langsam die Knöpfe am Saum des rechten Handschuhs.

„*Silber, Gold und Edelsteine*", summte die Mutter. Ihre Stimme zitterte, ganz schwach. „*Schönster Schatz, und du bist mein.*"

Sie schob den Handschuh über das Gelenk nach unten. Johanna beobachtete sie gebannt.

„*Du bist mein / ich bin dein …*"

Das Wiegenlied umfing Johanna wie eine vertraute Umarmung. Ganz von selbst öffnete sie den Mund und sang die letzte Zeile heiser, krächzend, mit der Mutter zusammen:

„*Sag, was könnte schöner sein.*"

Der Handschuh lag jetzt auf dem Tisch. Die Mutter blickte auf und lächelte sie an, und für einen Moment schimmerten lebendige Tränen in den Glasaugen. Johanna sah es, aber sie sah auch noch etwas anderes. Etwas, das sie mit Eisesfingern anfasste.

„Was – was ist das?", fragte sie, und noch in der Frage fingen ihre Lippen an zu zittern. Sie deutete auf die weiße, bloße rechte Hand, die nach dem Apfel griff und sich in der Bewegung umdrehte.

Flügel schlugen, irgendwo in ihrem Kopf.

„Was ist das?", fragte sie noch einmal, lauter, mit flatternder Stimme.

Die Mutter kniff die Lippen zusammen. Der warme Schimmer verschwand aus ihren Augen.

„Nichts. Es ist nichts. Nur ein – nur ein Hautproblem. Ich ziehe den Handschuh darüber, und dann sieht man nichts mehr. Dann ist es nicht mehr da."

Der Apfel verdeckte jetzt fast die ganze Handfläche, aber Johanna konnte nicht aufhören, daraufzustarren. Auf das, was immer noch sichtbar war.

Flecken. Dunkle Flecken auf der blassen Haut. Unregelmäßige, an den Rändern zerfranste Flecken. Wie böse kleine Tiere, wie Spinnen ohne Beine, die unter dem Handschuh im Verborgenen gehockt hatten.

Die Flügel schlugen heftiger. Das Geräusch hallte wider, irgendwo in einem steinernen Labyrinth …

„Es ist so hässlich", sagte Johanna, ohne es zu wollen.

Der Apfel fiel polternd auf den Tisch.

Auf dem Bett in ihrer Kammer blinzelte Sophie. War da ein Geräusch gewesen, über ihr? Sie lauschte, aber es wiederholte sich nicht. Alles blieb still, bis auf das Fauchen des Windes an den Simsen. Ein Ast, vielleicht, draußen, ein gefrorener Zweig, der brach und zersprang … Es wurde schon wieder dunkel hinter dem Fenster. War es heute überhaupt wirklich hell geworden? Sie musste sich ausruhen, nur ein wenig. Nur eine Minute noch oder zwei …

Johanna presste den Rücken gegen das Bettgestell. „Entschuldigen Sie, das wollte ich nicht sagen! Es tut mir leid!"

Die Mutter stieß zischend den Atem aus. „Und damit, denkst du, ist alles ungeschehen gemacht?"

Die linke Hand wand sich um die rechte, als versuche sie, sie vor Johannas Blicken zu verstecken. Aber die Flecken sahen immer wieder hervor, die hässlichen, bösen dunklen Flecken, und die Haut, die sie umgab, war seltsam schuppig. Als finge sie an, sich langsam abzulösen, auseinanderzufallen.

Unter der Decke zog Johanna die Knie an, so eng, wie sie

konnte. Und hörte die Stimme aus dem Traum zischen: *Bist du jetzt denn nicht mehr neugierig?*

„Was starrst du so!“, fuhr die Mutter sie an. Johannas Zehen krallten sich in die Matratze. „Benimmt sich so ein gut erzogenes Mädchen? Wie ein Gossenkind starrst du. Wo bleibt deine Haltung? Weißt du nicht, wie weh du mir damit tust? Wie schwer das für mich ist?“

Johanna versuchte, den Blick loszureißen. Es gelang ihr nicht.

„Ich kann nichts dafür“, stammelte sie, „es tut mir leid!“

„Es tut mir leid, es tut mir leid“, äffte die Mutter sie nach. „Ist das alles, was du sagen kannst?!“

Mit einer heftigen Bewegung nahm sie den Apfel wieder auf, das Messer, schnitt tief in die rote Schale. Saft quoll hervor, das Fruchtfleisch zerriss. Die beiden Hälften fielen auseinander. Die Mutter warf das Messer hin.

„Siehst du, ich trinke.“ Sie setzte das Fläschchen an, schluckte. Ein Schauer schien kurz durch ihren ganzen Körper zu laufen, aber es war sofort wieder vorbei, und Johanna war sich nicht sicher, ob sie sich nicht getäuscht hatte.

„Ich trinke“, sagte die Mutter, „und dann esse ich meine Belohnung. Siehst du?“ Sie biss in den Apfel. Vor ihrem weißen Gesicht leuchtete das Rot grell auf.

„War das so schlimm? Jetzt nimm dich zusammen. Komm!“

Sie beugte sich vor. Hielt Johanna beides hin, den Apfel und das braune Fläschchen. Die trübe Flüssigkeit in seinem Inneren schwappte hin und her.

„Komm!“

Die Glasaugen beobachteten Johanna. Sie wagte es nicht, zurückzuweichen. Aber die Hand war ihr jetzt so nahe, die Hand mit den fürchterlichen Flecken! Übelkeit stieg in ihr auf. Sie ließ den Kopf hängen.

„Johanna!“ Der Ton war so scharf, er schien etwas in der Luft zu zerreißen. „Trink jetzt! Tust du es nicht freiwillig, dann werde ich dich dazu zwingen!“

Tust du es nicht freiwillig, dann werde ich dich dazu zwingen.

„Nimm den Kopf hoch, sieh mich an, wenn ich mit dir rede!“

Sieh mich an, ja, sieh mich an.

Bin ich nicht – schön?!

Johanna wimmerte auf und schlug die Hände vors Gesicht.

„Nein, nein!“

Aber der böse Traum war schon herangebraust, seine Schwingen schlugen über ihr zusammen. Kalte Luft wehte zwischen grauen Steinen, ein schwarzer Schleier flog in einer eisigen Kapelle beiseite, und darunter lag Grauen, das keine Worte kannte.

Ein Gesicht. Die Reste von einem Gesicht. Tote weiße Haut, zerfressen, zerrissen. Die Nase eine Ruine. Die Wangen zerbröckelt. Und überall hockten sie, die bösartigen Spinnen. Tiefschwarze Flecken, überall. Überall. Ins Fleisch gegraben, festgekrallt. Groß wie Taler, aufgebläht. Vollgefressen. Aber noch lange nicht satt. Schwarze Flecken.

Schwarze Flecken.

Das Entsetzen in ihr verbrannte alle Benommenheit. Johanna wich den Händen aus, die nach ihr greifen wollten, krabbelte über das Bett; verfing sich im Laken, riss sich los, fiel auf den Boden, neben den weinroten Samtrock. Die Dielen waren hart unter ihren Knien. Aber sie blieb nicht liegen. Stoff raschelte, der schwere Rock kam in Bewegung, aber Johanna war schneller. Sie schoss in die Höhe, taumelte auf Beinen, die unter ihr nachgeben wollten, einen Schritt weg vom Bett, noch einen.

„Hör auf, was tust du denn!“

„Nein!“ Johanna kreischte, heiser, tonlos, mit wunder Kehle. „Nein, lass mich, geh weg, geh weg! Du bist nicht meine Mutter! Du bist sie. *Du bist sie*! Du willst mich holen!“

„Johanna! Hör sofort auf! Du bist wahnsinnig vom Fieber!“

Der Rock schwang herum, versperrte den Weg zur Tür. Johanna wich an die Wand zurück.

„Ich kenne dich, ich weiß, wer du bist, ich habe dich *gesehen*!“

„Natürlich kennst du mich, du kennst mich seit deiner Geburt! Ich habe dich auf die Welt gebracht, ich habe dich großgezogen! Was erlaubst du dir, so mit mir zu reden! Komm sofort her, sofort!“

Die Hände streckten sich nach ihr aus, die Finger gebogen, wie Krallen. Die Flecken! *Die Flecken!*

„Lass mich! Hexe!“

In allerhöchster Not stieß Johanna die Hände zurück, ohne zu wissen, woher sie die Kraft nahm, warf sich herum und riss die kleine Tür zur Mädchenstiege auf. Sprang die ersten schiefen Stufen herunter, während Tränen sie blendeten, und drehte sich nicht wieder um.

Auf dem Bett richtete Sophie sich auf. Diesmal war sie sicher, etwas gehört zu haben. Ein deutliches, hastiges, beunruhigendes Geräusch. Da, war es da nicht schon wieder? Sie schnürte sich eilig die Schuhe und stand auf. Als sie die Zimmertür öffnete, hallte ein Poltern durch das ganze Haus – ein Poltern, das von der Haustür kam. Jemand hämmerte mit den Fäusten dagegen.

Die Mädchenstiege endete vor der Hintertür. Schneewind rüttelte an der Milchglasscheibe in dem kleinen Vorbau. Die Welt dahinter versank im letzten trüben Tageslicht. Keuchend, ratlos blieb Johanna stehen. Sie konnte kaum atmen vor Angst. Wohin nur, wohin?

Sophie! Sie wandte sich nach links, dem Flur zu, aber von dort kam ein entsetzliches Poltern, und sie zuckte zurück. Über ihr, auf der gewundenen Stiege, klangen Schritte. Langsame, stetige Schritte. Und schwerer Stoff rauschte, der sich an Stufen verfing ... Sie schluchzte auf. Wohin, wohin?! In der Hintertür steckte kein Schlüssel. Sie musste für den Abend schon abgeschlossen sein. Die Schritte kamen näher.

Johanna schluchzte auf. Drückte die Klinke, verzweifelt, sinnlos.

Quietschend sprang die Tür auf. Kälte schlug ihr ins Gesicht. Einen Augenblick blieb sie vollkommen reglos stehen.

Dann riss sie einen alten Gärtnermantel vom Haken, der dort seit dem Sommer hing, zerrte ein paar riesige Stiefel über ihre nackten Füße, die darunterlagen.

Und rannte los, in den Park hinaus.

Bumm, bumm.

Alles Blut wich Sophie aus dem Kopf. Sie klammerte sich am Türrahmen fest. Bilder schossen an ihr vorbei, brennende Fackeln, aufgerissene Münder. Eingeschlagene Fensterscheiben, umgestürzte Kutschen.

Bumm, bumm, bumm.

Das Hämmern an der Haustür schien in ihrem Körper wie ein Echo zu hallen.

Sie kamen. Oh Herrgott, jetzt kamen sie.

Sie riss sich aus der Erstarrung, lief auf den Flur. Nichts regte sich im Haus. Hörte es denn niemand außer ihr? Sie wollte rufen, nach Lieschen, nach Johanna, aber das Bumm, bumm, bumm dröhnte wieder und schnürte ihr die Kehle zu.

Sie rannte die Haupttreppe hinunter, ins Erdgeschoss, in die Halle.

Bumm, bumm, bumm, bumm!

Die Haustür knirschte in ihren Angeln. Sophie rang sinnlos die Hände, wandte sich nach rechts, nach links, wieder nach rechts. Die Kellertür unter der Treppe öffnete sich, und mit weit aufgerissenen Augen lugte das Spülmädchen hervor.

„Was ist los?", fragte es flüsternd. „Wer ist denn da?"

Sophie starrte ihr ins Gesicht, ohne sie wirklich zu sehen. Stimmen kamen von draußen, durch die dicke Haustür hindurch. Rufen, Gebrüll. Dunkle Schemen zeichneten sich hinter dem Glas ab. Sie bewegten sich hin und her.

Bumm, bumm!

Gefrierende Tränen verklebten Johanna die Wimpern, sie sah kaum, wohin sie lief. Aber es war gleichgültig, weil der Schnee alle Wege verschluckt hatte. Die Kälte biss ihr ins Gesicht, der Wind zerrte an ihren Haaren. Der Mantel war schwer und kratzte und hing ihr bis auf die Stiefel, in denen ihre Füße rutschten und langsam zu Eisklumpen wurden. Aber sie hielt nicht an. Ihre Beine waren so schwach, dass sie immer wieder stolperte und im Schnee steckenblieb, ihre Kehle brannte von der schneidenden Luft; sie hörte ihre eigenen, krächzenden Schluchzer und fühlte den Boden an sich zerren, der sie dazu bringen wollte, sich einfach hinzulegen und aufzugeben. Sie tat es nicht. Sie lief und schluchzte und wischte sich das Gesicht mit dem Ärmel ab.

Bumm!

Langsam, wie in Trance, ging Sophie auf die Haustür zu. Der Schlüssel steckte von innen. Die Hand, die sie darum schloss, zitterte. Sie fühlte es nicht, sah auf die zuckenden Finger hinab, als gehörten sie nicht zu ihr.

„Oh, nicht, Frollein", flüsterte das Spülmädchen, „öffnen Sie man lieber nicht!"

Aber was sollte sie anderes tun? Abwarten, bis sie die Tür eingeschlagen hatten? Sie waren da. Und sie würden nicht wieder fortgehen.

Bumm, bumm! Das schwere Holz knirschte in den Angeln.

Sophie fing an, mit tauben Fingern den Schlüssel zu drehen.

„Aufmachen", schrie es jetzt ganz deutlich draußen. „Bitte, machense doch auf!"

Bitte? Hatte sie wirklich dieses Wort gehört? Sophie stutzte. Aber da klang es schon wieder, durch das Rauschen des Blutes in ihrem Kopf hindurch, scharf, dringlich:

„Bitte, hörense denn nich?"

Mit einem Ruck drehte Sophie den Schlüssel herum und riss die Haustür auf.

„Endlich, Frolleinchen!"

Marek fiel ihr fast entgegen. Andere Männer drängten sich hinter ihm, alle nahmen ehrerbietig die Mützen ab. Ihre Gesichter waren angespannt, aber nicht vor Wut. Keiner sah aus, als wollte er Fenster einschlagen oder Möbel verbrennen. Im Gegenteil.

Die Männer hatten Angst.

Sophie starrte fassungslos, aber Marek ließ ihr keine Zeit. Er packte sie am Ellenbogen, bohrte seine dunklen Augen in ihr Gesicht und sagte:

„Wir brauchen Behälter. Große Behälter. Möglichst viele davon."

„Was?" Sophie musterte ihn entgeistert. „Wovon reden Sie? Was wollen Sie hier? Sie haben mich zu Tode erschreckt!"

Marek schüttelte ungeduldig den Kopf.

„Tut mir leid, Frolleinchen, aber für sowas ham wir jetzt keine Zeit. Große Behälter. Hörense mich? Sowas muss es doch hier geben."

„Die Waschkessel", zirpte es von der Kellertür her. Sophie fuhr herum. Das Spülmädchen hatte sich eine Elle weit aus dem Versteck gewagt und blinzelte jetzt nervös. „Die Waschkessel, würden die gehen?"

„Bestimmt. Ich hol sie." Marek ließ Sophies Arm fahren, als wäre sie plötzlich vollkommen unwichtig geworden, und wollte sich an ihr vorbei ins Haus drängen.

Sophie reichte es. Ihr ganzer Körper bebte immer noch vor Angst, sie verstand nichts von dem, was auf einmal geschah, und jetzt wollte dieser ungehobelte Kerl sie einfach aus dem Weg schieben, wie irgendein Möbelstück? Sie stemmte den Arm in den Türrahmen, sodass er beinahe dagegenlief, und sagte scharf:

„Sie holen hier nichts und niemanden, bevor Sie mir nicht erklärt haben, was zum Teufel das ganze Durcheinander soll!"

Der Fluch rutschte ihr aus Versehen heraus. Sie biss sich auf die Zunge, aber ließ sich nach außen hin nichts anmerken. Marek grinste, kurz und irgendwie anerkennend. Dann verdüsterte sein Gesicht sich sofort wieder.

„Frolleinchen, wir ham keine Zeit, begreifense das denn nich?" Sie rührte sich nicht. Er kniff die Augen zusammen. Einen Moment lang sah es so aus, als wollte er sie mit Gewalt aus dem Weg räumen.

„Leute, was denn hier los!"

Willem kam über den Vorplatz gelaufen. Sophie stieß erleichtert die Luft zwischen den Zähnen aus, verschluckte sich dann beinahe, als sie sah, dass er Lieschen hinter sich herzog. Lieschen, die oben bei Johanna sein sollte!

„Verdammt, Willem, wo warst du!" Marek drehte sich um. Sophie ließ den Arm vorsichtig sinken. „Während du dich rumtreibst, is genau das passiert, was ich schon vor Wochen gesagt hab! Die verfluchte Wanne Zwo is gerissen. Und die Wasserleitung is eingefroren. Mal wieder! Wir schippen da oben Schnee wie die Wilden, aber es reicht nich, um die Wanne runterzukühlen. Das beschissene Glas fließt schon überall rum!"

Sophie schlug die Hand vor den Mund. Mareks Kopf ruckte herum.

„Was guckense so belämmert", fuhr er sie an, „könnense sich vorstellen, was passiert, wenn das Ding richtig anfängt auszulaufen?"

Blitzartig sah Sophie sie wieder vor sich, die riesigen gemauerten Gewölbe, das drohende Glühen in ihrem Innern. Gewaltige Teiche aus Höllenfeuer ... Zögernd hob sie den Blick, hoch zum Hüttenturm, der hinter dem Haus ins Schneegestöber ragte. Der Wind trug Menschenrufen heran.

„Ach, gnädiges Fräulein", jammerte Lieschen, „es tut mir so leid, ich wusste doch nich ... Und ich war wirklich nur kurz weg, ganz, ganz kurz!"

Sophie beachtete sie nicht. Ihr Blick hing an Willems Gesicht. Willem, der einen Moment lang unsicher aussah. Dann schien er sich wieder zu fangen. Er hieb Marek die Hand auf die Schulter und grinste breit.

„Mann, du machst wohl wieder mal Panik, was? Ein kleiner Riss, was schadet das schon. Wär ja nich das erste Mal, woll? Und die Wanne is an sich ordentlich gebaut. Das weißt du doch."

„Das isse nich", zischte Marek so heftig, dass Sophie einen Schritt zurückwich. „Und das weißt *du* doch!"

„Willem", mischte sich einer der anderen Arbeiter ein, „wir

müssen büschen aufpassen. Sowatt kann schneller gehn, als man denkt. Und es lagern doch noch die ganzen Kisten im Turm nebenan."

Willem zuckte die Schultern. „Da is'ne Stahltür dazwischen, oder nich? Echter Kruppstahl!"

„Ja", sagte Marek, gefährlich leise. „Und was passiert, wenn eine Tonne glühendes Glas dagegenschwappt?"

Willem öffnete den Mund, aber ein dumpfer Knall verschluckte seine Worte. Die Männer fuhren herum, Sophie zuckte zusammen. In der Hauswand vibrierten sirrend die Fensterscheiben.

„Scheiße", murmelte Willem, bleich geworden. „Verpuffung."

„Es geht los", sagte Marek. „Ja, jetzt geht es richtig los." Er sah Sophie an. „In der Hütte sind jede Menge Gase. Überall. Und tausend Dinge, die schmelzen und verbrennen können. Wenn wir es nich schaffen, das Glas in der Wanne runterzukühlen, bevor sie noch weiter zerreißt, fließt es überallhin und zündet alles an."

„Aber – der Turm", stotterte Sophie, „kann man nicht wenigstens die Kisten dort wegräumen? Wäre die Gefahr dann nicht ..."

„Sicher", unterbrach Marek sie grob, „tun wir ja. Meinense, wir sind blöd? Aber wissense auch, was so ein Turm für einen Zug hat – Luftzug, mein ich? Was glaubense, warum die Dinger meistens auf Hügeln stehn, wo's richtig schön windig ist? Wenn die Stahltür schmilzt und der Große da oben einmal ordentlich Luft holt ... Niemand kann das dann noch aufhalten. Egal, ob da noch Stapel Holz drin rumliegen oder nich. Verstehnse das jetzt endlich? Es wird Tote geben, Frolleinchen. Also, lassense mich jetzt die verdammten Waschkessel holen?"

Es wird Tote geben ... Sophie nickte schaudernd und gab den Weg frei. Als Marek und zwei, drei andere an ihr vorbeistapften, hallte der Satz immer noch in ihr nach. Es wird Tote geben. Menschen werden sterben ... All ihre Sorgen, ihre eigenen Ängste verblassten gegen diesen einen, grausigen Satz. Dass er wahr war, sagte ihr Willems bleiches Gesicht.

Sie starrte blicklos in den zertretenen Schnee. Als die Männer zurückkamen, die riesigen metallenen Waschkessel auf den Armen, das Spülmädchen im Schlepptau, richtete sie sich auf, sah Marek in die Augen und sagte: „Ich komme mit. Ich helfe."

„Du bist doch verrückt, mien Deern", polterte Willem los, „was willst du schon ..."

„Frollein Sophie", kreischte Lieschen auf, „Sie können doch nicht ..."

Marek hielt Sophies Blick, einen Moment lang. Nickte er dabei? Sophie hob das Kinn noch etwas höher.

„Ich kann", sagte sie, „und ich werde. Lieschen, geh rein und kümmer dich um Johanna. Und wage es ja nicht, wieder das Haus zu verlassen. Und du ..."

Das Spülmädchen stand bei den Männern, die Arme um einen großen Kochtopf geschlungen. Es wagte kaum, zu ihr aufzublicken.

„Meine Brüder", murmelte es, „sie arbeiten auch in der Hütte ..."

Sophie nickte knapp. Dann griff sie hinter sich in die Garderobe und holte ihren Mantel heraus.

Johanna stolperte auf die Prinzessin zu. Im fahlen Winterlicht war sie nicht mehr als ein geisterhafter Umriss, ein flüchtiger Schemen, der mit der Umgebung verschmolz. Johanna streckte die Hände nach ihr aus, fiel in den Schnee, der sie fast verschluckte, ihr in Mund und Nase drang. Auf allen vieren kroch sie weiter. Schnee geriet ihr unter den Mantel, in die Ärmel, in die Stiefel. Ihre Zähne fingen an, aufeinanderzuschlagen, sie biss sich dabei auf die Zunge, schmeckte das Blut heiß und metallisch im Mund.

Dann stieß ihr Kopf sacht gegen etwas Hartes. Sie sah auf, und das steinerne Bassin der Prinzessin ragte über ihr auf. Sie schlang die Arme um seinen Fuß, zog die Beine an. Machte sich unter dem Mantel so klein, wie sie konnte. Der Schatten der Prinzessin fiel über sie.

War sie jetzt in Sicherheit?

Es war so kalt, so furchtbar kalt. Der Wind trieb die scharfkantigen Flocken unter das Bassin. Sie krümmte sich noch stärker, vergrub das Gesicht in den Armen, im rauen, seltsam riechenden Mantelstoff. Was war das, wonach er duftete? Die Tränen stürzten noch heftiger, als es ihr einfiel: Erde, frische braune Frühlingserde, danach roch der Mantel, und eine Sehnsucht packte sie, die noch unerträglicher war als die Kälte. Frühling, leuchtende Sonne, sanftes Gras! Picknicks im Park mit Fräulein Sophie. Und Frau Mama, die vom Fenster aus herüberwinkte und lachte … Frau Mama …

Frau Mama ging niemals nach draußen. Niemals.

Johanna kauerte sich zusammen.

Sie geht nicht nach draußen, murmelte sie lautlos vor sich hin. Sie geht nicht nach draußen, sie geht nicht nach draußen …

Aber noch während sie den Kopf auf die Arme sinken ließ, nahm sie aus den Augenwinkeln die dunkle Gestalt wahr, die sich durch das Schneetreiben langsam auf sie zubewegte.

Im Herrenhaus schloss Lieschen langsam die Haustür.

„Fräulein Johanna?“, rief sie leise, fragend, in die Halle

hinein und zog den feuchten Mantel aus. „Kleines Fräulein? Gnä' Frau? Es ist alles gut. Sie sind weg."

Niemand antwortete. Lieschen durchquerte die Halle und hängte den Mantel an die Klinke der Kellertür. Ihre Schritte polterten laut in der Stille.

„Gnä' Frau?" Hatten die da oben wirklich nichts gehört? Die Gnädige musste sich hingelegt haben. Kein Wunder, so erschöpft, wie sie war in den letzten Tagen. Auf Zehenspitzen stieg Lieschen die Treppe hoch, in den ersten Stock.

Johanna wusste, dass die Gestalt näherkam. Mit jeder Minute, die verstrich, mit jedem Atemzug, den sie tat. Sie presste die Nase in den alten Mantel, roch den tröstlichen Geruch der Erde. Unterdrückte die Tränen, das Schniefen, das Zittern – alles, was sie verraten konnte. Der Schatten des Prinzessinnenbrunnens lag über ihr. Sie war unsichtbar. Unsichtbar.

Die Kälte brauchte keine Augen. Sie war vom Boden an ihr hochgekrochen und hielt sie jetzt umklammert. So sehr, dass Johanna nicht sicher war, ob sie sich noch bewegen konnte, wenn sie es versuchen würde.

Aber sie wollte es ja nicht versuchen. Sie war ganz still, ganz reglos, nur ein alter Stein unter dem Brunnen, nur ein formloser Schneehaufen, grau im fahlen Licht. Unsichtbar, unsichtbar. Sie schloss die Augen so fest sie konnte.

„Johanna", flüsterte der Wind. „Johanna", wisperte der Schnee. „Johanna", hauchte jede einzelne Flocke in ihr Ohr. „Johanna, komm. Komm heraus."

Johanna machte sich noch kleiner.

„Nein", murmelte sie mit tauben Lippen. „Nein, ich bin nicht hier."

„Aber ich sehe dich", säuselte der Schnee, der Wind. „Ich

sehe dich, dort unter dem Brunnen. Komm heraus. Es ist Zeit."

„Nein." Johanna kniff die Augen noch fester zusammen. „Ich bin nicht hier, du kannst mich nicht sehen."

„Oh doch, mein Herz, mein Liebling. Du bist dumm gewesen und ungehorsam, und du bist fortgerannt. Aber ich habe dich gefunden. Ich werde dich immer finden. Du bist ein Teil von mir."

„Nein!"

Aber die sanfte, eisige Stimme lachte nur. Stoff raschelte, und es wurde dunkler hinter Johannas geschlossenen Augen, als ein neuer Schatten sich über sie senkte.

Auf dem Hügel herrschte wüstes Durcheinander. Arbeiter liefen in Scharen umher, schippten Schnee in Schubkarren, zerrten Holzkisten aus dem roten Turm auf den Vorplatz. Als Sophie ankam, fiel eine und platzte auf, und Wolken von Holzwolle quollen heraus. Die Männer, mit denen sie gekommen war, verteilten sich rasch, auch Willem und sogar das Spülmädchen verschwanden irgendwo im Gewühl. Jeder schien genau zu wissen, was es zu tun galt. Verunsichert blieb Sophie stehen.

Der Hüttenmeister war nirgendwo zu sehen. Kämpfte er drinnen mit der beschädigten Schmelzwanne? Das Tor der großen Werkshalle war fest geschlossen, die Arbeiter schoben die Karren durch die kleine Seitentür, die sie beim ersten Mal übersehen hatte.

„Wegen dem Luftzug", sagte Marek neben ihr. „Feuer will fressen, um zu überleben. Und am liebsten frisst es Luft. Wir können es ihm wenigstens so schwer machen wie möglich. So lange nur die verdammte Zwischentür hält ..." Er rieb sich mit beiden Händen über das Gesicht.

„Sie glauben es nicht", sagte Sophie beklommen. „Sie glauben nicht, dass sie halten wird."

Er zuckte die Achseln, einmal, ganz knapp.

Sophie machte eine hilflose Handbewegung, zu den Männern hin, die Kisten aus dem Turm schleppten.

„Aber ist das alles dann nicht vollkommen sinnlos?"

In der Halle knallte es wieder dumpf, und ein plötzlicher Luftschwall ließ Sophie taumeln. Mit Mühe hielt sie sich aufrecht. Marek antwortete nicht, musterte sie aber aufmerksam. Na, schien sein Blick zu sagen, hast du also schon genug, bevor es richtig losgeht?

Sophie drückte das Kreuz durch.

„Sagen Sie mir", bat sie mit nur ganz leise zitternder Stimme, „was ich tun soll."

„Johanna", flüsterte die sanfte, kalte Stimme. Sie war jetzt ganz nah. „Johanna, sieh mich an."

Etwas wie ein Stein sackte in Johannas Bauch nach unten, schwer und hart, tiefer, immer tiefer. Kein Entkommen. Sie presste sich gegen den Sockel des Brunnens, aber er öffnete sich nicht für sie, um sie wie im Märchen in seinem Inneren zu verbergen. Oben, über dem Bassin, fauchte Wind um die Statue; sie selbst aber blieb stumm und reglos. Kein Entkommen. Keine Hilfe.

Der Stein in ihrem Bauch wollte sie mit sich in die Tiefe ziehen. Ins Dunkel, wo alles gleichgültig war. Sie fror so sehr, war so entsetzlich müde – und so unendlich allein. Gib auf, Johanna, flüsterte der Stein ihr zu; gib doch auf, du kannst nicht gewinnen. Niemals gegen *Sie*.

Johanna wusste, dass er recht hatte.

Ihr Kopf fing von selbst an, sich langsam zu heben. Der tiefe Schatten vor dem Brunnen wurde klarer, schärfer. Er füllte die ganze Welt aus. Das weiße Gesicht schwebte an seiner Spitze, das schöne, ruhige, schneeweiße Gesicht mit den glänzenden Glasaugen. Sie sahen sie an, unverwandt. Hielten sie, zogen ihren Kopf weiter in die Höhe. Er folgte ihnen widerstandslos. Johannas Lippen öffneten sich von selbst:

„Nein“, sagte ihr Mund.

Sie hörte es, sie wusste, dass sie es war, die gesprochen hatte. Aber sie konnte es nicht glauben.

Ihr Mund tat es noch einmal. „Nein“, sagte er wieder, lauter, trotziger.

In dem weißen Gesicht über ihr verzogen sich die Lippen unwillig.

„Kind“, sagten sie, immer noch sanft, aber mit einer scharfen Spur von Ungeduld, die Johanna schaudern machte, „Kind, du weißt nicht, was du redest. Du bist zu jung, um es zu wissen. Ich will nur das Beste für dich. Warum vertraust du mir nicht? Habe ich dir jemals geschadet?“

Johanna wartete, aber ihr Mund blieb stumm. Ja, wollte er sagen; es fühlte sich so an, als ob Ja die Wahrheit gewesen wäre. Aber war es auch die Wirklichkeit? Hatte es denn einen Schaden gegeben? Da war die Übelkeit gewesen, immer, wenn sie das Mittel aus der braunen Flasche hatte trinken müssen. Aber war sie nicht jedes Mal auch wieder vergangen? Und war das Fieber nicht wirklich weniger geworden? Und trotzdem ... das Nein wollte ihr nicht über die Lippen. Sie schwieg, und je länger das Schweigen andauerte, desto klarer wurde ihr, dass ihr Mund nicht mehr von alleine weitersprechen würde.

„Ich weiß nicht“, sagte sie schließlich kleinlaut. „Ich weiß es ehrlich nicht. Ich weiß nicht einmal mehr wirklich, wer du bist.“

Die glänzenden Augen strichen über ihr Gesicht.

„Ich bin deine Mutter. Ich weiß, was gut für dich ist."

Das braune Fläschchen tauchte auf, wie durch Zauberei.

Das Schlafzimmer im Herrenhaus war leer. Nur der große Spiegel fing Lieschens Bewegungen auf, als sie daran vorbeilief, ins Ankleidezimmer, wo sich auch niemand aufhielt, und zurück.

„Gnä' Frau? Gnä' Frau?"

Sie musste nach oben gegangen sein, zum kleinen Fräulein. War wohl auch besser so. Wahrscheinlich hatten sie doch den Lärm gehört, und das Kind hatte es mit der Angst zu tun bekommen. Sie hätte nicht weggehen und das Mädchen allein lassen dürfen ... Aber was tat man nicht alles für ein paar schöne blaue Augen? Lieschen wagte es, sich einen Moment auf das Bett zu setzen, und stützte das Kinn in die Hände. Ob sie wohl zurechtkamen, oben bei der Hütte? Es hatte schlimm geklungen, was dieser Marek gesagt hatte. Und Willem, der sich sonst doch immer über ihn lustig machte – Willem hatte Schrecken in den Augen gehabt. Das hatte sie noch nie gesehen. Wie er sich wohl fühlte, wo er doch mit ihr weggewesen war, als das Unglück anfing?

Lieschen seufzte. Er tat ihr leid. Obwohl er das Fräulein Sophie geduzt hatte, vorhin. Sie hatte es sehr wohl gehört. Mien Deern ... Was hatte er sich dabei gedacht? War das wieder sowas wie mit dem hübschen Stubenmädchen vom Nachbargut? Wochenlang hatte Lieschen sich die Augen aus dem Kopf geheult wegen der. Würde das jetzt wieder losgehen? Aber Sophie würde nicht – sie würde doch sicher niemals ... Lieschen seufzte noch einmal. So war das eben mit den Männern. Man hatte sie nie wirklich sicher, solange sie einen nicht geheiratet hatten. Und selbst dann ...

Sie stand auf, strich die Überdecke wieder glatt. Es hatte keinen Sinn zu grübeln. Immerhin hatte sie ja schon vier Bettlaken und zwei Kopfkissenbezüge für die Aussteuer beisammen, oder nicht? Der Gedanke an die Leinenschätze in ihrer kleinen Truhe munterte sie auf. Das wird schon alles, sagte sie sich, als sie das Schlafzimmer verließ und nach oben stieg, zum Dachboden. Das wird schon alles. Das mit der Hütte und das mit Willem, und das kleine Fräulein wird auch bald –

Die Dachbodentür stand halb offen. Und das Zimmer war leer.

Kalte Angst fuhr Lieschen in alle Glieder. Die Decke auf dem Kinderbett war zerwühlt. Der kleine Stuhl lag umgestoßen auf dem Boden. Unter dem Fenster stand das Holzreh und sah aus den bemalten Augen stumm zu ihr auf.

„Fräulein Johanna?", fragte sie. Ihre Stimme wackelte. Niemand antwortete. Das ganze Haus schwieg stumm.

„Was … was ist passiert …"

Zögernd ging Lieschen weiter in den Raum hinein. Bückte sich, nahm, ohne zu wissen warum, das Holzreh auf. Hielt es im Arm und drückte es an sich. Es half ein wenig gegen das Zittern in ihrem Innern. Ratlos blieb sie stehen.

Die Kisten waren schwer. Sophie wuchtete eine in die Höhe, der Staub und der Dreck in dem alten Kegelturm ließen sie husten. Zu Dutzenden waren die Kisten dort in hohen Stapeln aufgeschichtet, sodass der Raum viereckig wirkte, weil die runden Turmwände hinter Kistenschichten verschwanden. Und alle voller Holzwolle und Packpapier. Bestes Brennmaterial … Immer wieder warf Sophie nervöse Blicke zu der Stahltür, die den Raum zur Halle hin verschloss. Wie mochte es inzwischen wohl dahinter aussehen? Nach den

Wortfetzen, die sie immer wieder mal aufschnappte, stand es nicht gut um die gerissene Schmelzwanne. Wie viel rotglühendes Glas suchte sich im Augenblick schon seinen Weg dort drüben? Auf die Stahltür zu, die so nahe war? So dickes Metall – es war kaum vorstellbar, dass es irgendetwas auf der Welt geben sollte, das ihm etwas anhaben konnte. Und doch war es so. Marek hatte es ihr gesagt. Und die Hast, mit der die Männer um sie herum arbeiteten, um die Kisten fortzuschaffen, sagte es ihr auch.

Mühsam schleppte sie die Kiste nach draußen. Der kalte Wind riss ihr an den Haaren, Schneeflocken stachen ihr boshaft in die Augen. Ihre Arme brannten. Auf dem Vorplatz traf sie Marek wieder; er kniete vor einem mit Schnee gefüllten Waschkessel und rieb sich das rußverschmierte Gesicht ab. Unter dem Ruß kamen rote Blasen zum Vorschein.

„Kommense voran?", fragte er, ohne aufzuhören. Sophie nickte zögernd. Er warf einen Blick auf den Kistenstapel, der sich auf dem Vorplatz türmte. „Das geht nich schnell genug. Wir ham drüben schon den zweiten großen Riss. Die Wanne ist viel zu schnell zu stark befeuert worden, wissense? Das halten die nich aus. Aber es muss ja immer alles gleich sein, jetzt, sofort … Warten kennen die Herrschaften ja nich. Naja. Jetzt sieht man, was man davon hat."

Er spuckte schwarzen Ruß in den zertrampelten Schnee und stand auf.

„Kommense, ich mach mal ein Weilchen bei Ihnen mit. Denn kann ich Sie auch gleich galant auffangen, wennse hier umkippen von der Schufterei, Frolleinchen."

Er lachte heiser; es klang nicht fröhlich. Sophie folgte ihm stumm zurück in den Turm. Der Dreck hing drinnen inzwischen in so dichten Schwaden, dass sie fast mit einem Arbeiter zusammengestoßen wären, der wie aus einem dicken, dunklen Nebel auf sie zukam. Fluchend drückte er sich an ihnen vorbei.

Marek ging zu der Stahltür. Er streckte die Hand aus, um sie prüfend auf das Metall zu legen. Kurz über der glatten Oberfläche hielt er inne.

„Kommense mal her, wennse noch Mut ham."

Er fasste mit der freien Hand ihren Arm. Führte ihn, bis ihre Hand auf einer Höhe mit seiner über der Stahltür schwebte. Sophie zuckte zurück.

„Es ist warm!"

Er ließ sie los und nickte düster.

„Das isses wohl. Auf der anderen Seite geht's höllisch zu, Frolleinchen. Nee, versuchense nich, es sich vorzustellen. Glaubense mir einfach. Kriegense weniger Albträume von."

Er bückte sich, packte eine Kiste. Es war die letzte aus einem Stapel, dahinter lag die Wölbung der Turmwand. Rechts und links ragten noch immer Kistentürme auf.

„Los", forderte er Sophie auf, „stapelnse mich mal ordentlich zu. Es nützt nichts, wenn wir hier alle einzeln …"

Er brach ab, mitten im Satz, und seine dunklen Augen weiteten sich. Die Kiste, die er eben hochgehoben hatte, fiel krachend zu Boden.

„Was", fragte Sophie, aber er schien sie gar nicht zu hören, starrte auf die Stelle, wo eben noch die Kiste gestanden hatte – nein, auf den dämmrigen Hohlraum dahinter, der durch die runde Turmwand gebildet wurde. Unwillkürlich folgte Sophie seinem Blick. Es war kaum etwas zu erkennen. Aber der Turmboden wirkte an dieser Stelle seltsam uneben …

„Frolleinchen", sagte Marek leise neben ihr. „Oh Mann, Frolleinchen …"

Es lag so viel Entsetzen in diesen wenigen Worten, dass Sophie die Finger in die Handflächen krallte.

Marek holte tief Luft, hustete und brüllte unvermittelt:

„Alle raus! Alle sofort raus hier! Kohlen hinter den Kisten! Alle raus!"

Er packte sie, schob sie vor sich her zur Außentür, hörte dabei nicht auf: „Alle raus aus dem Turm, raus aus der Hütte! Kohlenstaub! Kohlenstaub im Turm!"

Ein erschreckter Aufschrei ging durch die Arbeiter an den Kisten, pflanzte sich nach draußen hin fort, über den ganzen Vorplatz. Mit einem Schlag herrschte wilde Panik.

Lieschen hielt das Holzreh im Arm. Sie hockte auf dem Kinderbett und wiegte sich vor und zurück. Was sollte sie tun? Was sollte sie nur tun? Sie hatte das ganze Haus abgesucht. Und niemanden gefunden. Aus Verzweiflung war sie schließlich wieder nach oben gegangen, ins Kinderzimmer, als könnten das kleine Fräulein und die Gnädige inzwischen wie durch Zauber wieder dort aufgetaucht sein. Aber das waren sie nicht. Sie waren fort.

Sie konnten nicht fort sein! Lieschen sprang auf, das Holzreh an sich gedrückt. Es stemmte seine kleinen harten Hufe in ihren Bauch. Sie konnten nicht fort sein, die Gnädige ging niemals hinaus! Niemals! Sie konnten nicht ... Was sollte sie nur tun? Fräulein Sophie hatte ihr doch verboten, das Haus zu verlassen! Aber wenn Johanna gar nicht mehr hier war? Sie musste hier sein! Sie musste! Ach, Willem! Wenn er doch nur hier wäre! Er wüsste, was zu tun wäre, er wusste es immer ... Aber er kämpfte mit den anderen Männern oben um die Glashütte. Vor einiger Zeit hatte sie einen zweiten dumpfen Knall gehört ...

Lieschen ging zum Fenster hinüber, drehte den Kopf, bis sie den roten Turm und die anderen Gebäude auf dem Hügel sehen konnte. Viele Menschen schienen dort herumzulaufen. Aber Willem konnte sie nicht erkennen. Die Hütte war zu weit entfernt und das Licht zu schwach, sie nahm nur Gestalten wahr, die durcheinanderliefen. Lieschen schüttelte bekümmert den Kopf und wollte sich schon abwenden, als irgendetwas, irgendeine Bewegung im Augenwinkel, sie innehalten ließ. War da etwas? Draußen, nicht bei der Hütte oben, sondern – im Park?

Sie strengte die Augen an, drückte sich enger an die Scheibe und verdrehte den Hals in die andere Richtung. Da hinten, dort, wo der Prinzessinnenbrunnen lag – bewegte sich dort etwas?

Aufgeregt presste Lieschen die Nase gegen das Glas.

„Weg von der Hütte!", brüllte Marek, „alle soweit wie möglich weg! Lasst alles liegen, lasst die Wanne, zurück, zurück!"

Arbeiter strömten aus der Werkshalle auf den Vorhof. Alle schrien durcheinander. Sophie klammerte sich an Mareks Arm.

„Oh Gott, oh Gott", murmelte sie wie besessen vor sich hin, „was bedeutet das … was bedeutet das denn nur …"

Marek schien sie gehört zu haben. Für einen Augenblick wandte er sich ihr zu und sagte:

„Hinter den Kisten lagern Kohlen im Turm." Seine Stimme war jetzt so heiser, dass sie ihn nur mit Mühe verstand. „Wahrscheinlich schon ewig. Sobald die Kisten davorstanden, hat manse vergessen, wie's scheint. Jetzt räumen wir da drin rum, wirbeln alles auf, den ganzen Staub. Nicht nur Staub wie Dreck, Frolleinchen. Staub von den Kohlen. Solcher Staub bringt Bergmännern den Tod, habense davon vielleicht schon mal gehört? Und nich nur denen. Kohlenstaub, Frolleinchen. Ein Funke, und wenn man dann nur ein bisschen Pech hat, fliegt alles …"

„Lasst mich durch", schrie jemand, und ein heller Schopf schob sich durch die Menge der Arbeiter. „Lasst mich durch, ich hab was – ich muss zum Turm, lasst mich durch!"

„Willem!", brüllte Marek, „was zum Teufel machst du da!"

Eine Lücke tat sich auf, und jetzt sah Sophie ihn auch. Willem wuchtete etwas vor sich her, das eine große Metallplatte zu sein schien, übermannshoch und mindestens daumendick. Er keuchte.

„Wo hast du die alte Tür gefunden", schrie Marek, „Willem, das nützt jetzt auch nichts mehr! Es sind Kohlen im Turm, hörst du mich? Willem!"

Er rannte los, auf Willem zu, Sophie wurde mitgerissen. Der große Mann hielt an, als er die beiden auf sich zustürzen sah. Sein Gesicht war verdreckt. Nur über die Wangen zogen sich helle Schlieren. Kam es von den Schneeflocken, die der Wind ihnen immer noch um die Köpfe peitschte?

„Marek", schluchzte Willem, und Sophie wusste plötzlich, woher die Schlieren kamen. „Oh Mann, Marek, ich habe überall danach gesucht – ich wusste doch, dass wir noch die alte Tür hatten, und – und ich muss … Marek, der Hütte darf nichts passieren, verstehst du! Ich bring die Tür in den Turm, sie kann die andere verstärken, und dann kriegen wir die Wanne hin, und dann – dann wird alles gut! Hörst du, Marek? Alles wird gut!"

Marek machte sich von Sophie los und packte Willem an beiden Schultern.

„Hör auf, Willem! Hör auf! Du kannst da jetzt nich mehr reingehen. Das ganze Ding kann uns jeden Moment um die Ohren fliegen!"

Er versuchte, Willem die Metalltür aus den Händen zu ziehen. Es gelang ihm nicht. Willem hielt eisern fest.

„Willem", bat Sophie, „ich glaube, Sie sollten auf ihn hören. Machen Sie doch keinen Unsinn!"

Willem wandte ihr das tränenüberströmte Gesicht zu. „Ich krieg's schon wieder hin, Frollein, ehrlich! Ich bring das wieder in Ordnung. Alles wird gut."

Sein Blick tat ihr weh, tief unten in der Brust. So voller Angst, so voller Qual. Kein siegessicheres blaues Strahlen mehr. Sie streckte die Hand nach ihm aus, aber er setzte sich wieder in Bewegung, schluchzend, schwankend, zielstrebig auf den Turm zu. Marek versuchte, ihn aufzuhalten, aber Willem schüttelte ihn ab.

„Helft mir", brüllte Marek die anderen Männer an, „helft mir doch!"

Sie zögerten.

„Vielleicht kann er es schaffen", murmelte einer. „Er hat noch immer alles hingekriegt, Marek. Und durch so eine doppelte Tür brennt das Glas sich nicht so leicht, selbst, wenn die ganze Wanne ausläuft ..."

„Bist du irre? Der Turm kann jeden Moment hochgehen!"

Der andere schüttelte den Kopf. „Vielleicht schafft er es", beharrte er, und das Murmeln der Umstehenden gab ihm recht.

„Wir brauchen die Hütte", brummte ein anderer. „Wir müssen versuchen, sie zu retten."

„Um jeden Preis?", fragte Marek rau. Keiner antwortete.

Marek wischte sich über das Gesicht. Dann rannte er los, plötzlich, unvermittelt, und warf sich Willem in den Rücken. Der große Mann taumelte, schwankte, aber er fiel nicht.

„Willem", schrie Sophie, „Willem, hör auf! Hör auf! Bitte!"

Willem drehte sich ruckartig, so heftig, dass Marek von seinem Rücken losgerissen wurde und zurücktaumelte. Als er sich wieder auf Willem stürzen wollte, löste Willem eine

Hand von der Tür, holte aus und schlug Marek mit aller Kraft ins Gesicht. Noch während der andere Mann zu Boden ging, packte er die Tür schon wieder mit beiden Händen, wuchtete sie hoch und rannte mit langen Schritten auf den Turm zu.

„Oh Gott", stammelte Sophie, „oh Gott!"

Willem verschwand im Turm.

Die Arbeiter schienen den Atem anzuhalten. Stille senkte sich auf den Vorplatz. Nur der Wind zischte weiter über ihre Köpfe, und die Schneeflocken fielen, stumm und gleichmütig.

„Er könnte es schaffen", murmelte einer. Niemand antwortete.

Irgendwo krachte etwas. Sophie stellte sich auf die Zehenspitzen, versuchte herauszufinden, woher das Geräusch gekommen war. Es hatte etwas an sich gehabt – etwas Metallisches ...

„Nicht die Zwischentür", murmelte Marek. „Bitte, nicht die ..."

Ein ungeheurer Knall zerfetzte die Luft ---

--- schleuderte Johannas Kopf nach hinten, dröhnte in ihren Ohren wie ein ungeheurer Gong. Kalte Flüssigkeit spritzte ihr ins Gesicht, sie riss die Augen auf, sah die Gestalt vor sich in die Höhe fahren, die weiße Stirn mit Wucht gegen den Rand des steinernen Bassins stoßen.

„Nein!", schrie Johanna ---

--- „Nein", schrie Sophie, als es sie von den Füßen riss. Grellrotes Licht schoss im Turm nach oben, vollkommen lautlos zuerst; dann brüllten die Flammen auf, geiferten aus der offenen Turmtür, rasten im Innern in die Höhe, und es regnete Ziegeltrümmer und Feuer auf den Vorplatz.

„Willem!", kreischte Sophie, ohne sich selbst hören zu können, „Willem! Oh Gott, Willem!"

Es ist so dunkel, dachte Blanka. So dunkel und so still. Nur der Schnee fällt, ich höre ihn wispern. Er legt sich auf meine Haare, leicht wie Federn.

Warum ist es so dunkel?

Mach die Augen auf, Liebste.

„Ich kann nicht", murmelte Blanka. „Ich fürchte mich so sehr."

„Mach die Augen auf, sieh mich an, und wenn du dann sagst, dass ich gehen soll, gehe ich und komme niemals wieder. Willst du, dass ich gehe?"

Schneeflocken setzten sich auf ihre Wimpern. Blanka blinzelte. Da waren warme Augen, ganz dicht vor ihren eigenen. Sie strahlten und leuchteten und hielten sie mit ihrem Blick, wie in einer Umarmung.

„Geh nicht", flüsterte Blanka.

„Geh nicht", flüsterte das junge Mädchen. „Mir wird so kalt, wenn du nicht bei mir bist."

Der junge Mann schlang seine Arme fester um das Mädchen.

„Du frierst, Liebste", sagte er besorgt. „Ich weiß, es ist Winter, der Schnee liegt tief, selbst hier, zwischen den Bäumen. Ich hätte dich nicht bitten dürfen, herzukommen."

„Nein", flüsterte das Mädchen.

„Nein", sagte der junge Mann.

Sie küssten sich wieder, und wieder, und wieder, und der Kuss schmeckte wie ein Sommermorgen, als sie umschlungen zu Boden sanken. Die Bäume reckten ihre Zweige über sie wie ein schützendes Dach, das alte Laub unter dem Schnee empfing sie weich. Der junge Mann zog seinen Mantel um sie beide, und dann verstummten sie, eine lange Zeit, während ihre Körper anfingen, miteinander zu reden. Es war eine geheime, eine fremde Sprache. Aber sie verstanden sie beide, ohne nachzudenken.

„Oh", sagte das Mädchen irgendwann, so leise, dass die Schneeflocken das Geräusch mit sich fortnahmen. „Oh ..." Blanka lächelte. Sie fror nicht, obwohl sie wusste, dass sie nackt war. Berührungen wanderten über ihre bloße Haut, fremde, neue Berührungen, die kleine Flämmchen zum Lodern brachten. Da war keine Furcht, keine Scham. Sie fühlte sich so frei und so leicht, als ob sie schwebte.

„Halt mich", murmelte sie in einen Kuss hinein.

„Halt mich", murmelte das Mädchen, „sonst fliege ich dir noch davon."

„Flieg doch", sagte der junge Mann und half dem Mädchen, sich wieder aufzusetzen. „Flieg hoch, wie eine Schwalbe. Ich bin hier, ich sehe dich. Dann weißt du immer, wo du wieder landen musst."

Er streichelte dem Mädchen über die Haare, versuchte unbeholfen, sie zu ordnen. Schnee und kleine Zweige steckten in den Zöpfen.

„Du siehst aus wie eine Nymphe, eine Nymphenprinzessin. Ich kann niemals aufhören, dich anzusehen. Wirst du es mir wieder erlauben?"

„Ja", sagte das Mädchen. „Immer. Immer."

Sie halfen sich gegenseitig, die Kleider wieder zu finden. Er kniete sich nieder, um dem Mädchen in den Unterrock zu helfen, und schnürte ihm mit ungeschickten Händen das Mieder. Als sie angezogen waren, mehr schlecht als recht, küsste der junge Mann das Mädchen ein letztes Mal und sagte:

„Du weißt, wir dürfen nicht dabei gesehen werden, wie wir zusammen den Wald verlassen. Zu viele Augen, immer, überall. Ich gehe voraus, und wenn ich nicht wiederkomme, weißt du, dass es sicher ist. Dann gehst du, nach mir. Und wir sehen uns wieder. Wir sehen uns wieder, schwörst du es?"

„Ja, ja", antwortete das Mädchen. Lächelnd sah es ihm dabei zu, wie er sich zwischen den Bäumen seinen Weg suchte, stolperte, weil er sich immer wieder umwandte. Endlich verschwand seine Gestalt im Dämmerlicht. Das letzte Knacken der Zweige verstummte.

Und etwas – etwas veränderte sich im Wald.

Blanka erschauerte.

War es das Licht, was plötzlich schwächer wurde? Die Stämme der Bäume wirkten auf einmal so düster. Unruhig glättete das Mädchen sich den Mantel. Der Schnee, wo sie gelegen hatten, war zerwühlt und zertreten. Sollte es einen Zweig suchen, um die Spuren zu verwischen?

Es beugte sich zwischen zwei Bäumen hindurch, über das dichte Unterholz, was dort wuchs, gerade neben dem Lager, das sie sich bereitet hatten. Da waren feine Zweige genug, und es bückte sich tiefer, um einen abzubrechen. Aber da schien noch etwas zu sein, unter den kahlen Büschen. Etwas Dunkles auf dem Schnee. Das Mädchen zögerte. War es ein Tier?

Alle Leichtigkeit verging. Alle Wärme, alles Schweben.

„Nein", flüsterte Blanka. „Nein, das nicht. Das nicht …"

Es lag sehr still, zu still für ein Tier. Das Mädchen beugte sich neugierig näher. Zwischen Schneehaufen und vermoderten Blättern, halb zugeweht, lag ein alter Korb auf dem Waldboden. Ein geflochtener Weidenkorb mochte es einmal gewesen sein, wie die einfachen Leute ihn zum Reisen benutzen. Die Griffe waren abgerissen, und es waren viele Löcher darin.

Das Mädchen schob die Zweige beiseite, zögerte kurz, kniete sich dann hin und fasste in den Korb. Er war leer. Mäuse und Füchse und Marder hatten ihn längst zerwühlt. Jetzt entdeckte das Mädchen auch andere Dinge unter den Büschen im Schnee. Reste von Stoff, Fetzen, wie von zerrissenen Kleidern. Hatte hier jemand all sein Gepäck verloren, aus irgendeinem Grund, vor langer Zeit? Da war noch etwas, etwas Langes, Dünnes. Es sah nur an manchen Stellen aus dem Schnee hervor. Zuerst hielt das Mädchen es für ein steif gefrorenes Seil. Aber das war es nicht. Als es genauer hinsah, erkannte es die Überreste von Gewebe. Es war ein Streifen Rosshaar, wie man ihn in Unterröcken fand, in das Leinen genäht, um Steife und Festigkeit zu geben. Da, man konnte noch die Leinenreste sehen, mit denen er einmal verbunden gewesen war. Es mochte der Saum gewesen sein …

Blanka keuchte. Ihr Körper wurde starr wie Holz.

Wohin führte der Strick aus Rosshaar? Was war das Weiße, was dort unter dem Busch lag? Man sah es kaum, bei all dem Schnee. Das Mädchen kniff die Augen zusammen und beugte sich im Knien noch weiter vor.

Ein Schädel.

Das Mädchen schlug die Hände vor den Mund. Ein Schädel! Ein menschlicher Kopf, ohne Haut, ohne Fleisch. Nackte Knochen, stumpf und von Tierkrallen zerkratzt. Nur dort, an der einen Stelle –

„Nein“, wimmerte Blanka. „Nein. Ich will nicht hinsehen. Sieh nicht hin. Dummes Mädchen. *Dummes Mädchen*!“

– an der einen Stelle hing noch Haut am Knochen, Haut wie altes Leder, fleckig, hart, und da, da! Haarsträhnen, die aus der toten Haut sprossen, die noch daran hingen, blonde Haarsträhnen, die Reste eines Mädchenzopfs! Und in dem Mädchenzopf, wie ein grausiger Schmuck, ein schmutzig weißer Fetzen. Ein Fetzen aus einem Stoff, so steif gestärkt, dass kein Tier ihn hatte annagen mögen. So steif, so steif wie ein – Dienstmädchenhäubchen …

Blanka schrie.

Mühsam setzte Sophie sich auf. Überall um sie herum kauerten Arbeiter auf dem Boden, hielten die Arme über den Kopf. Aber der Trümmerregen hatte aufgehört. Marek lag ein Stück von ihr entfernt, auf halbem Weg zum Turm. Er bewegte sich. So gut es ging, kroch Sophie zu ihm.

„Marek – Marek“, stammelte Sophie. Er richtete sich auf, sein linkes Auge schwoll schon zu.

„Der Turm – sehense bloß, der Turm …“

Sie sah nach oben, wischte sich hastig Funken aus den Haaren. Der oberste Teil des Turms, dort, wo der riesige Kegel sich zur Spitze hin verjüngte, war abgerissen. Flammen loderten aus dem zerfetzten Schlot.

Sophie presste beide Hände auf den Mund, schmeckte Rauch und Dreck und Schweiß.

„Willem“, wimmerte es hinter den Fingern aus ihr heraus. „Willem!“

Marek wandte den Blick ab.

„Ich weiß“, murmelte er.

Es krachte in der Werkshalle, Sophie zuckte zusammen und riss die Arme hoch.

„Das Dach stürzt ein“, sagte Marek leise. „Da ist nichts mehr zu retten.“

Er verbarg das Gesicht in den Händen.

„Warum“, flüsterte Sophie, „warum hat er das nur getan? Es war doch so – so sinnlos, so gefährlich …“

„Helden tun sowas eben“, murmelte Marek, kaum hörbar. „Helden versuchen zu retten, auch wenn's vielleicht nicht klappt. Feiglinge laufen weg. So ist das.“

Es klang bitter wie der Rauch, den sie atmeten. Sophie hustete. Sie wusste nicht, was sie sagen sollte. Gab es überhaupt irgendetwas, was man sagen konnte?

Die Arbeiter auf dem Vorplatz schienen langsam wieder zu sich zu kommen. Zwei, drei waren schon auf den Beinen, wanderten herum, suchten nach Verletzten. Irgendwo stöhnte jemand; ein anderer weinte würgend, und in der Nähe betete das Spülmädchen, den Waschkessel, noch immer halb voll Schnee, mit beiden Armen umklammert. Direkt vor Sophie blies der Turm weiter Flammen in den Himmel. Der Wind riss an ihnen, bis sie wie rote und gelbe Fahnen wirkten. Siegesfahnen über einem Schlachtfeld …

Sophie wandte das Gesicht ab. Unten, am Fuß des Hügels, stand das Herrenhaus; sie zuckte innerlich zusammen, als ihr Blick darauf fiel. Wie konnte sie es nur vergessen haben? Schnell stand sie auf, so gut es ging, schwankte, als ihr schwindelig wurde. Das Gebäude wirkte unversehrt, Dach und Wände schienen alle an ihrem Platz zu sein. Nirgendwo waren Flammen zu sehen. Und doch … Irgendetwas war seltsam, nicht so, wie es sein sollte. Irgendetwas …

„Die Fenster!", stöhnte Sophie. „Oh mein Gott, die Fenster! Auf dieser Seite sind sie alle zerborsten! Johanna – Lieschen – Johanna!" Ihr knickten die Knie ein. Der Boden raste ihr entgegen, sie schaffte es gerade noch, den Sturz mit den Händen abzufangen. „Johanna! Warum bin ich nur – oh Gott, Johanna!"

Tränen schossen ihr aus den Augen – jetzt, erst jetzt.

„Ruhig, Frolleinchen." Marek tauchte neben ihr auf, legte den Arm um sie, zog sie wieder hoch. „Ganz ruhig. Sie wissen doch gar nicht …"

„Da, schauen Sie doch!" Sophie streckte eine zitternde Hand aus. „Das Kinderzimmerfenster, im Dachboden! Völlig zerstört! Und das Bett steht so nah … Ich hätte niemals weggehen dürfen! Ich hätte – ich hätte …"

Sie bekam keine Luft mehr, das Entsetzen drückte ihr den Hals zu. Marek hielt sie fest.

„Ich muss nach unten", brachte sie heraus. „Jetzt, sofort. Nach unten."

Er ließ sie nicht los.

„Ich weiß", sagte er. „Ich komm mit Ihnen. Da solltense nich allein hingehn. Sie ham uns geholfen – jetzt helf ich Ihnen."

„Mama, bitte, bitte schrei nicht mehr, Mama. Ich will doch brav sein, ich will alles tun, was du sagst!"

Die Stimme kam von irgendwoher, aus dem rauschenden, brausenden, schwarzen Nichts, das Blanka umtoste. Sie war wie ein Lichtstrahl in der Finsternis. Blanka streckte die Hände danach aus.

„Elsbeth", stammelte sie, „Elsbeth!"

„Nein, Mama, ich bin es, ich bin es doch, deine Johanna! Mama, ich bin hier, hörst du mich denn nicht?"

„Elsbeth", murmelte Blanka, und Tränen quollen ihr aus den geschlossenen Augen.

Eine Hand berührte ihre Wange, eine kleine, kalte Hand. Sie strich die Tränen fort.

Blanka blinzelte. Die Dunkelheit wich einen Schritt weit zurück. Zwei Gesichter tauchten langsam daraus auf, zwei Gesichter, die über ihr schwebten. Eines sehr nah und eines sehr weit entfernt. Eines ganz weich, lebendig, mit hellen Augen zwischen schwarzen Wimpern, die sie flehentlich ansahen. Und das andere – das andere trug ein Lächeln aus Stein.

Sie erkannte sie beide.

„Johanna", flüsterte Blanka. „Johanna, mein Liebling."

„Mama, oh, Mama!"

Das weiche, lebendige kleine Gesicht kam näher, schmiegte sich heftig an ihres. Sie fühlte die kalte Haut und die Wärme, die darunter war. Ja, es war Johanna. Johanna, ganz dicht bei ihr. Johanna atmete an ihrem Hals, so lebendig, so wirklich. Und sie selbst lag auf dem Rücken im Schnee, ohne zu wissen warum, und in ihrer Stirn pochte es, wie von Schmiedehämmern.

Das steinerne Lächeln schwebte über ihr. Schnee umwehte die Prinzessin auf ihrem Brunnen. Die tanzende Prinzessin in ihrem dünnen Kleid.

Sie erinnerte sich.

Sie erinnerte sich an alles.

„Mama", fragte Johanna, „wird jetzt alles wieder gut?"

Lieschen lag auf dem bunten Flickenteppich, das Holzreh noch im Arm. Sophie konnte nur einen einzigen Blick auf sie werfen, dann stellte Marek sich dazwischen. Dieser einzige Blick genügte. Sophie drehte sich der Magen um. Sie biss verzweifelt die Zähne zusammen, während Marek sie behutsam herumdrehte, bis sie mit dem Gesicht zur Fensterhöhle stand. Die Tüllgardinen hingen zerfetzt herunter.

„Die – die Glassplitter", presste sie heraus, stammelnd, schaudernd. „Die Splitter!"

„Ja", sagte Marek ganz sanft hinter ihr. Mehr nicht. Sie hörte, wie er umherging; seine Schritte knirschten in den Scherben. Es dauerte nicht lang.

„Wir können hier nichts mehr tun, Frolleinchen. Ich hab das arme Mädchen zugedeckt. Das Kind ist nicht da. Niemand sonst."

Er stellte sich neben sie. Der Wind wehte ihnen Schnee ins Gesicht. Vom Hügel kamen immer wieder krachende Geräusche, Rufen. Sie schwiegen, eine lange Zeit.

Endlich fand Sophie die Worte wieder.

„Es kann nicht sein", sagte sie, mehr zu sich selbst. „Es kann nicht sein, dass sie fort sind. Etwas Schreckliches muss passiert sein. Ich hätte nie weggehen dürfen. Ich hatte Johanna versprochen, immer auf sie achtzugeben ..." Ein Schluchzen brannte ihr in der Kehle. Tränen kamen keine mehr. „Ich bin schuld, dass Lieschen hier war! Meinetwegen ist sie gestorben!"

„Unsinn“, sagte Marek. Sie sah ihn von der Seite an; er hatte die Kiefer aufeinandergepresst, und die Muskeln in seinen rußverschmierten, verbrannten Wangen arbeiteten. Eine war noch von Willems Schlag geschwollen.

„Sie denken doch über sich genauso“, sagte Sophie, viel schärfer, als sie gewollt hatte. „Sie machen sich auch Vorwürfe.“

Marek erwiderte ihren Blick nicht.

„Ich hab auch Grund dazu.“

Sophie hustete. Es steckte immer noch so viel Rauch in ihrer Lunge; sie wusste nicht, wie sie ihn je wieder loswerden sollte. Genauso wie die Bilder und die Geräusche dieses Tages. Am liebsten hätte sie sich irgendwo verkrochen, wimmernd in einer Ecke, wie ein kleines Kind. Aber das durfte sie nicht.

„Ich muss nach ihr suchen“, sagte sie. „Nach ihnen beiden. Sie müssen ja irgendwo sein.“

Marek schien sie nicht gehört zu haben. Etwas knirschte leise; Sophie sah nach unten, auf seine schmutzigen Fäuste, die sich um den leeren Fensterrahmen klammerten. Helles Blut quoll in kleinen Tropfen darunter hervor.

„Lassen Sie“, sagte sie leise. „Marek, lassen Sie doch. Sie verletzen sich.“

Jetzt wandte er sich zu ihr, langsam, wie ein Schlafwandler, und es war kein Glanz mehr in seinen dunklen Augen, kein Glühen, keine Herausforderung. Sie wirkten wie abgestorben.

„Willem“, stieß er rau hervor. „Willem. Er hätte nich allein gehn sollen. Ich hätte – ich hätte …“

„Vielleicht mit ihm sterben sollen?“, fragte Sophie.

Er erwiderte nichts, aber sie konnte die Antwort auf seinem Gesicht lesen. Es war so voller Bitterkeit, dass etwas in ihr sich vor Mitleid zusammenzog. Ihre linke Hand hob sich wie von selbst, legte sich auf seine, ganz leicht, ganz sacht.

„Willem ist tot", sagte sie. „Sie konnten ihn nicht retten. Aber sie haben viele andere gerettet."

Seine Finger bebten unter ihren. Sie spürte es, und irgendwo in ihr, in all dem Schmerz, der Angst, der Erschöpfung, war noch ein kleiner Platz übrig, an dem sie darüber staunte, wie seltsam es sich anfühlte. Wie breit und stark seine Hand war – und wie verletzlich. Behutsam, mit winzigen Bewegungen, löste sie seine Finger vom Rahmen, einen nach dem anderen.

„Ich fühl mich wie ein Mörder", flüsterte er.

„Ja", antwortete sie. „Ich auch. Aber wir können …"

Sie stockte. Das Winterlicht draußen war schon fast ganz verschwunden. Die Welt hüllte sich in graue, schneefleckige Schleier, die immer dunkler wurden und sich mit dem Rauch vermischten, der aus der Hütte quoll. Aber etwas dort unten im Park – etwas bewegte sich. Etwas, das noch dunkler war als der Rauch. Sophies Herz tat einen schmerzhaften Sprung.

„Marek", hauchte sie. „Marek, sehen Sie, da drüben!"

Blanka hielt Johanna gegen die Brust gepresst. Ihre Arme waren bleischwer. Um nichts in der Welt hätte sie das Mädchen losgelassen. Aber sie spürte, wie sie anfing zu schwanken, gerade in dem Augenblick, als Sophie um die Hausecke herum auf sie zugestürzt kam.

„Johanna!", schrie Sophie, „oh mein Gott, Johanna! Geht es ihr gut? Was ist passiert? Oh Gott, geht es ihr gut?!"

Blanka umklammerte Johanna. Sophie griff mit zu, stützte das Mädchen von unten, starrte ihm aufgelöst ins Gesicht.

„Sie lebt! Sie lebt!"

„Ja", sagte Blanka leise, „aber ihr ist sehr kalt. Ich muss sie ins Haus bringen. Ich muss …"

Sie wankte, für einen Moment wurde ihr schwarz vor den Augen. Eine tiefe, heisere Stimme sagte:

„Gebense mir das kleine Frolleinchen, Gnädigste. Bevorse hier noch umfalln."

Hinter Sophie kam Marek zum Vorschein, streckte die Arme aus, gerade in dem Augenblick, als Johanna endgültig zu fallen drohte. Er fing sie vorsichtig auf. Sie murmelte irgendetwas an seiner Brust.

„Sie muss in ihr Bett", sagte Blanka. Sophie schlug die Hand vor den Mund.

„Nein! Nein, nicht dahin!"

Blanka runzelte verwirrt die Stirn.

„Die Fenster", sagte Marek, während er Johanna zum Hauseingang trug. „Auf dieser Hausseite sind alle hinüber."

„Ah, ja ..." Blankas Blick schweifte über das Haus, und über Marek und Sophie. Alles sah so anders aus ... Gardinen hingen aus leeren Fensteröffnungen. Sophies Kleid war zerrissen, die Haare standen ihr vom Kopf ab. Rauchgeruch erfüllte die Luft – hatte sie ihn vorher auch schon gerochen? Es fühlte sich an, als sei sie gerade erst von einer langen Reise zurückgekehrt. Alles war fremd und seltsam unwirklich. Aber Johanna – Johanna war bei ihr. Das war das Einzige, was wichtig war.

„Wir bringen sie in Ihr Schlafzimmer, gnädige Frau", sagte Sophie.

Das Erste, was Blanka sah, als sie durch die Tür trat, war der Spiegel. Er fing ihren Blick auf, gleichgültig, unbewegt. Schaute dabei zu, wie Marek Johanna auf das Bett sinken ließ, wie Sophie sie zudeckte. Das Licht der kleinen Lampe, die Sophie dann anzündete, glänzte auf seiner makellosen Oberfläche.

Du, dachte Blanka und ging auf ihn zu. Ihre Fäuste ballten sich von selbst. Du!

Aber der Spiegel schwieg. Und sie sah nichts weiter darin als das Zimmer und die Menschen und sich selbst, im tropfnassen Kleid, mit Schnee in den Haaren.

Sie wusste nicht, was sie erwartet hatte.

Marek zog die Decke über Johanna zurecht. Blanka ließ sich auf die Bettkante sinken, streichelte über den wirren Lockenkopf. Müde öffnete Johanna ein Auge.

„Ist jetzt alles gut, Mama?", fragte sie schwach.

„Ja, mein Liebling", sagte Blanka, und der Spiegel schwieg noch immer. „Ja, meine Kleine", und ein Lächeln stahl sich in ihre Mundwinkel. Johanna schloss zufrieden das Auge und rollte sich unter der Decke zusammen.

„Es gab eine Explosion in der Hütte", sagte Sophie leise, damit Johanna es nicht hörte. „Haben Sie denn nichts mitbekommen? Alles ist zerstört da drüben."

Verwirrt runzelte Blanka die Stirn. „Doch, ich glaube ... Ich habe mir den Kopf gestoßen, wissen Sie."

Jetzt lächelte Sophie, vorsichtig noch, aber ehrlich. „Ich sehe es, gnädige Frau. Ich versorge die Wunde nachher."

„Das ist nicht wichtig", sagte Blanka fest. „Aber, in der Hütte ... Gab es Verletzte? Ist es sehr schlimm?"

„Ja", sagte Sophie nur und wandte sich ab.

Blanka atmete tief ein.

„Wir werden uns darum kümmern." Sie schaute zu Marek auf, der sich an die Tür zurückgezogen hatte. „Hören Sie? Ich verspreche es Ihnen. So schnell wie möglich. Ganz gleich, wann mein Mann zurückkommt. Nehmen Sie ein scharfes Messer", sie nickte zum Spiegel hinüber, beobachtete die spiegelnde Fläche aus den Augenwinkeln. „Nehmen Sie ein Messer und brechen Sie die restlichen Steine heraus. Wir werden

Geld brauchen, viel Geld. Sie werden Geld brauchen. Um alle zu versorgen, fürs Erste."

Zu ihrem grenzenlosen Erstaunen lachte Marek.

„Ach, Gnädigste", sagte er und fuhr sich durch die Haare, „das Angebot spricht für Sie, aber was solln wir mit den Klunkern?"

„Marek", sagte Sophie verdutzt, „wollen Sie jetzt doch noch den Helden spielen? Das ist der falsche Zeitpunkt dafür."

Er schüttelte den Kopf. „Sie verstehn nicht, Frolleinchen. Hamse noch den einen losen bei sich? Gebense ihn mal her."

Verwundert sah Blanka, wie Sophie etwas aus ihrer Rocktasche zog.

„Entschuldigen Sie, gnädige Frau", murmelte sie dabei, „ich wollte ..."

„Was solls, Frolleinchen", unterbrach sie Marek und nahm ihr den Gegenstand ab. „Das kümmert jetzt doch keinen mehr. Hier, Gnädigste, und sie auch, Frolleinchen. Guckense mal."

Er hielt den Gegenstand auf der offenen Handfläche. Es war einer der Edelsteine aus dem Spiegel. Kleine rote Flecken waren darauf; Blanka sah, dass seine Hand blutete.

„Was ist", begann sie, aber Marek ließ den Stein plötzlich fallen, und bevor irgendjemand reagieren konnte, war er schon daraufgetreten. Ein hässliches Knirschen erklang. Marek zog den Fuß zurück.

„Glas", stießen Blanka und Sophie gleichzeitig hervor. „Glas!"

Marek nickte ernst.

„Ich wusste das sofort. Ich bin Glasmacher, schon vergessen? Die anderen werden auch alle aus Glas sein."

„Oh Gott", sagte Sophie schwach und sank auf das Bett. „Was sollen wir denn jetzt machen? Es ist alles zerstört! Und dann – der gnädige Herr – er ist völlig umsonst in die Stadt gefahren!"

Blanka schaute vom einen zum anderen. War es wirklich so? Würde sie alles verlieren? Ihre Kleider, ihre Pelze – das Herrenhaus? Was sie beschützt hatte, so lange Zeit? Diese steinerne Haut über ihrer eigenen Haut ... Die alles ferngehalten hatte. Alles.

Sie blieb seltsam ruhig, sah auf Johanna hinunter, die inzwischen friedlich schlief. Johanna, deren Wangen schon wieder ihre übliche sanftrote Farbe annahmen. Und statt Angst spürte sie etwas, was sie seit einer Ewigkeit nicht mehr gespürt hatte. Es war so leicht, fast eine Art Schweben ...

Sie stand auf. „Marek, bitte schieben Sie den Spiegel zum Fenster. Und Sophie, bitte öffnen Sie es für mich."

Sie starrten sie einen Moment sprachlos an. Blanka nickte nachdrücklich. „Bitte sehr."

Der Spiegelrahmen kratzte über die Dielen. Die Fensterflügel knarrten. Kalte, rauchige Luft fuhr ins Zimmer, spielte mit den Vorhängen. Blanka trat zum Spiegel, ließ den Blick lange stumm in seinen verschleierten Tiefen versinken. Dann, nach einem Zögern, das nur einen Wimpernschlag dauerte, streifte sie mit einem Ruck beide Handschuhe ab und legte die bloßen Hände an das Holz. Neben sich hörte sie Sophie hastig einatmen.

„Gnädige Frau", murmelte sie, „Ihre Hände ..."

„Ich weiß", sagte Blanka. „Sie sind sehr hässlich. Ich kann es nicht ändern."

„Nein", sagte Sophie noch leiser. „Sie sind – sehr gefährlich, wissen Sie. Diese Flecken, meine ich. Es können daraus", Blanka hörte, wie sie schauderte, „andere – Dinge entstehen. Irgendwann. Andere, schlechte Dinge."

Schlechte Dinge? Blanka sah wieder zu Johanna hinüber.

Wie sehr hatte das Mädchen sich vor diesen Flecken gefürchtet ... Blanka fühlte, hier war viel, was sie noch nicht verstand. Aber sie würde es verstehen. Eines Tages.

Sie packte den Spiegel fest mit beiden Händen. Täuschte sie sich, oder vibrierte das Spiegelglas schwach unter ihrem Griff?

Irgendwo draußen, in der Richtung des Dorfes, klingelten Schlittenglöckchen in den Abendschleiern.

„Papa kommt", murmelte Johanna im Halbschlaf. „Papa kommt."

„Gnädigste", sagte Marek, „was auch immerse da vorhaben: Das Riesenbiest kriegense alleine nie hoch."

Sophie stellte sich neben Blanka.

„Das braucht sie auch nicht. Ich helfe ihr."

Marek warf einen Blick aus dem offenen Fenster.

„Es ist niemand unten. Wennse wirklich glauben, dasse das können – jetzt wär der Moment dafür."

Die beiden Frauen sahen sich an. Es lag viel in diesem Blick, viele Fragen, die Antworten brauchen würden, irgendwann. Irgendwann.

„Auf sieben Jahre Pech", sagte Sophie.

„Auf sieben Jahre Pech", sagte Blanka.

Sie lächelten.

Als der Spiegel auf dem harten Boden neben dem Herrenhaus in tausend Scherben zersprang, flog irgendwo in den kahlen Ulmen eine Krähe auf. Sie krächzte kein einziges Mal. Blanka sah ihr nach, bis sie in der Dunkelheit verschwunden war. Dann schloss sie das Fenster.

Es war einmal, mitten im Winter ...

Nachsatz

Quecksilber-Zinn-Amalgamspiegel wurden wegen der latenten Vergiftungsgefahr durch das Quecksilber um 1886 in Deutschland verboten.

Nachwort und Quellen

Die Geschichte von Blanka, Johanna und Sophie spielt in einer Zeit, die sich heute fern und fremd anfühlt, es aber in vielem eigentlich nicht ist. Die Fabriken, die damals entstanden, sehen heute zwar anders aus, haben andere Namen und andere technische Methoden, aber mit ihnen fing man an, die Welt zu bauen, wie wir sie kennen. Die Vorstellung, einen Kaiser zu haben, ist für uns heute vielleicht absurd – dabei haben unsere Großmütter oder wenigstens Urgroßmütter noch unter ihm gelebt. Es war im Kaiserreich, als meine eigene Großmutter meinen Großvater kennenlernte und er sich in sie verliebte. Er arbeitete in einer Glashütte, am Rande bemerkt …

Auch das Leben der Frauen zur Kaiserzeit ist uns noch viel näher, als wir meinen. Wir sind so sehr daran gewöhnt, unsere eigenen „Herren" zu sein, dass wir uns nicht einmal mehr vorstellen können, einen Ehemann etwa um Erlaubnis zu fragen, ob wir eine Arbeit aufnehmen dürfen. Und doch war es noch bis Mitte des vorigen Jahrhunderts so, nicht in irgendwelchen entlegenen Dörfern in fremdartigen Ländern, sondern hier, bei uns, in Deutschland. Um das, was für uns selbstverständlich ist, mussten unsere Mütter und Großmütter noch kämpfen.

Wie sehr und wie schmerzhaft, das ist mir bei der Recherche für das „Winterkind" immer wieder klar geworden. Es gibt nicht so sehr viele moderne Bücher über Frauenschicksale zur Kaiserzeit, aber einige doch, und von denen hat mir besonders eines geholfen, mich in ein solches Leben einzufühlen: „Frauenleben im 19. Jahrhundert" von Ingeborg Weber-Kellermann (Beck-Verlag). Für die Mode der damaligen Zeit, auch und gerade das unsägliche Korsett, habe ich mich vor allem in zwei Büchern mit wunderbarsten Abbildungen verloren, der „Fashion" genannten Sammlung des Kyoto Costume Institute (Taschen), und in Lucy Johnstons „Nineteenth Century Fashion in Detail" (V&A). Wenn ich irgendwann tatsächlich einmal Urlaub machen sollte, werde ich mich eine Woche im britischen Victoria and Albert Museum einschließen und stundenlang zwischen den herrlichsten Kleidern umherwandern!

Was Politik und Zeitgeschehen betrifft, kam ich natürlich um „Die nervöse Großmacht 1871–1890" von Volker Ullrich (Fischer) nicht herum, ein großartiges, kurzes, aber niemals zu kurzes Buch, das nachvollziehen lässt, wie wir wurden, was wir heute sind. Für die Glashütte habe ich viel „Glashüttenarbeiter in der Zeit der Frühindustrialisierung" von Gerhard Henke-Bockschatz (Hahnsche Buchhandlung Hannover) verwendet, und Tausende Seiten aus dem Internet, in dem man wirklich alles findet, selbst Feuerwehrberichte zu Schmelzwannen-Havarien. Die Menschen zu Blankas Zeit, wenigstens die Engländer, hatten übrigens fast etwas Ähnliches: das charmant-chaotische „Enquire within upon Everything" von 1890, dem man nachsagt, der Vorläufer des Internets gewesen zu sein, und von dem es heute Reprints gibt. Sehen Sie? Es ist eben alles viel näher, als man denkt …

Danksagung

Ohne diese wunderbaren Menschen hätte das „Winterkind" nie das Licht der Welt erblickt:

meine Mutter, die mit Engelsgeduld meine Übersetzerin und Gewährsfrau fürs Plattdeutsche spielte;

mein Vater, der mit zarten Andeutungen verhinderte, dass sich im Buch physikalische Unmöglichkeiten ereignen;

Dr. Arne Stademann, der möglicherweise freundlichste Chemiker Deutschlands, der mir überhaupt erst erklärte, was Diarsentrioxid eigentlich ist und wie unglaublich wenig 200 mg sein können – ohne ihn hätte so ungefähr nichts im Buch gestimmt, und selbstverständlich stammen die Fehler, die ich sicher trotzdem eingebaut habe, ganz allein von mir und nicht von ihm;

Claudia Lohmann, eine großartige virtuelle Freundin, die mich aus der Verzweiflung rettete, indem sie mir Arnes E-Mail-Adresse schickte;

Regina Seitz, meine Agentin bei den „Mellers", bei der ich mich inzwischen ernsthaft frage, wie ich jemals ohne sie ausgekommen bin;

Sandra Thoms, Verlegerin von Dryas, die so freundliche Worte für das „Winterkind" fand, mich so herzlich im Verlag aufnahm und immer ein offenes Postfach für mich hatte;

Kathrin Lange, Autorin, Lektorin und Mitherausgeberin

der „Grünen Fee"-Reihe, die schon seit längerem einen festen Platz in meinem Herzen hat und mir das Projekt mit Dryas vermittelte;

Dr. Anja Ross, Lektorin des „Winterkinds", die mich liebevoll und geduldig über alle Schwachstellen hinwegführte und keinen einzigen Unmutslaut hören ließ, selbst, als ich in letzter Minute den halben Roman umschrieb;

Swantje, meine liebste Freundin aus Kindertagen, die mich durchfütterte, mein Gejammer ertrug, sich mit mir den Kopf über Diarsentrioxid zerbrach und im Ganzen – wieder einmal – mein größter Halt in den Buchstabenstürmen war;

und natürlich meine ganze wunderbare, entzückende Familie, die mich nie im Stich lässt und die ich mehr liebe, als ich je ausdrücken kann.

Lilach Mer, im Februar 2012

Zur Buchreihe „Die Grüne Fee“:

Wann begann die Moderne? Welche Entwicklungen waren nötig, um von der Dampfmaschine zum Computer zu kommen? Welche moralischen und gesellschaftlichen Änderungen hat das Voranschreiten der Technik nach sich gezogen?
Aus diesen Fragen heraus ist die Idee zur Roman-Reihe „Die Grüne Fee“ entstanden. Als „Grüne Fee“ bezeichnet man Absinth, den Wermut-Schnaps, der im 19. Jahrhundert „modern“ war. Höhenflüge nach seinem Genuss ließen Kunstwerke entstehen oder zerstörten Existenzen, wie man am Beispiel leidenschaftlicher Absinth-Trinker wie Van Gogh, Baudelaire, Hemingway oder Wilde sehen kann.
Diese Doppeldeutigkeit soll auch in den Romanen der Reihe eingefangen werden. Spannende Geschichten zeigen Fluch und Segen der Technik und folgen einem Weg, der Ende des 18. Jahrhunderts mit der Französischen Revolution beginnt und mit dem Ersten Weltkrieg endet, also das lange 19. Jahrhundert durchzieht.

Zu den Herausgeberinnen der Reihe:

Marlene Klaus: ist ausgebildete Buchhändlerin. Bevor sie sich als Autorin selbstständig machte, jobbte sie als Taxifahrerin, Kellnerin, Postbotin und Bibliothekarin. Ihr erster Roman, „Beschützerin des Hauses“, ist im Dryas Verlag erschienen.
Kathrin Lange: Arbeitete als Verlagskauffrau, Herausgeberin der Federwelt und ist freie Autorin seit 2005, mit den Schwerpunkten historischer Roman, Jugendbuch und Thriller. Mehr zu Kathrin Lange und ihren Büchern: www.kathrin-lange.de